鳴海 章

流 転

浅草機動捜査隊

実業之日本社

実業之日本社文庫

流転　浅草機動捜査隊　目次

序章　金塊強奪

焦げ茶色のレンガを模した壁材を貼った塀に幼稚園のプレートが埋まっているのを目にして、警視庁警部補　稲田小町は足を止めた。台東、荒川、足立の三区を担当する第六方面本部の機動捜査隊浅草分駐所において一個班を率いている。

鉄製の格子門は閉ざされ、その前に白く塗られた自転車が駐められている。門から伸びる敷石を目で追った先の玄関ではブルーの制服に黒い防刃ベスト――背にＰＯＬＩＣＥと白抜きされていた――を着けた警官が半袖ブラウス、スラックス姿の中年女性と話をしていた。

ほどなくきびすを返した警官が小町に気づく。同時に女性職員と小町の目が合い、互いに目礼した。

黒のパンツスーツを着た小町は右腕に機捜と金糸で刺繍された腕章をしていた。上着の下には抗弾ベストを着こみ、腰に巻いた帯革に拳銃、手錠、警棒をつけ、上着の内ポケットに入れた受令機から伸びるイヤフォンを左耳に差している。

近づいてきた警官に声をかけた。

「ご苦労さま」

「ご苦労さまです」

警官が門の内側の留め金を外し、いったん外に出て閉めたあと格子の間から手を入れて元に戻した。その間に小町は玄関に目をやった。応対に出ていた女性が扉を閉め、施錠して中に入っていった。

警官に視線を戻した。

「どう？」

「異状はありません。いつも通り午後二時に園児たちを帰したそうです。ただ……」警官が眉（まゆ）を寄せた。「親御さんの都合でまだ迎えに来られない子供が三人と、今話を聞いていた園長先生のほかに先生たちが五人いるそうです」

「全部で九人か」

「はい。園長室に子供と園長ほか三人の先生、男の先生たち二人は教員室にいます」

「どうして教員室に？」

「防犯カメラのモニターがあるそうです」

小町は玄関に目をやった。玄関の上の方にカメラが一台取りつけられている。小町の視線を追って玄関をふり返った警官がいう。

「カメラはあそこのほかに南側の園庭に面した壁際に二台……、園庭からも出入りできるようになっているそうで」

「そう」

一時間ほど前——午後三時過ぎに御徒町にある宝石商付近で強盗事件が発生した。店のすぐ目の前にある駐車場にライトバンを止め、金塊を入れたキャスター付きのキャリーバッグ四個を下ろしたところを拳銃のようなものを持った二人の男に襲われた。

同じ駐車場に黒いミニバンが入ってきて、二人の男が降り、三人の運搬係を拳銃で脅し、そのうち一名を撃って、バッグを奪って逃走したのだが、その間三分もかからなかったという。撃たれた運搬係はすぐに病院に搬送されたが生死は不明、あとの二人に怪我はなかった。

去年のことだ。夏に福岡市博多区で七億六千万円相当の金塊強奪事件が起こり、年末には機捜浅草分駐所の管轄内でもある台東区湯島で二億三千万円相当の金塊を積んだ高級車が盗まれた。今年に入って四月に銀座の路上で貴金属買い取り店で金塊を売ったばかりの男性が三人組に手提げ鞄をひったくられている。

銀座事案では発生から十日後、福岡と湯島の事案は今年六月に犯人が検挙されている。金塊がらみの事件で銃器が使用され、負傷者——あくまでも現時点で——が出たのは今回が初めてである。しかも犯人は逃走中だった。

犯人は襲撃した二人のほか、運転席に一人いたことがわかっており、三人組と見られていた。犯行現場となった駐車場は宝石商の向かいにあり、事件の一部始終だけでなく、金塊を強奪したあと、逃走した犯人たちの黒いミニバンが北に向かう様子も複数の防犯カメラがとらえており、動きはほぼリアルタイムで警察の知るところとなった。黒いバンがJR常磐線綾瀬駅付近のコインパーキングに乗り捨てられているのが見つかったのが三十分ほど前である。車内には四個のキャリーバッグが残されていたが、空っぽだった。

だが、同じコインパーキングに停められていたほかの車にバッグの中身が移し替えられ、三人が乗りこむのがやはり防犯カメラにとらえられていた。白の高級車で車種、ナンバーともに判明している。

事件発生から一時間ちょっとで犯人の動きがそこまでつかめたのは、東京都が設置した街頭カメラだけでなく、公共施設、大型店舗、金融機関やコンビニエンスストアの防犯カメラを管理する警備会社との連携によってネットワーク化が進んでいるためだ。三年後に開催されるオリンピックに向けた警備態勢強化の一環ではあった。

次から次へと受令機を通じて知らされる情報に小町は瞠目していた。

黒いミニバンが発見されたコインパーキングに近い綾瀬駅は第六方面の綾瀬、第七方面の亀有両警察署の管轄境界線上にあった。このため綾瀬、亀有だけでなく、近隣の西新井、千住、南千住、向島、葛飾各署はもとより第六、第七方面の機動捜査隊、自動車警邏隊にも厳重警戒が下令された。

綾瀬駅の南にあるくだんのコインパーキングは葛飾区内にあったが、白の高級セダンは西――足立区方面に向かった。

当務に就いていた小町は班員を引きつれ、犯人たちが逃げこんだ可能性がある綾瀬川の西側を受けもった。小町以下六名のうち、二名は捜査車輛を使い、あとの四名は付近に車を置いて徒歩でパトロールにあたっている。

小町は相勤者と分かれ、一人で歩いていたが、互いに付近にいて、緊急時にはスマートフォンで連絡を取りあうことになっていた。制服警官が身につけている無線機なら送信が可能だが、私服警察官が携行しているのはより小型の受令機である。

西綾瀬に幼稚園の前で制服警官と別れた小町は住宅街を歩きだした。白の高級車を探すためだが、すでに犯人たちは車を捨て徒歩で逃走していることも考えられた。

イヤフォンに声が流れる。

〝本部より各移動……〟

小町は足を止め、イヤフォンに手を添えた。

〝綾瀬駅近隣のコインパーキングを出た白色(シロイロ)の高級車にあっては弘道(こうどう)中央公園付近において停車させ、被疑者(マルヒ)二名の身柄を確保……〟

背筋に悪寒(おかん)が突っ走る。弘道中央公園といえば、今歩いている場所から二百メートルほどしか離れていない。しかも確保された被疑者は二人でしかなく、あと一人の行方がわからない。

〝マルヒにあっては東南アジア系の外国人で、逃走した一名も同じと見られる。なお、パスポート、外国人登録証のいずれも携帯しておらず国籍にあっては不明。日本語、英語ともに解さない〟

知らず知らずのうちに下唇を嚙んでいた。

またかな……。

小町は持っている刑事といわれてきた。刑事の中には二十年、三十年と勤務しながら事件らしい事件に遭遇しない者もあれば、重大事件の方から飛びこんでくる者もある。刑事として優秀だとか、勤勉だとかにかかわらず、運命的なものとしかいいようがない。事件を引きよせる刑事を持っているといい、ある種の賞賛には違いない。しかし、事件があれば、被害者がいるわけで決して嬉しくはなかった。

たった今離れたばかりの幼稚園をふり返る。まだ九人が残っていて、銃を持った犯人が押し入れば、さらなる重大事件になりかねない。被疑者は外国人で日本語も英語も通じないというが、演技である可能性もあった。取り調べに際し、刑事のいうことがわからない振りをするのだ。

幼稚園の南は空き地になっていた。今まで何度も警邏している場所でありながらかつてそこにどのような建物があったのか思いだすことができなかった。

空き地には不動産会社の看板が立てられ、まばらに雑草が生えていた。新たな建設の予定はまだないらしく人影も積みあげられた資材もなかった。

左右に目を配りながら歩きだす。ワイシャツの胸ポケットに入れたスマートフォンは振動しない。班員たちも周辺を検索しつづけているものの互いに連絡を取りあうような発見はないのだろう。

T字路にぶつかった。左に行けば小菅方面、右が西綾瀬から五反野に向かう。小町は右に曲がった。

蒸し暑かったが、空一面が分厚い雲に覆われているせいで上着の下に抗弾ベストを着けていても耐えられないというほどではない。

今年の夏は空振りだったと小町は空を見上げて思った。

七月、八月と三十度を越える日がつづいたが、三十五度を越える猛暑日は数えるほどしかなく、八月も中旬に入ると曇りがちの日がつづいて肌寒く感じたことさえあった。九月になっても残暑は例年ほどではない。右手の空き地越しにクリーム色の幼稚園を見やる。二階建てでなかなか大きく、周囲を白い格子状のフェンスで囲まれている。コンクリートの土台と合わせ、百八十センチほどの高さがあったが、大人が乗りこえようとすればそれほど難しくないだろう。

空き地にしてもいつまでもそのままにはなっていない。古い建物が壊され、すぐに新しい建物の建設が始まる。流転という言葉が脳裏を過ぎっていく。街も人も日々移り変わっていき、同じところにとどまってはいない。とくに今の東京は三年後のオリンピックに向けて急激に変化していくに違いない。

「もうじき半年か」

ぽろりと口を突いた言葉に我ながらどぎまぎした。周囲に人影はなく、聞かれる恐れはなかったにもかかわらず顔が熱くなる。

今年三月末に辰見悟郎が定年退職した。三十年以上も刑事をしていたベテランで、小町が浅草分駐所に赴任してきたときにはすでに主のような顔をしていた。しかし、いつまでも刑事でいられるわけではない。理屈ではわかっていたが、生理を納得させるのは難しい。とくに今のように極度の緊張を強いられていると、ふと面差しが浮かんだ。

短く息を吐き、左右に目をやった。道路の左にある三階建ては建設会社だ。向かいが平屋の住宅で、その奥に二階建てのアパートがある。建設会社を過ぎると木造モルタルのアパートがあった。ハイツと名前が記されたプレートが貼られている。ハイツは本来高原にある集団住宅を指すのだが、どのように命名しようと持ち主のセンス次第、必ずしも建物の特徴を表してはいない。

外付けの鉄製階段の下にプロパンガスのボンベが四本並んでいる。上下に二戸ずつ入っているのだろう。階段の下には自転車が五台並んでいる。歩きすぎながら一階の通路に目をやった。

心臓がつまづき、足を止めた。何かが動いた。通路の中ほどにはビールケースが積みあげてあり、視界を妨げていて、その何かがビールケースの陰に引っこんだように見えた。気のせいかも知れない。

しばらくの間、通路に目を向けていたが、その後、何の変化もない。ビールケースは六個積まれており、壁際にぴったりと躰（からだ）をつけていれば、人ひとりくらい隠れられる。

「念のため……、一応……」

つぶやきつつアパートに近づいた。通路に踏みこむ直前、上着の裾（すそ）を払い、右腰につけた拳銃ケースのホックを外し、半自動拳銃ＳＩＧ（シグ）／ＳＡＵＥＲ（ザウワー）　Ｐ２３０の銃把（じゅうは）を握った。

いつの間にかてのひらがじっとり汗ばんでいる。

ケースの向こうをのぞきこむ前に声をかけた。

「警察です」

御徒町で強盗事件が発生し、銃を持った犯人が逃走してからテレビは逐一（ちくいち）状況を伝えている。無用の外出を避け、家の中にいて、ドアには鍵をかけておくようにとくり返していた。先ほど立ち寄った幼稚園も警告にしたがっていた。

「どなたか……」

言葉が途切れ、小町は息を嚥んだ。だが、すぐに肩の力を抜き、大きく息を吐く。ビールケースの陰から飛びだしたのは灰色の猫だ。通路の真ん中に立ちふさがり、小町を睨んでふーっと声を発して威嚇する。

「いやだな、もう。脅かさないでよ」

小町を睨んでいた猫がくるりと身を翻し、通路の奥まで行って右に入った。目で追いながら拳銃を押さえているバンドのホックを留めようとした刹那、猫の甲高い声が聞こえ、ふたたび通路に飛びだしてきた。ごろごろ転がって、そのまま隣接する建設会社のブロック塀にぶつかる。

何？

つづいて男が出てきた。曇天とはいえ、蒸し暑い中、ぞろりと長い軍用ジャケットを着ていた。顔立ちは明らかに東南アジア系だ。

右手に散弾銃をぶら下げているのを見て、小町は拳銃を抜き、両手で構え、男に銃口を向けた。

「動くな……、フリーズ。ポリス」

銃把を握る右手を包みこんだ左手の親指で撃鉄を起こす。Ｐ２３０には安全装置がかけてあったが、撃鉄を起こすだけで解除される。

かすかな金属音に男は目を見開いた。だが、次の瞬間、拳銃を握る小町の右手を見てにやりとすると散弾銃を上向きにして前部銃床を後退させ、元に戻した。薬室に弾丸を装塡したのだ。

「フリーズ……」

もう一度くり返したが、あとがつづかない。

指示に従わなければ撃つって、英語だと何ていうんだっけ？

口元に人を小馬鹿にしたような笑みを浮かべたまま、男は散弾銃をゆったりと持ちあげ、肩付けして巨大な銃口を向けてきた。通路の幅は一メートル弱、男との距離は三メートルほどでしかない。膝の力が萎え、座りこみそうになる。

男がじっと見つめているのが何かがわかった。男は小町の右手、人差し指に注目していた。小町は撃鉄を起こしたものの、引き金に人差し指をかけられずにいた。撃たれる恐怖もあったが、それ以上に相手を撃つ決断がつかなかった。

そのとき、左後ろでみょうに間延びした銃声が轟きわたり、小町は思わず首を縮めた。散弾銃を構えていた外国人の男の鳩尾辺りがへこみ、がっと咽を鳴らして上体を折りまげ、そのまま前に倒れこむ。

小町のわきを濃緑色のジャンパー、砂色のカーゴパンツを穿いた大柄な男が背を丸め、両手に持った拳銃を突きだして小走りに抜けていく。

辰見悟郎の後任、現在の相勤者本橋邦薫。

近づいた本橋は男が放りだした散弾銃を爪先で遠ざけ、右手に持った拳銃を相手の頭に突きつけたまま、左手で軍用ジャケットのポケットを探った。右ポケットから折り畳みナイフと小さな拳銃を取りだして通路に捨てる。左ポケットからはスマートフォンが出てきた。さらにジャケットの裾をめくり、尻ポケットから財布、ジーンズの裾をめくってブーツを剝きだしにすると右足に差してあった細身のナイフを鞘ごと抜く。左足のブーツには何もなかったようだ。

右手の拳銃を左の腋の下に吊った拳銃ケースに戻してバンドで留めた本橋が手錠を取りだす。うつ伏せになって動かない男の右手に手錠をかけ、次いで左手を取って腰の後ろで右手とつないだ。

「殺しちゃったの？」

小町は訊いた。間の抜けた声が自分のものとは思えない。本橋は何もいわず倒れた男の腰に手を伸ばすとTシャツを大きくめくり上げた。剝きだしになったのは、黒い胴衣だ。

「ケブラー製の防弾衣……」本橋が男の背を指で押した。「今ならネット通販でいくらでも買えます」

「でも、彼、動かないじゃない」

「鳩尾に九ミリ弾を二発撃ちこみました。プロボクサーのショートアッパー並みの衝撃でしょう。横隔膜が痙攣して息が詰まり、躰も動かなくなる」

銃声が響きわたった直後、男の鳩尾あたりがへこんだのを小町は思いだした。

背を向け、うつ伏せになった男のそばにしゃがみこんだ本橋がふり返りもせずにいった。

「ところで、班長」

「はい?」

「そろそろ拳銃を下ろしてもらえませんか。首筋あたりがちりちりするんで」

「あっ」

小町は拳銃を下に向け、デコッキングレバーで撃鉄を中立位置にすると安全装置をかけた。ケースに拳銃を戻し、安全止革をかけてホックをはめる。

膝はまだ震えていた。本橋の大きな背中をうかがいながらそっと息を吐いた。

第一章　新メンバー

1

「猫が教えてくれたんです」

小町はいった。

黒いスーツを着た男性捜査員が片方の眉を吊りあげた。

「猫？」

「はい」

御徒町で金塊強奪事案が発生し、銃器を所持した被疑者が北に逃走したため出動が下令されたとき、小町は土手通りに面したかつてのマンモス交番——鉄筋コンクリート四階建てゆえにこう呼ばれた——二階にある分駐所にいた。すぐに相勤者の本橋とともに出動、第六方面本部から無線連絡が入れ、綾瀬川西側で警戒にあたるよう命じられた。すぐに警邏に出ていた二組にも連絡を入れ、いったん、西綾瀬で集合、それぞれに持ち場を割りふってパトロールにあたった。

小町と本橋は各々徒歩で付近の警戒にあたることにし、車を離れて歩きだした。午後四時過ぎ、幼稚園で綾瀬署の地域課員と話をしたあと、ふたたびパトロールに戻り、二階建てアパートのそばを通りかかったとき、動くものを目にして確認のため立ち寄ったところまでを話した。

「それが猫だったわけ？」

「ええ」

綾瀬警察署三階にある会議室で小町は本橋とともに男女二人の捜査員と向かいあっていた。二人とも本庁の組織犯罪対策部から来たといった。主に男性捜査員が質問し、女性捜査員は目の前にノートを広げ、わきにボイスレコーダーを置いていた。

かつては警視庁刑事部捜査四課として暴力団を担当していたが、現在は刑事局組織犯罪対策部――通称組対（そたい）――として独立している。あえて名乗らなかったが、目の前の二人が組対第二課の捜査員であることは察しがついた。二課が国際犯罪を担当している。

アパートで外国人の被疑者を確保したあと、病院に搬送した。機動捜査隊の任務は初動捜査にあり、通常であれば、被疑者の身柄を所轄の綾瀬署刑事課に引き渡せば、機捜としての仕事は終わり、いつも通りの仕事に戻れるはずだったが、今回はあっさりとは解放されないだろうと予想していた。

理由は二つあった。

一つは被疑者確保にあたって本橋が拳銃を使用しているためだ。拳銃使用の経緯をくわしく調べ、記者会見で警視庁としての見解を発表しなくてはならない。会見は綾瀬署で行われることになるだろう。

正当な拳銃使用だったという発表内容は最初から決まっている。すでに被疑者が持っていた散弾銃、小型拳銃、ナイフが真正の凶器であることはわかっており、銃刀法違反だけでなく、殺人未遂――小町に弾丸を装塡した散弾銃を向けている――であるのは間違いない。

記者会見までに御徒町の事案に関わりがあったことが確証できればさらにいい。

次に本橋の拳銃使用までの手順に落ち度がなかったことを明らかにする。小町、本橋、そして被疑者以外に現場を目撃していたり、携帯電話などで撮影した者がいないことを確認しなくてはならない。昨今ではたまたま現場付近に居合わせた一般市民が写真や動画をネット上に発表することがある。もっともネット上でどのような騒ぎになろうと警察は一切を否定するし、実際、小町にしてみれば本橋が撃たなければ、自分が確実に射殺されていたとわかっている。しかも被疑者の命に別状はない。

被疑者の取り調べは綾瀬署の刑事課があたる。くわしい容体については小町に知らされていなかった。

二つ目が少々厄介だ。昨夏から金塊強奪事件が全国各地で発生し、都内でも金塊にからむ強盗事案が既遂、未遂をふくめ、時おり起こっていた。また来日外国人による犯罪も件数が減ったとはいえ、凶悪化が進んでいる。これまでにも銃器、刃物などが押収されており、本庁組対では特別対策班を設け、専従捜査員を配置していた。おそらく目の前の二人もその一員だろう。

　男性捜査員が本橋に顔を向ける。

「そのとき本橋巡査部長はどちらにいました？」

「自分は現場のすぐ西側の通りを歩いていました。三叉路まで来たとき、稲田班長が現場であるアパートに入っていくのを見まして、その少しあとに凄まじい悲鳴が聞こえました」

「稲田班長の悲鳴だと思ったんですか」

「いえ、人間のものとは思えませんでした。実際、猫だったんですけど。それでアパートの前まで走ったんですが、通路をのぞいたときには、すでに班長は拳銃を抜いてマルヒと向かいあっていました」

「そのとき、稲田班長は何かいってましたか」

「フリーズ、ポリス……、そんな感じです」

「マルヒは？」

「警告を無視してポンプ式ショットガンの前部銃床を動かして薬室に弾丸を送りこみ、班長に銃口を向けました。引き金に指がかかっていたので、ただちに阻止しました」

　小町と男女の本庁捜査員が同時に本橋を見る。阻止という言葉を訓練以外で耳にするのはこれが初めてだ。

男性捜査員が本橋をのぞきこむように上体を前傾させる。

「警告は？」

「しました。とっさのことだったんで、いつも通り日本語で警察だと告げました。英語の警告は班長が済ませてましたし」

小町は記憶をたどった。本橋が警察だと怒鳴ったか、はっきりと憶えてはいない。男性捜査員が小町に目を向けてきたのでうなずいた。肝心なのは本橋が警告し、その後発砲したと記録に残ることだ。

女性捜査員がおずおずと口を挟んだ。

「猫はどうなりました？」

「自分が阻止したときに逃げていきました。発砲音に驚いたんでしょう。すごい勢いで通路の奥からとなりの家の方へ」

猫が逃げていった瞬間を小町は見ていない。だが、現場に猫の姿はなかった。

男性捜査員が躰を起こし、小町を見た。

「だいたいはわかりました。早急に状況報告書を作成して、コピーを一部、こちらの警務課に渡してやってください。会見がありますので。パソコンはこちらの刑事課で借りてください」

「了解しました」

男性捜査員が本橋に視線を戻す。

「もう少し残っていただきます」

「はい」

本橋が答え、小町は立ちあがって会議室を出た。ドアを閉め、右に目をやる。階段の踊り場にコーヒーの自動販売機があるのを見つけ、歩きだしながらスマートフォンをワイシャツのポケットから抜いた。稲田班の一人、小沼優哉の番号を選びだし、発信ボタンに触れる。二度目の呼び出し音でつながった。

「はい、小沼です」

「お疲れさん。今、電話大丈夫？」

「はい。車で移動中ですが、植木が運転してますので」

今年四月、定年退職した辰見のほかに浅草分駐所勤務が長かった伊佐も異動となり、女性警察官の植木さくらが後任となった。植木は刑事任用課程を修了したばかりで、現在は小沼と組ませて実地研修をさせている。

四月一日と十月一日が定期異動で辰見、伊佐につづき、二週間後には小沼が……。

小町は首を小さく首を振り、言葉を継いだ。

「そう。それでマルヒの方は？」

「意識を取りもどしたんですが、日本語も英語もダメだといってます」

形を変えた黙秘に違いない。

「身元は判明した？」

「いえ、財布はありましたが……」

「それは見た。本橋がマルヒのポケットから抜いた。でも、パスポートも外国人登録証もなしってことね」

「ええ。身元は不明のままですが、御徒町の事案との関わりについてはわかりました。こっちは駐車場の防犯カメラ映像にばっちりあの服装で映ってましたから」

小沼が声を低くする。

「どうやら社員の一人を撃ったのがあの男だったようです。これから綾瀬警察署(PS)に身柄(ガラ)を移して取り調べに入りますが、通訳の手配とか大変そうですよ」

「人材不足だからね。それ以外には？」

「自転車盗事案がありましたが、我々が現着する前に所轄が現行犯でガラを押さえました。常習らしくて前から内偵(ないてい)してたみたいですね。今、分駐所に向かってます。ほかに緊急事案はありません」

コーヒーの自動販売機の前まで来た小町は出てきたばかりの会議室に目を向けた。ドアはまだ開かない。

「了解。こっちはもう少し時間がかかりそう。ここで報告書を書けって」

「会見がありますからね」

「そういうこと。それじゃ、何かあったら連絡して」

「了解です」

　電話を切った小町はスマートフォンをポケットに戻し、小銭入れを出した。甘いコーヒーを飲みたい気分ではない。百円玉を投入し、砂糖、ミルクともになしのボタンを押す。紙コップが落ちる乾いた音がして自販機が唸りはじめる。

　四月に配属された新メンバーは本橋と植木の二人だが、本橋の方は機捜隊員としては異例づくめといえた。初対面は四月一日、本庁刑事局の機動捜査隊隊長室でのことだ。

　隊長室に入ると、応接セットで隊長と向かいあっていたクルーカットの男がさっと立ちあがった。目の当たりにして小町が思ったのはでかいでも分厚いでもなく……。

　ごつい。

　身長は百八十センチに少し欠けるくらいだろう。肩幅が広く、胸板が厚い。首も太い。スーツではなく、オリーブドラブのフライトジャンパーを着て、両太腿に大きなポケットのついた砂色のカーゴパンツ、黒のブーツを履いている。

「本橋邦薫です。本日付けで機動捜査隊浅草分駐所勤務を命じられました。よろしくお願いします」

躰つきに相応しく声は低く、ゆったりとした口調だ。

「稲田です。こちらこそよろしく」

「よし初対面の挨拶は終わったな」ソファの背に躰を預け、足を組んでいた隊長が顎をしゃくる。「まずは座ってくれ」

小町と本橋が並んで隊長に向かいあう。隊長が小町を見た。

「本橋は辰見部長の後任だが、いろいろ事情があってちょっと特殊な赴任になる。そのことをまずは君に説明しておこうと思ったんだ。そうはいっても機捜の任務はほかの隊員と同様にこなしてもらうので、これから話すことは本橋の直属の上司となる君の胸だけにおさめておいてもらいたい」

「はい」

「本橋はこれまで一貫して警備部にいた。昨日までは警備部警備第一課特殊部隊に所属していた」

「特殊部隊……」

警備部特殊部隊の創設は、昭和四十七年、九月五日、オリンピックが開催されていた当時の西ドイツミュンヘンで起こった事件がきっかけとなった。パレスチナ解放を訴える武装集団が選手村に侵入し、イスラエル選手団の宿舎を襲った。事件ではイスラエルの選手やコーチ、襲撃犯、警官など十七名が死亡している。

当時、西ドイツの警察には武装グループに対処する専門の組織がなかったため、救出作戦が失敗したとされた。それを受け、当事者である西ドイツはもとよりほかの国でも警察の対テロ特殊部隊創設に着手しはじめ、日本も同調したのである。

日本ではミュンヘン事件の翌日に警察庁が銃器等を使用した重大な突発事案に対処する部隊の創設を開始する通達を発している。だが、具体化は困難を極め、二年後の昭和四十九年に発生したダッカ日航機ハイジャック事案での失敗——身代金を奪われた上、超法規的措置によって獄中にあった過激派を解放、世界中の批判を浴びた——を受け、ようやく組織編成に乗り出せた。

日本の警察はミュンヘン事案直後、西ドイツに創設された特殊部隊をモデルとしたが、当初その存在は公表されないまま、警視庁、大阪府警の機動隊の一部隊員が訓練を開始した。秘匿(ひとく)部隊であるため、警察内部でも特科中隊、存在しないという意味で〝零(ゼロ)〟部隊などと呼ばれていたものだ。

実際、昭和五十四年一月に大阪市内の銀行で発生した人質事案——猟銃で武装した犯人が行員、客を人質に取り、駆けつけた警官二名をふくむ四名を射殺——に大阪府警の特殊部隊が出動したものの、発表では機動隊が対処したとされた。

隊員たちの姿がはじめてマスコミのカメラにとらえられたのは、平成七年に発生した全日空機ハイジャック事件で、このとき警察庁は特殊部隊の存在をようやく認めている。

警察庁が公式に通達を出したのは翌平成八年四月一日である。英文名称は特殊急襲部隊Special Assault TeamでSATと通称される。

小町は本橋に顔を向けた。やたら大きな手が目につく。

「SAT(サット)ですか」

「エス・エー・ティ」本橋が訂正する。「捜査一課特殊を糞(シット)といいますか」

Sousa Ikka Tokusyuの頭文字をとってSITと略称されることが多い。SITが刑事局の組織であり、ライフルや短機関銃などを装備している部隊もあるが、通常の私服警察官も多く、誘拐(ゆうかい)など重大事案が発生した際に迅速(じんそく)かつ機動的に動くのに対し、SATは警備局の部隊で出動時には常時短機関銃や拳銃で武装、防弾面のついたヘルメットや防弾衣(ボディアーマー)で鎧(よろ)っている。

小町は片眉を上げた。

「なるほど」

隊長が咳払(せきばら)いをして割りこむ。

「さて、小町……、おっと名前を呼び捨てにするとセクシャルハラスメントだな」

「どうぞ。お構いなく。慣れてますし、いささか酔狂(すいきょう)な名前ですが、案外気に入ってますんで」

「そうか」隊長がうなずく。「小町も知ってると思うが、検挙された外国人犯罪者は平成十七年の四万八千人弱をピークに年々減り、現在では三分の一ほどになっている」

小町は目を細め、隊長を見返した。一重まぶたの下で鋭い眼光を放つ瞳(ひとみ)がまっすぐに小町を見返した。

平成十七年といえば、韓国から掏摸(すり)集団が来日し、暴力的な犯罪を重ねていた時期だ。その後、たしかに警視庁をはじめ全国の道府県警察は外国人犯罪の取り締まりを強化していた。

表情を変えずに隊長がつづけた。

「しかし、統計数値のマジックだと批判する向きもある」

韓国人の暴力掏摸グループは摘発、壊滅に追いこんだものの中国人、韓国人、そのほか諸外国から入ってきた外国人による犯罪はそれほど減ってはいない。隊長のいう統計数値のマジックとは警察庁が発表の方法を変更した点を指していた。

平成二十四年までは来日外国人と在日外国人の犯罪を分けて発表していたが、翌々年からは来日、在日の区別をなくし、さらに検挙件数のうち、一般刑法犯を分けて発表することもやめてしまった。これにより交通違反、過失による事故による検挙者も統計に含まれるようになった。

しかし、来日外国人による犯罪の検挙者数はここ数年漸減してはいるものの平成に入ってからの数値はそれほど変わっていない。

隊長が躰を起こし、身を乗りだした。

「問題は検挙件数ではなく、凶悪事案が増加傾向にあるという点だ。国際的なテロ集団がわが国に迫っているという情報もあるし、違法薬物、銃器の密輸にしても手口が巧妙化している。そして三年後にはオリンピックが開催され、来日する外国人が急増すると考えられ、来日外国人による犯罪が深刻な問題となる恐れがある。わかるな？」

「はい」

「今や刑事局だ、警備局だと縄張り争いをしている場合じゃない。双方が協力して事態の変化に対応しなくてはならない。本橋の異動はその一環だが、現時点では小町の胸におさめ、ほかの隊員にはいつも通りの異動に過ぎないとしてくれ」

本庁組対に外国人による凶悪犯罪のための特別対策班が編成されているという話は聞いていた。小町はいまだ閉ざされたままの会議室のドアを見やる。特対班に所属する捜査員とじかに会ったのは今回が初めてである。

本橋も同じ特対班の一員なのだろう。会議室を出るとき、本橋にだけ残れといわれたときにぴんと来た。

当務制を敷いている機動捜査隊では二十四時間の当務、翌日は非番、翌々日が労休というローテーションで任務に就く。本橋は当務はほかの隊員たちと同様にこなしているが、当務明けの非番には早々に分駐所を出ていくことが多かった。書類作成もそつなくこなしているし、小町としては文句をつける筋合いはない。だが、配属されて半年近くが経つというのに一度も酒席をともにしたことがなく、何となくほかの隊員との間に距離をおいている印象を持った。

さらにもう一つ。

通常、警察官の拳銃は赴任先で貸与される。ところが、本橋は愛用の拳銃を持ちこんだのだ。もちろん私物であるはずはなく、貸与品なのだが、SAT（エスエーティ）時代から使用しているものを持ってきた。人と拳銃がいっしょに異動してくる例を小町は初めて目の当たりにした。

隊長室で会ったとき、本橋が足下の黒いバッグを開けて小町に見せ、使用を許可願いたいといった。小町に貸与されている拳銃と同じメーカーSIG／SAUER社製だが、P226というより大型のタイプだった。

たぬき親父め——小町は紙コップのブラックコーヒーをひと口すすり、機捜隊長の顔を思いうかべて肚（はら）の底で罵（ののし）った。

本橋が特対班のメンバーであると明確に示されたわけではないが、ほかの隊員との距離の置き方や拳銃といっしょに赴任してきたことを考えあわせると、自分の推測が的外れではないと思える。

さらに驚かされたのは、浅草分駐所で拳銃出納をしている係長とは旧知の間柄だったことだ。本橋が初任で交番勤務に就いた西新井警察署地域課にいて、指導係だったという。

九ミリ弾を使用するＰ２２６は小町の使っている拳銃よりはるかに威力が大きく……。

「よう」

声をかけられ、小町はふり返った。階段を上ってきた背の高い男が近づいてくる。

「モア長」小町は呆然としてつぶやいた。「どうしてここへ？」

モア長——森合巡査部長は本庁捜査一課の所属だが、強行犯係ではなく、継続捜査を担当する部署にいる。

「臨時雇いでね。今は外国人犯罪の摘発をやってる。今回の事案、お前がパクったと聞いて様子を見に来たんだ」

森合がにやりとして付けくわえる。

「持ってる刑事はやっぱり違う」

急にコーヒーの苦みが口中に広がった気がして、小町は思いきり顔をしかめた。

2

巡査部長という階級は警察において下から二つ目だが、ベテランも多く、敬意をこめて姓に部長とつづけて呼ばれることが多い。もちろん例外もあり、揶揄されている場合もある。森合部長は前者の方だ。少なくとも小町にとっては……。

小町にとって森合は特別な存在だ。刑事としての初任は大森警察署刑事課盗犯係で、そのとき直属の上司、相勤者、教育係となったのが森合だった。刑事とは何かを森合に教えられた。ちょうど今、植木さくらと小沼がペアを組んでいるようなものであり、その小沼にとっては辰見が同じ存在となる。

刑事は職人気質が強く、師弟関係によって学び、鍛えられる。階級では小町の方が一つ上の警部補だが、師匠であることに変わりない。親しい間柄になると部長の部が取れる場合がある。

森合は背が高く、顔が長かった。頬が削げ、角張った印象があって、イースター島のモアイ像に似ていた。森合部長がモリ長、そしてモア長となった。小町がモア長と呼べるようになるまで一年ほどかかった。時間をかけて慣れていったわけではなく、根気強く質屋を回り、盗品をチェックしているうちに常習窃盗犯検挙につなげたことによる。

手柄を立て、ようやく盗犯係の一員と認められた。質屋回りは労多くして功少なしの典型で地味な仕事なのだ。

どうしてここにいるのかと小町が訊ね、臨時雇いと森合が答えたわけは、現在の所属にある。本庁刑事部の捜査一課第五強行犯特別捜査二係で主任を務めている。強行犯係といっても特別捜査係は未解決事案の継続捜査をする部署であり、つい数時間前に起きた強盗殺人事件の捜査に加わることはない。

ズボンのポケットから小銭入れを取りだした森合が自動販売機に百円玉を入れ、ミルク入り、砂糖抜きのボタンを押した。

「組対が中心となって外国人犯罪の特対班が編成されている」

「聞いてはいました。さっき会った二人組もメンバーだと思いますが」

「七尾と栗山」森合が答え、取り出し口の透明な扉を開いて紙コップを取りだす。「男の方が七尾だ。若く見えるけど、もう四十でね。特対班を担当する管理官の一人だ」

「たしかに若く見えましたね。でも、切れ者って感じもありました」

「小町と同じ歳だろ。お前だって若く……」

目を細めて森合を睨めあげる。森合がちらり笑みを浮かべる。

「おれは被疑者が搬送された病院に寄ってきたんだ。そこで小町がパクったと聞いて、ついでにここまで来た」

「ついでですか」小町は肩をすくめた。「でも、パクったのは相勤者の方です」

逮捕までの経緯を簡単に話した。周囲に人影はない。特対班の一員でなかったとしても森合に訊かれれば、小町は答えていただろう。現場には杓子定規な規則よりはるかに大事な掟がある。

ひと通り話を聞いた森合が右手の親指と人差し指で丸を作った。手が大きいので円の直径はゆうに六、七センチありそうだ。

「これくらいの中に二つ、鬱血した跡があったよ」

小町は指をかしげ、森合がつづけた。

「処置室をのぞいて、マルヒの様子を見てきた。綾瀬PSも手を焼いてるみたいだな。まったく無言ってわけじゃないが、何を訊ねてもわけのわからん言葉が返ってくる。日本語も英語もダメだ。ちょうどそのときに看護師が来て、胸に当てていたガーゼを交換した。傷といっても鬱血痕が二つあるだけだ。今のところ、骨にも内臓にも損傷はないということだった」

「ケブラー製のボディアーマーを着用してたんです。本橋……、相勤者ですけど、彼が撃ちました。九ミリの拳銃を使ってるんですが、アーマー越しでもプロボクサーのパンチみたいなもんで息が詰まって動けなくなるって」

「なるほど。それにしても見事な腕だな。どんな状況だったんだ？」

「アパートの通路で私はマルヒと向きあってました。相手が散弾銃を手にしていることがわかったんで、すぐに拳銃を抜いて警告したんです」

いやな笑みを浮かべた、瘦せた男が散弾銃を操作して弾丸を送りこむ様子が浮かんでくる。小町は口元を歪めた。

「銃口を向けてきたとき、本橋が私のすぐ後ろで撃ちました」

「走りながらってことはないだろうが、素晴らしく早い決断だな」

「ええ」

うなずきかけた小町ははっとして森合を見上げた。

「どうした？」

「銃声です。鬱血痕は二つですよね」

「ああ」

「変に間延びした銃声だとは思ったんですけど、一発にしか聞こえませんでした」

「ほお」森合が目を見開く。「ダブルタップかよ」

ダブルタップという言葉は小町も知っていた。射撃法の一つで、ほとんど間隔を空けずに二発撃つ。命中率を高め、ダメージを大きくするためだ。インターネットの動画サイトで見ていたが、日本の警察官がダブルタップをしているなどと聞いたこともない。ましてや自分の目で見るとは夢にも思わなかった。

「警備部の特殊部隊出身なんです」
「警備から刑事への異動とは珍しい……」森合が小町をのぞきこむ。「ひょっとしてお
れと同じ臨時雇いか」
「本人はそういってます。でも、特対班なら顔くらい合わせてるんじゃないですか」
「特対班はいろいろな部署の寄せ集めでね。メンバー全員の顔を知ってるのは特対班長
と総括要員くらいじゃないか。それにしても異例だな」
「ええ。本橋が赴任してくるときに隊長から直々に話がありましたから」小町は森合を
ひたと見据えた。「何が起こってるんですか」
黙って見返した森合がコーヒーを飲みほし、紙コップを握りつぶして備え付けのゴミ
箱に放りこんだ。
しばらくの間ゴミ箱を見つめていたが、低い声で語りだした。
「一週間ほど前だ。神戸で暴力団員が射殺されただろ」
「はい」
「そのときミドリマンが目撃された。誰がつけたんだかわからんが、ひでえネーミング
だ。まあ、いい。緑色のジャンパーを着てたんで、そう呼ばれている。事件の一部始終
は近所の防犯カメラにとらえられていた」
森合が低い声でぼそぼそとつづけた。

狙われたのは広域暴力団の代表だったが、撃ち殺されたのはボディガードだ。ヒットマンが代表の乗る車を中心とする三台の車列の前にミニバンを突っこんで止めさせ、銃を持って飛びだした。襲われた側で最初に飛びだしたのが先頭の車に乗っていたボディガードで、射殺された被害者である。

「ボディガードに詰め寄られて、襲った方がびびった。胸ぐらをつかまれて、突き倒されちまったんだ。仰向けにひっくり返ったところへボディガードが馬乗りになって殴りつけた。そのときに弾いたんだが、その一発が上になってたボディガードの右目に命中したってわけだ。狙ったわけじゃない。怖くなって、夢中で引き金をひいたというのが実際だろう。そもそもヒットマンですらなかった可能性がある」

「どういうことですか」

「おとりだよ。本当のヒットマンはミドリマンだったんだろう。襲撃した側も二台の車を用意してたんだ。後ろの車から出てきてね。だけど最初の男とボディガードが揉み合ってるのを見て逃げだした。防犯カメラの映像を解析した結果、ミドリマンが持っていたのが自動小銃らしい」

「だけど逃げだした」

「自動小銃がロケット砲だったとしても撃つ奴がびびって逃げるようじゃどんな武器であれ役には立たない。もっと度胸があって、武器の扱いにも慣れている外国人を使うようになった」

「殺し屋を雇ったってことですか」

「映画じゃないからそんなたいそうなもんじゃあるまい。昔から外国人を使う方法はあった。殺させておいて出国させる。二十年前でも一人殺すのに十万か二十万といわれてた。もちろん円でね。今ならもっと安いんじゃないか」

「それじゃ今日の?」

「可能性はある」森合が小町に目を向けた。「外国人をヒットマンに使うというのも問題だが、料金が安くなってるために新たな問題が出てきた。奴らだって生活しなきゃならんし、何より自分の国に金を持って帰らなきゃならん」

「自分たちで金を稼ぐ方法に打って出た。金塊を奪うとか」

「組対が中心といいながらおれみたいなロートルまで駆りだされてるのはきな臭い連中が東京にも入ってきているからだ。暴力団の喧嘩(けんか)は西の方が派手だが、金はこっちの方がある」

そのとき、会議室のドアが開き、本橋が出てくるのが見えた。

「あれが?」

「はい」

「ごついって感じだな」

「ええ。私も初めて会ったときに同じ印象を持ちました。ところで、モア長……」

森合がもう一度小町を見る。

本庁刑事部捜査一課は警視庁の刑事にとっては至高の部署といえる。だが、希望して異動できるわけではなく、捜査一課員が独自にヘッドハンティングを行っている。つまり内部からの引きがなければ、たどり着くすべはないのだ。小沼があと二週間もしないうちに捜査一課に異動することが内定している背景には森合がいた。小沼に目をつけ、引っぱろうとしているのが森合なのだ。

「辰見氏が定年した上、伊佐も転勤した。その上小沼までとなれば、お前も苦労するだろう。まして辰見氏の後任はいわば臨時雇いだ。それでも職務はきっちりやらなくちゃならん」

「わかってます。ただ……」

実は小沼の異動にはもう一つ問題があった。ここに来て後任に予定されていた六本木中央署の刑事がうつ病で入院してしまったのだ。いつ退院するかは知らされていない。代わりの要員の手配についても連絡が来ていなかった。

だが、森合に愚痴をいったところでどうなるものでもない。

「いえ。何でもありません。いろいろ教えていただき、ありがとうございました」

わずかの間、小町を見つめていた森合だったが、小さくうなずくと会議室に向かって歩きだした。

森合と本橋がすれ違う。互いに目礼しただけで言葉は交わさなかった。

都道三一三号線尾竹橋(おたけばし)通りの花の木交差点を抜け、町屋(まちや)方面に向かう捜査車輌のハンドルを握った小沼はちらりと道路の左に目をやった。歩道を走っていた自転車がT字路にかかろうとしているのを見て胸の内でつぶやく。

ここだ。

五年前、同じ場所で自転車の二人乗りをしていた中学生を補導した。午前四時の出来事であり、そもそも自転車の二人乗りが道路交通法違反だ。友達を荷台に座らせ、ペダルを漕(こ)いでいたのが粟野力弥(あわのりきや)だった。直後、粟野が事件に巻きこまれ、解決に動いたことで付き合いが始まった。

今春、高校を卒業した粟野は警視庁巡査に採用され、今は警察学校にいる。縁は異なものというが本当にその通りだと思った。

前方に視線を戻す。少し先の交差点の信号が赤になっている。赤色灯を回し、サイレンを吹鳴させているが、ブレーキを踏んで減速する。交差点の前には数台が停まっていた。助手席の植木さくらに声をかけようとして息を嚥んだ。

植木が拳銃を抜き、鼻先にかざしてうっとり眺めているのだ。

「お前、何を……」

さっと顔を上げた植木が大声を出した。

「前、前」

前方の車に突っ込みそうになっていて、小沼は強くブレーキを踏んだ。車首が沈む。

ダッシュボードに手をついた植木がぶつぶついう。

「急ブレーキは危険ですよ」

危険はどっちだといいかけた小沼だったが、先にセンターコンソールに引っかけてあるマイクをつかみ、口元に持っていった。

「緊急車輌が赤信号を直進します。緊急車輌が通行します」

左右から交差点に進入しようとしていた車が停止し、小沼は減速したまま、交差点を通りぬけた。マイクをフックに戻す。

「何やってんだよ」

拳銃はケースから出した時点で使用とみなされる。必要のない場合は抜くことすら禁じられているのだ。

だが、植木の声はのんびりしていた。

「いいよなぁ。ねえ、小沼部長、信じられます? 貸与された拳銃に自分の名前が刻まれてるんですよ。これってやっぱり班長が手配してくれたんですかね」

植木に貸与されている拳銃の通称がＳＡＫＵＲＡなのだ。たしかに本体の左側面には白い文字が刻まれている。

「知るか。しまっとけ」

「はーい」

しぶしぶといった感じで植木が拳銃をケースに戻し、バンドをかけた。

大きな事件のない一日だった。日が暮れ、少し早めの晩飯にしようかと考えていたときに荒川六丁目で喧嘩騒ぎが起こったという通報があり、小沼は植木とともに出動してきた。アパートや住宅が入り組んだ一帯だったので自分が運転することにしてキーを取った。

分駐所を出て、泪橋(なみだばし)交差点を左折、明治通りを西進し、宮地(みやじ)の交差点で尾久橋(おぐばし)通りに入って北東へ進むという経路がすぐに浮かんだ。いったん町屋(まちや)駅まで出て、ふたたび西に向かえば現場に着く。夕方のラッシュを過ぎてはいるもののまだ車輛が数多く通行しているだろうが、所要時間は十分程度だろうと踏んだ。

千代田線町屋駅前の交差点を左折しながらちらりと植木に目をやる。さほど緊張しているようにも小沼の叱責(しっせき)がこたえているようにも見えない。

太(ふて)え奴(やつ)……。

実際、植木は体格がよかった。身長はさほどでもなかったが、躰が分厚い。刑事任用課程に入る前は浅草署の柔道部に所属し、女子のエースといわれていた。いずれオリンピック選手にという声もあったほどだが、本人が固辞、強く刑事を志望した。管轄内の居酒屋で女同士の喧嘩があって臨場したとき、たまたまその場に来た稲田小町の鮮やかな裁きに惚(ほ)れこんだのが理由だという。

そういえば、班長も助手席で拳銃を抜いていたことがあったなと思いだす。稲田が班長として赴任してきて間もない頃だ。さきほどの植木のようにスマートな自動拳銃を眺めてうっとりしていた。

小沼はサイレンを切り、左折して住宅街に入る。赤色灯は回したままにしておいた。すぐ道路わきに白黒のパトカーが一台、その後ろに二台、先頭にシルバーのセダンがある。どちらも赤色灯が回っていないのを見て、小沼は赤色灯のスイッチを切った。

「どうやら落ちついたようだな」

「そうですね」身を乗りだした植木が現場らしきマンションの入口を指さした。「浅川(あさかわ)部長がいます」

「一応、降りてみるか」

「せっかくですからね」

何がせっかくなのかと思いながらも小沼は車を止め、無線機のマイクを取って送信ボタンを押した。

「六六〇三から本部」

六六〇三が呼び出し符丁になる。正確には小沼と植木が乗ってきた捜査車輌に搭載されている無線機の番号だ。

〝本部、六六〇三、どうぞ〟

「六六〇三にあっては荒川六丁目に現着、これより車を離れる」

〝本部、了解〟

小沼と植木は車を降り、前に進んだ。マンションの前には制服警官が数人いて、浅川が少し離れたところに立っている。周囲には野次馬らしき人影がちらほらと見えた。小沼は浅川に近づいて声をかけた。

「ご苦労さまです」

「ご苦労さん」浅川が小沼をふり返る。「だいたい収まったよ。喧嘩してたのはここの……」

浅川が右にある古びた四階建てのマンションを見上げた。

「住人同士なんだが、片方が外国人でね。それで騒ぎが大きくなったらしい」

「喧嘩の原因は？」

「よくある話だ。ゴミを出す日じゃないのに外国人が出したってことらしい。買い物から帰ってきた別の住人が見つけて声をかけた……、というか怒鳴りつけたらしい」

浅川が周囲を見まわして声を落とす。

「怒鳴りつけたのがおばさんでね。怒鳴りつけられた外国人も女だった。二人して大声で罵り合いをしてるうちに通報した住人がいた。交番やら尾久(おぐ)ＰＳのパトカーや刑事が来てる」

マンションの入口のわきに白い自転車が二台並べてある。小沼は周囲を見まわして訊いた。

「浜岡(はまおか)は？」

浜岡が浅川の相勤者だ。とたんに浅川の表情が渋くなる。

「うちらが最初だったもんで、張り切っちゃってな。尾久の刑事が来たっていうのに外国人の部屋まで行って事情を聞いてるよ。報告書を書かなきゃならんってね。そんなもん所轄の刑事にまかせておきゃいいのに」

よくいえば仕事熱心、実体は猪突(ちょとつ)猛進型で一つのことに集中すると周囲が見えなくなる傾向がある。

「浜岡らしいですな」

「まあ、そうだがね」

浅川が苦笑する。

顔を上げた小沼はマンションの前で痩せた背の高い男が制服警官と話をしているのに

気がついた。警官の説明に苦り切った表情をしている。

「あの男は？」

「さあ」浅川が首を振る。「今さっき来たんじゃないかな」

「ちょっと話を聞いてきます」

「了解。ご苦労さん」

小沼は警官と向かいあっている男に近づいた。植木があとをついてくる。

3

近づいていくと痩せた男が小沼に目を向け、制服警官がふり返った。男は黒っぽいスーツにワイシャツ姿でネクタイは着けていなかった。青白い顔をして目だけが赤く潤んでいる。口のまわりや顎にうっすら髭（ひげ）が伸びている。

「はい、どうも。お疲れさまです」

どちらにともなくいいながら少しばかり間が抜けてるなと小沼は思った。

「何か……」

「はい」

制服警官がちらりと男を見てから小沼に名刺を差しだしたので受けとった。有限会社

天使商會　代表　古暮丈太郎とあり、所在地が台東区元浅草三丁目、携帯電話が添えられている。

「へえ、うちの近くだ」

思わずつぶやいた。名刺の住所からすると、小沼が住んでいるマンションからは都営大江戸線新御徒町駅を挟んで北側になる。もっともあと二週間で引っ越す予定だ。

「ええっと、ふる……」

「こ、ぐれです」

男が訂正する。目をやると弱々しい笑みを浮かべた。名刺を裏返すと英文で社名、肩書きなしでＪＯＥ　ＫＯＧＵＲＥ、それに携帯電話の番号があった。

小沼は顔を上げた。

うつむき、目の間を揉みながら古暮がいう。

「エリから電話がありましてね。サリがトラブルに巻きこまれたって。それでケツを運んできたってわけで」

サリ？　エリ？――小沼は胸のうちでつぶやく――モーツァルトかっての。

手を下ろした古暮の目はへこんでいた。ひどくくたびれ、眠そうに見えた。髪が乱れていた。パーマをあてているのか、もともと縮れているのかはわからないが、少なくともきちんと整えているようには見えなかった。

「エリというと？」

「このマンションで部屋を借りているカンボジアの女です。サリはエリの友達で日本に来たばかりでして、それでとりあえずエリの部屋に転がりこんでいるような状態で……。エリ、サリといっても本名じゃなく、愛称ですけどね。本名は発音しにくいもんで」

言葉が途切れ、古暮が欠伸をする。目尻の涙を指先で拭った。

「すみません。昨日の朝から動きっぱなしで名古屋まで車を転がして、さっき東京に戻ってきたばかりなものですから」

植木がわきからのぞきこみ、名刺と古暮を交互に見た。

「居住者とはどのようなご関係で？」

「私は一種の便利屋稼業をやってます。名刺には代表とありますが、代表兼社員、一人でやってるんですよ」

古暮が小沼を見て、ちらりと苦笑を浮かべる。

「代表ってのははったりです。うちの業務内容に家賃債務保証があるんです。平たくいうと身内屋で」

「身内屋？」

「最近は生涯独身という人も増えてるでしょう。賃貸契約を結ぶ際には連帯保証人が必要なんですが、親兄弟には頼みにくいって人も多くて。その代行をしたり」

「それで身内屋ですか」

「外国人のクライアントも多くて」

「それじゃ、サリという人の保証人をされてるんですか」

「いえ、エリの方です。契約書には同居人不可とうたってあるんですが、中にはルールを守らない連中もいましてね。契約した奴が転貸(またが)したり、一人で住むとしておきながら七、八人が同居してたり」

「それじゃ、エリって人も？」

「あの子……」古暮がちらりと苦笑する。「もう三十二ですから子って歳じゃないんですがね。エリはいたって真面目(まじめ)で、これまでトラブルを起こしたことはないんです。今回もサリを一泊か二泊させただけで」

「サリという女性にも面識があるんですか」

「いえ、先ほど受けた電話で初めて名前を聞きました」

「一泊か二泊ですよね？」

「もうちょっと長いかも知れません。すみません。本当のところはよくわかりません。サリはエリ以外に日本に知り合いはいないようで、エリにも日本人の知り合いはあまりいないと思います」

「電話で話したということですが、あちらの言葉を話せるんですか」

「いやぁ、片言というか挨拶程度というか」古暮が首をかしげる。「エリは日本に来て七年か八年になるんで、彼女の日本語の方が頼りになりますよ」

知り合いのいない外国人という点が引っかかった。来たばかりだとしても密入国の可能性がある。

「失礼」

小沼は古暮にいい、マンションの方に歩きながらスマートフォンを抜いた。浜岡の番号を呼びだし、発信ボタンに触れる。

「お疲れさまです。浜岡です」

「ご苦労さん」

そのとたん背後で凄まじい悲鳴が起こった。

「何だ？」

「さっきから大騒ぎですよ。この部屋の住人は多少日本語がわかるはずなんですが、何をいっても大声で叫ぶばかりで」

「荒川ＰＳの刑事も臨場してるっていうじゃないか」

「ええ、来てますけどね。通訳が来るまで事情も聞けませんよ。住人はカンボジア出身というのはわかって、いっしょにいる友達も同じです。二人ともパスポートは持ってましたからその辺は問題ないんですけど。とにかく凄い剣幕で」

また金切り声が背後から聞こえたが、何といっているのかはわからない。小沼はスマートフォンを耳にあてたまま古暮をふり返った。

「そこの住人の連帯保証人ってのが下に来てる。住人は日本に来て七、八年で日本が話せるといってるけど」

「どうなんですかね」

「連帯保証人といっても身内屋だけどね」

「言葉、わかるんですか」

「あまり頼りになりそうもないが、その部屋の住人とは顔見知りらしい。連れていこうか。古暮って人だ」

「ちょっと待ってください」

浜岡が荒川署の刑事と話をしているのが聞こえた。古暮という名前を出したとたん、金切り声が止まる。

浜岡がいった。

「とりあえず来てもらってくださいということです」

「わかった。すぐに行く」

小沼は電話を切り、スマートフォンをワイシャツのポケットに戻すと古暮、植木、制服警官が立っているところに戻っていった。

小町は綾瀬署に足止めを食らっていた。それでも一段落したので小沼に電話を入れ、分駐所の様子を聞くことにした。すでに午後十時近い。散弾銃を向けられてから六時間になろうとしている。

「サリ、エリともにパスポートは確認できましたので……」

電話口で小沼がいう。さえぎるように小町は訊きかえした。

「サリエリ？　カンボジア人っていわなかった？」

「サリとエリです。モーツアルトのあれみたいだって私も思いましたけどね」

小沼が低く笑う。スマートフォンを耳にあてたまま、小町はソファの背に躰をあずけ、天井を見上げた。

「どっちも本名じゃなくて愛称です。パスポートにアルファベットで表記されている本名も見たんですが、発音がよくわからなくて」

荒川の住宅街で喧嘩騒ぎがあり、小沼、植木だけでなく、浅川と浜岡も臨場したが、大声で罵りあっていただけで怪我人は出ていないという。ほかに出動が下令されるような事案はなかった。

喧嘩騒ぎのあったマンションに住んでいるのはエリで、上野のカンボジア料理店で閉店まで働き、その後、自宅近くのスナックで午前二時までアルバイトをしているという。

今日はカンボジア料理店の定休日だったので自宅にいたらしい。

「警察が来たんでエリが身内屋の古暮氏に連絡しまして……」

身内屋というのは何度か聞いたことがあった。正式な名称ではないが、おもに賃貸契約の際に料金をとって連帯保証人になる仕事だ。

「エリはひどく興奮してたんです。サリが口論になった相手というのが同じマンションの住人なんですけど、今までエリも何度かやり合ってるようなんです。ただつかみ合いになったわけでもありませんし、声が大きすぎたんで通報してきた住人がいたんです」

「誰？」

「一階に住んでるんですけど、管理人を兼ねてましして。大家の親戚とかで家賃をまけてもらうかわりに管理人をしてます。サリの顔を知らなかったんで、自分とこの住人が見知らぬ外国人にからまれてると思ったようです」

「それで？」

「身内屋の顔を見て、エリがようやく落ちついて話を聞けました。サリも非正規入国じゃないことはわかったんですが、かれこれ一週間近くエリの部屋に泊まってたようなんです。マンションは同居人を認めていないんで、通報してきた管理人が問題だっていいはじめましてね。結局、身内屋がサリを引き取って、ホテルを手配することになりました」

「サリって、一週間も何してたの？」

「婚活です。二年くらい前からインターネットを通じて知り合った男がいて、ずっとメールのやり取りをしてたようです。結婚という話も出て、一度会おうということになって来たんですが、成田に着いたとたん、メールも電話も通じなくなったとか」

「男がびびったわけ？」

「身内屋によれば、わりとよくある話らしいです。私もサリがスマホに入れていた相手の男の写真を見せてもらったんですが、それが……」

小沼がある俳優の名前を口にした。

「何、それ？　詐欺じゃない」

「詐欺とまでいえるかどうか。外国人の女にいい格好してみせただけかも知れません。サリの方もとびきりの美人というわけではないので多少脚色してる可能性はありますね。これも身内屋が教えてくれたんですけどね」

「どっちもどっちか。やれやれだね」

「そんなところです。まあ、サリにしてみれば、在留資格を得られる上にイケメンの日本人と結婚できるわけですから千載一遇のチャンスと思ったのも無理はないかも知れませんが」

「ほかには？」

「とくに出動要請はありません。そろそろ浅川部長と浜岡が戻ってくると思いますんで、私と植木は警邏に出ようかと思ってます。そちらはどうですか」

「今、本橋部長が綾瀬署の副署長と打ち合わせ中で私は応接室で待機してる」

小町は部屋の隅に置かれた大型テレビをちらりと見やった。今は電源を落としてある。夕方から夜にかけてのニュースでは御徒町で起こった武装グループによる金塊強奪事件と逃走した犯人の身柄確保までが取りあげられた。犯人逮捕にあたって警官が拳銃を使用し、犯人が負傷したという点は簡単に触れられただけで、綾瀬署の副署長、刑事課長が並んだ会見では犯人が武器を所持し、警察官——小町のことだ——および周辺住民に危害が及ぶ可能性があったため、正当な武器使用だったと発表している。あわせて犯人の命に別状がないことも公表された。

小町と本橋は綾瀬署で本庁組対の外国人犯罪特対班の事情聴取を受けたあと、西綾瀬のアパート通路での現場検証に立ち合った。本橋の拳銃から排出された空薬莢は回収されていたが、落ちていた場所はテープで丸く囲まれ、A、Bと記された黒いパネルが置かれていた。犯人が倒れていた場所にもテープで印がつけられていたが、両者の間は三メートルほどしかなく、その間に自分が立っていたのだと思うとあらためてぞっとしたものだ。

本橋が撃ち、確保した被疑者は飯田橋の警察病院に身柄を移されている。怪我は打ち身程度だが、特対班が取り調べを行うのに都合がいいのだろう。

現場検証から戻ったあと、小町は刑事課のパソコンを借りて捜査状況報告書を作成していた。本橋の方は拳銃を使用しているので、そちらの作成に時間を要するのはわかっていた。おそらく副署長との打ち合わせというのは、本庁で作成される書類を待っているのだろう。

威嚇射撃までなら警視総監宛の報告書で済むが、被疑者に向けて発砲する危害射撃の場合は警察庁長官への報告書が必要になる。実際には本橋から事情を聞き、書類は本庁で作成、内容を本橋が確認し、署名捺印という流れになるだろう。

拳銃使用について問題はない。被疑者は弾丸を装塡した散弾銃を小町に向けていた。これは警察官職務執行法第七条に認められる武器使用の要件〈犯人の逮捕若しくは逃走の防止、自己若しくは他人に対する防護又は抵抗の抑止の公務執行に対する抵抗の抑止のため必要であると認める相当な理由〉に該当する。緊急避難であり、正当防衛でもある。

「それじゃ、何かあったら電話して」

「了解しました」

電話を切り、小町はスマートフォンを目の前のテーブルに置いてふたたびソファの背に躰を預けた。

今の電話では、現場検証に行く直前、森合に会ったことに触れなかった。あえて小沼に告げる必要はないからだ。しかし、心のどこかで森合が小沼を捜査一課に引っぱったことにわだかまりを感じているせいかも知れなかった。

テーブルをぼんやりと眺めていた。スマートフォンのわきには拳銃、警棒、手錠のケースをつけたままの帯革が丸めてあった。拳銃に目を留めたまま、上着の内ポケットに入れた受令機から伸びるイヤフォンをつまみ、耳に挿した。低いノイズが流れているだけでしかない。たとえ浅草分駐所がらみの呼び出しがあったとしても、よほどの重大事案でもないかぎり今の小町には動きようがない。

目を細め、アパートの一階通路で外国人の男と向きあった瞬間を脳裏に描いていた。相手が何に注目していたか、小町にはわかっていた。拳銃をかまえた小町の右の人差し指がまっすぐに伸び、引き金にかかっていないのを見ていたのだ。余裕を見せ、にやにやしながら薬室に弾丸を送りこみ、小町に銃口を向けてきた。

それでも小町は引き金に指を置けなかった。

どれほどの時間、そうして装備品を眺めていたのかわからない。ドアがノックされ、我に返った。

「はい、どうぞ」

入ってきたのは本橋だ。

「お待たせしました」

「ご苦労さま」小町はテーブルに目を向けたままいった。「書類は全部片付いた？」

「はい。待たされましたが、本庁の人間が作成した書類に名前を書いて判をつくだけだったので手間はかかりませんでした」

予想した通りだ。

小町は唇を嘗め、声を圧しだした。

「一つ、訊いてもいい？」

「何でしょう」

「通路に飛びこんできたとき、マルヒがボディアーマーを着けているとわかってた？」

「まさか」本橋が落ちついた声で答えた。「わかったのは撃った瞬間ですよ」

「手応えで？」

「いえ。Tシャツはへこみましたけど、血が出ませんでしたからね」

わずかに間をおいて付けくわえた。

「たしかに軟らかなものを撃ったという感触はありましたね。でも、後付けでしょう。奴が班長に銃を向けたのを現認して撃つまでに一秒もなかったと思います」

小町は傍らに立つ本橋を見上げた。本橋の視線はテーブルに並べた小町の装備に向けられていた。

「それじゃ、殺すかも知れないと思いながら撃ったの？　鳩尾に直径五センチくらいの範囲に二発入っていたって話だけど」

「躰の真ん中を撃っただけです。正直にいえば、プロボクサーのショートアッパー云々というのも後付けです。うつ伏せになってる奴を見て、ボクサーの話を思いだしたんです」

本橋が目を動かし、真っ直ぐに小町を見る。

「班長はあいつを殺そうと思ってましたか」

しばらくの間、本橋を見返していたが、小さく首を振った。

「指が痺れて……、引き金に触ることもできなかった」

本橋が顎を引くようにしてうなずいた。

「それでいいです。殺す方は自分にまかせてください」

「今までにも……、ごめんなさい。訊いちゃいけないことよね」

小町はスマートフォンを取ってワイシャツのポケットに入れると立ちあがって帯革に手を伸ばした。

「初めてですよ」本橋が答えた。「今までにも銃器犯罪事案には臨場してますが、人を撃ったのは今日が初めてです」

帯革を腰に巻きながら本橋に目をやる。

でも、この男なら次もためらいなく撃つだろうと思った。

「ところで、班長。このあとすぐ分駐所に戻らなくちゃなりませんか」

「いや、穏やかな夜みたい。今さっき小沼に電話したけど、何もないって」

「飯、食ってから帰りませんか」

「どこかあてがあるみたいね」

「ええ。管轄内です」

「それならOKね。おまかせする」

会議室を出た二人は綾瀬署北側の駐車場に向かった。

4

綾瀬署の裏門から出て左折、すぐ先の環状七号線にぶつかる警察署前交差点の手前で本橋が右折レーンに入れた。信号の下に右向きの矢印が出るのを待って右折、環状七号線に入って西進する。

助手席の窓に左肘（ひだりひじ）を置いた小町は目を道路の左側に向け、耳では無線機のスピーカーから流れる交信を聞いていた。小町と本橋の乗る車の符丁六六〇一、機動捜査隊の呼び出しもなく、走行する車輛、歩道の歩行者、自転車ともに数えるほどでしかない。

ほどなく首都高速三郷線の高架下を抜け、綾瀬川にかかる加平橋に出た。川面に高速道路の照明が映り、白や紫、グリーンの光が並んでいる。視線の先の対岸には散弾銃を持った外国人と向きあった西綾瀬もあるが、もちろん見ることはできなかった。

ハンドルを握る本橋が梅島陸橋の手前で左側の車線に入れ、陸橋下の交差点で右折、日光街道に入って北上する。次の信号で左折した。

「どこに向かってるの?」

「竹ノ塚です」

「このあたりに土地鑑があるみたいね」

「自分の初任地は西新井PSだったんです」

「初任地ということは、そこで浅草分駐所の拳銃出納をやってる係長といっしょだったのよね?」

「そうです」本橋が口元に笑みを浮かべる。「あの人も好きでしょ」

右手をハンドルから離し、人差し指を突きあげ、次いで曲げてみせる。引き金をひく動きだ。

「そうね」

「班長もなかなかの拳銃マニアだと聞きました」

「あ、そう」小町は前方に視線を戻す。「下手の横好きだっていってなかった?」

小町はたしかに拳銃に興味があった。機動捜査隊を志望したのも現在貸与されているセミオートマチック拳銃SIG／SAUER　P230Jを持ちたかったのが理由の一つだ。もっとも拳銃の種類を希望したところで通るはずもなく、そもそも希望を訊かれない。それでも望み通りの拳銃があたったのは持ってる刑事たる由縁かも知れない。

しかし、興味があるのと射撃の腕がいいというのは必ずしも一致しない。射撃方法や弾道学等々は徹底的に勉強した。もともと好きだったのでまるで苦にならなかった。すべて頭に叩き(たた)こんだ通りにやっているはずなのに弾丸は微妙に的から外れた。

四月に異動してきた植木が貸与された拳銃を頭の上で振りながら——分駐所内とはいえ、立派な規則違反になる——小町の前にやって来たのを思いだす。太めの躰を折り、深々と一礼した後にいった。

『ありがとうございます。班長のおかげです』

何をいわれているのかわからなかった。植木が喜んだのは、SAKURAが貸与されたことだ。

『まさか自分の名前が入ってる拳銃があたるとは思ってませんでした』

小町は何もしていない。たまたま植木さくらにSAKURAが貸与されただけのことだが、ひょっとしたら植木の名前を見て差配したしゃれのわかる御仁がいたのかも知れない。

「いえ、そんなことはいってませんでした。私が特殊の方へ進んだのも幾分かはあの人の影響があるかも知れません」

「どうして？」

「あの人は射撃の選手だったんです。自分が配属された西新井ＰＳでは、五十を過ぎていて選手を降りてましたけどね」

「歳には勝てないか。でも、老眼って遠くの物は見えるんじゃなかった？」

「視力じゃなく、気力の問題です。射撃のとき、班長は標的を見るでしょ」

「もちろん。でも、目の焦点はきちんと照星と照門に合わせてるよ」

「基本ですね」

小馬鹿にされたような気がした。

「間違ってる？」

「その前に標的は見るでしょう。どこを狙ってますか」

「中心」

「中心の黒丸には×印がありますよね」

「ちゃんと×印に合わせてるよ」

「白い×印のけば……、繊維が見えてますか」

「何、それ？」

「標的紙の繊維ですよ。細かいけばが立ってます。その何本目を狙うかを決めてますか」

「そんなの見えるはずないじゃない」

「その通り」

　また小馬鹿にされたような気がした。本橋が気にする様子もなくつづける。

「でも、集中すれば見えるようになります。そして撃つときの体調、自分のチャカの特性、呼吸、心拍……、そういったものを勘案して、その瞬間にどのけばを狙うかを決めます。たとえば×印の中央から三本目とか」

「ゴチャゴチャ考えてるのね」

「考えてません。考えてるようだと弾はあたりませんよ」

　小町はむっとして本橋の横顔を睨んだ。おちょくられているに違いない。だが、本橋の口元からは笑みが消え、厳しい表情をしている。

「ただ見えるだけです。今日はあそこだ、と。そこを狙えば、十点になる。遅撃ちならその集中力を持続させなきゃいけませんし、とっさのとき……、今日のような状況はその最たるものですが、瞬間的に見極めなければならない」

「きつそうね」

「体力的にも負荷がかかりますが、それ以上に気力です。何があっても必中させるという強い思いが必要なんです」

「歳をとると、その気力に欠けるようになるということ？」

「しようがないですね。若い選手も育ってきますから。勝負の世界は厳しいです」

「今みたいなことをうちの係長に習ったわけ？」

「ほとんど酒の席で、ですけどね。あの人はチャカも好きですけど、酒も好きで。酔えば酔うほど射撃の話になっていくんです」

「嫌いじゃないな、そういうの」

「自分も同じです」

車は青信号の交差点を抜けた。右に行けば、栗原の氷川神社だなと小町はちらりと思った。次の交差点をふたたび右折し、団地の間を通って小学校を右に見ながら直進しつづけ、コンビニエンスストアの手前を左に入り、少し行くと右にコインパーキングが見えてきた。本橋が顎で指す。

「車はここに置きます」

「了解」

コインパーキングに捜査車輛を入れ、二人は車を降りた。マンションのわきを抜けた先の通りに出て、小町は目を瞠った。通りの両側に並ぶ店名入りの行灯は派手を通りこしてけばけばしい。

「竹ノ塚の近くにこんなところがあるんだ」

「リトルマニラと呼ばれてます」

さらりといった本橋が右にある店のドアに手をかける。入口の前に置かれた行灯には軽食・コーヒー、ホット・パラダイスとあった。軽食をうたってはいるが、どう見てもスナックでしかない。

本橋につづいて店に入った小町は中を見回して独りごちた。

「昭和だ」


「ちょっと止める」

捜査車輛の運転席で小沼はブレーキを踏み、一方通行路の左に寄せて停車し、ハザードランプのスイッチを入れた。右にある建物を見上げる。一階にはシャッターが降りていて、看板が見当たらないので店舗か会社かわからない。シャッターの右の扉が開いていて、階段が見える。建物は五階建てだが、エレベーターはないのかも知れない。

４Ｆって書いてあったよなと思いつつ小沼はビルを見上げた。二階と最上階の窓は明るかったが、三、四階は暗かった。

助手席の植木が身を乗りだしてくる。

「何ですか」

「さっき会ったろ。身内屋の古暮って。彼のオフィスがこのビルの四階に入ってる」

さらに身を乗りだした植木が建物を見る。

「明かりは点いてませんね」

「サリって女をホテルに連れていくといってたけど、手頃な空きが見つからないのか。ひょっとしたらここはオフィスだけかも知れないけどね」

自分でいいながら、それはないだろうと胸のうちでつぶやく。一人でやっているといっていたから住まいと事務所は兼用であるような気がした。

センターコンソールのわきに取りつけられている無線機からはぶつぶつという音が聞こえているが、指令も応援要請もない。分駐所を出て、台東区内をひとまわりしたあと、ふと思いついて元浅草まで来た。

「なかなかイケメンでしたね」

元の位置に戻った植木がいう。

「そうだね」

肯定しながらも眠そうな顔をしていたと思っただけだ。小沼はハザードランプを切り、シフトレバーをDレンジに入れた。右後方を確認して、車をゆっくりとスタートさせる。

浅草通りを左折し、地下鉄銀座線の稲荷町駅の看板が見えたところでふたたび左に曲がり、清洲橋通りを南下しはじめる。

「どこ、回るんですか」

「ここまで来たんだ。今のところ急ぎの用もないみたいだから昼間の強盗現場を見ていこう」

「マルヒは三人ともパクられてますよね」

植木の言葉にうなずく。すでに日付が変わろうとしている。現場には誰もいないだろうし、ひょっとしたら封鎖も解かれているかも知れない。

「現場百回というだろ。一応、自分の目で見ておきたいんだ」

「はい」

佐竹（さたけ）通り南口の交差点で右折、仲徒一（なかかちいち）通りに入る。仲徒一通りはＪＲ御徒町駅の南側へ向かう一方通行路で、事件現場は通りに面している。

「さすがに詳しいですね。カーナビなしですいすい行けちゃう」

「この界隈（かいわい）を六年も走りまわってりゃ、いやでも憶えるよ」

その上、すぐ左側に自宅があるというのは嚥みこんだ。

昭和通りを渡り、仲御徒町に入った。すぐ先の右側が現場だ。植木が躰を起こした。

「あれぇ？　まだ誰かいるみたいですよ」

「そうだな」

予想に反して駐車場内には強力な発光器が四基も置かれ、地面を照らしていた。鑑識課員が数人、四つん這いになって地面を観察していて、駐車場は敷地全体が黄色と黒のテープで囲まれていた。小沼は駐車場の角を曲がって宝石商が並んでいる狭い通りに入った。通りの右側に機動鑑識の紺色のミニバン、白のフォードアセダンが停められていた。セダンの前に捜査車輛を入れ、車を降りた。

ひたいに冷たいしずくがぽつりと落ちて空を見上げた。分駐所を出たときに比べてはっきりわかるほど空気がひんやりしている。雨になるのかも知れない。

駐車場に近づくと顔見知りが背を向けていた。上野署のベテラン刑事で何度もいっしょに仕事をしている。

「ご苦労さまです」

ふり返った刑事が小沼に気がつく。

「おや、機捜のお出ましとは」そういったあと植木に目をやり、互いに声をかけ、小沼に視線を戻した。「無線でも入ったかね」

「いえ、警邏中にたまたま近くを通ったものですから」小沼は駐車場に目を向けた。「マルヒをパクったわりにはずいぶん熱心にやってますね」

「うん」

刑事が眉間にしわを刻み、駐車場に顔を向けた。顎を撫でる。何かあったのだろうかと思っているうちに刑事が切りだした。

「それがな……」

刑事の話を聞いているうちに小沼も腕組みし、眉を寄せていた。

昭和のままのスナックに相応しくボックス席の椅子は傷だらけのビニール張りで背が立っている。小町は本橋にいわれるまま、入口を背にして座った。右肩を壁に寄せた。テーブルを挟んで本橋が向かいに腰を下ろす。ボックス席は四人掛けだ。

装備はつけたままだったが、拳銃は右腰のやや後ろ、手錠は腰の左側につけているのでどちらも上着の裾で隠れ、人目につく心配はない。左腰の警棒はケースが回転するようになっているので横向きにし、握りの後端に上着の裾をかぶせた。

店内には奥にカウンターがあり、カウンターわきに七、八人が座れそうなコーナーがあり、ほかは四人掛けのボックス席で左右の壁際に八つ置かれていた。ほとんどの席が埋まっている。年配の客が多い。

前に視線を戻し、いきなり本橋がジャンパーを脱ぐのを見てぎょっとした。小町も本橋も綾瀬署に入る前に防弾チョッキは脱いでいたが、装備はそのままつけていた。だが、目の前の本橋はグレーのTシャツを着ているだけだ。勤務中、本橋が黒のナイロン製ショルダーホルスターを使っているのは知っている。左のわきの下に拳銃、右のわきの下に手錠と警棒のケースを吊っている。

小町の顔つきに気づいた本橋がにやりとして壁際に置いたジャンパーをほんの一瞬はぐってみせる。ショルダーホルスターの一部が見えた。

「飯食うときには鬱陶しいですからね」

ショルダーホルスターはリュックサックを背負うように肩紐に両腕を通し、装着する。ジャンパーを脱ぐとき、いっしょに外したのだろう。ごく自然な動きにしか見えなかった。

「器用なもんね」

「慣れてますから」

「前任者は分駐所にいるときは机の抽斗、車に乗ったときは保管庫に放りこんだままだった」

「現場に行ってからつけるんですか」

「いえ」小町は首を振った。「たいていは車に置きっぱなし。歳のせいか肩凝りがひどいって」

「辰見さんでしたね。班長がよく話しておられる」

「え？」

本橋に辰見の話をしたことはほとんどないはずだ。辰見のことを思いだすのも滅多にない。

中年の女性が近づいてきて、小町と本橋の前に水の入ったコップを置いた。顔立ちからすると東南アジア系のようだ。

「いらっしゃいませ。本橋さん、久しぶりね」

言葉にはかすかに訛りがあるような気がした。

「近くに来たんでね。思いだしたんだ」

「もっとしょっちゅう思いだしてよ。ビール？」

「いや、まだ仕事中だ。上司といっしょでね」

「あら」女性が小町を見て、目を見開く。「女の人なのに……、ごめんなさい。それいっちゃいけないのよね」

「平気ですよ」

女がしげしげと小町を見る。

「美人さんねぇ」

それもセクシャルハラスメントだと思いつつも悪い気はしない。小町はにっこり頬笑んだ。

本橋がメニューを広げ、小町の前に差しだした。

「何にしますか。どれもボリュームがあってそこそこうまいですよ」

「そこそこはないでしょ」女がすかさずいう。「どれもすごく美味しいよ」

「そう。アイリさんのいう通り。どれもうまい」

メニューには定食が並んでいた。もっとも写真はなく、料理の名前が手書きで記されているだけに過ぎない。

「何にするの？」

「自分はしょうが焼き定食、ライス大盛りです」

「それじゃ、私も同じ物を。ライスは普通サイズで」

「しょうが焼き定食、ライス大盛り一つ、並盛り一つ。かしこまりました」

女が厨房に向かうと本橋がいった。

「アイリというのはニックネームです。本当はアイリーンだから大して違いはありませんが」

「どこの出身？」

「フィリピン。ですが、もう日本に来て三十年になりますから日本語に不自由はないです。漢字も勉強して、読む方もOKです。いろいろ苦労したようですが」

そのときワイシャツの胸ポケットでスマートフォンが振動した。取りだすと小沼の名前が表示されている。

「小沼からだ。ちょっとごめん」

立ちあがった小町はスマートフォンを耳にあて、店を出た。いつの間にか雨が降りだしている。

「はい、稲田」

「ご苦労さまです。今、電話大丈夫ですか」

「ええ」

「御徒町の現場に来てるんですが」

「何かあった？」

「指令とか応援要請があったわけじゃなく、近所まで来たんで、ちょっと寄ってみたんです。そうしたら上野ＰＳと機(き)動鑑(かん)識が来てましてね」

　小町は空を見上げた。雨粒は細かかったが、地面が濡(ぬ)れると事件の痕跡が洗われてしまう。

「班長と本橋部長がパクった奴の足跡(ゲソ)が合わないんです」

「現場って駐車場でしょ。下はアスファルトだった」

「コンクリートです。それで靴の跡が採取できたらしいんですけど、マルヒ二人分と襲われたマルガイ三人分がほぼ採れたと」

「一人は運転席に乗ったままよね」

「そうなんですが、班長たちがパクった奴の服装はマルガイの一人を撃った奴と一致してるんです。つまり……」

「車の外にいた」

どういうこと?——小町は雨を頰に感じていた——マルヒは別にいる?

第二章　二つ目のタリム

1

「遅くなりましたが、引き継ぎを始めます」

小町は浅草分駐所に面した小会議室で告げた。小町のとなりには本橋、テーブルの向かい側には班長を務める警部補の米澤幸永と相勤者がついている。

浅草分駐所は、小町の率いる稲田班のほか、米澤班、前島班が交代で当務にあたっていた。米澤は今年六月、笠置と交代したばかりで、小町より二歳若く、渋谷署刑事課から異動してきた。ちなみに警部補へ昇進では一年先輩になる。すらりとした体軀で盗犯畑が長い。

これもまた流転と小町は思っていた。浅草分駐所勤務もまる四年になろうとしているが、着任当初にいた隊員の半分以上が異動していた。

小町は言葉を継いだ。

「まず昨日午後三時に発生した御徒町の駐車場における金塊強奪事案について……」

当務を交代する際の引き継ぎは毎朝九時に行われていた。基本的には隊員は午前九時までに分駐所に戻り、引き継ぎを行って当務を終える。しかし、前日からの仕事がつづいていたり、担当する管内に捜査本部が立っていたりすれば、話は別だ。最少人数なら班長同士が打ち合わせを行えば、引き継ぎはできる。会議室を使わず、立ち話や電話で済ませることもあった。

昨夜、日付が変わろうとする頃、小沼から電話があった。御徒町強盗事案の現場に立ち寄ったとき、鑑識課員が作業をしているのに出くわした。その場に顔見知りの上野署の刑事がいたので声をかけたところ、現場に残されていた靴の跡が小町と本橋が逮捕した被疑者のものと一致しないと教えられたという。

現場には被疑者のものと思われる靴の跡が二人分残されていた。犯行の様子や使用された黒のミニバンは現場周辺の防犯カメラにとらえられていた。現場から逃走したミニバンが綾瀬駅近くのコインパーキングに乗り捨てられていたこと、被疑者たちが同じ場所で白いセダンに乗り換えていることなどがほぼリアルタイムで把握されている。

小沼の電話から三十分もしないうちに第六および隣接する方面本部の所轄署、機動捜査隊、自動車警邏隊に厳戒が下令された。小町は本橋とともに一晩中走りまわったが、どこからもそれらしき不審者を発見したという報は寄せられなかった。引き継ぎに入る前には浅川、浜岡組、小沼、植木組ともに戻っていない。戻り次第、分駐所で待ちかまえている米澤班の隊員と交代することになっている。

小町はつづけた。

「本事案における被疑者（マルヒ）三名はいずれも綾瀬駅周辺のコインパーキングにおいて犯行に

使用した黒のミニバンから白のセダンに乗り換えています。黒のミニバンを発見してから一時間のうちに白のセダンに乗っているマルヒ二名の身柄を確保、また西綾瀬において武器を所持した東南アジア系の男一人についても身柄を確保しています」

となりにいる本橋は身じろぎもせずテーブルに置いたレジュメを見ていた。御徒町事案について経緯が記されており、確保後に撮影された三人の顔写真がクリップで留められていた。

御徒町の強盗事件と、小町たちが対峙した男がどのように関わるのかははっきりしていなかったが、いずれにせよ男が真正の散弾銃、小型拳銃、ナイフ二挺を所持しており、そのうち実弾を装塡し、いつでも発砲できる状態にして小町に向けているので本橋の拳銃使用が問題になることはない。

米澤が手にしたレジュメから顔を上げる。

「昨日、稲田班長が確保したマルヒは……」

確保したのは本橋だけど、と小町は思ったが、口にはしなかった。米澤がつづける。

「御徒町事案のマルヒとどこかで入れ替わっていたということですか」

「その点は不明です。少なくとも現場での防犯カメラ映像と西綾瀬で確保した男の服装は酷似していました」

御徒町で撃たれた被害者が病院に搬送された時点で上野署では捜査本部開設の準備が

始まっており、綾瀬署管内で被疑者二名、凶器を帯びた男一名が確保されているため、上野、綾瀬両署による合同となっている。

レジュメにも書いてあるが、白のセダンに乗っていて付近を警戒していた綾瀬署地域課員によって逮捕された二人の被疑者は相変わらず取り調べに応じず身元は明らかになっていない。

そのほか昨日の朝から今朝までの一当務中に稲田班が臨場した事案について説明し、引き継ぎを終えた。会議室から出た小町は席を見やり、まだ誰も戻っていないのを確かめるとつづいて出てきた本橋をふり返って告げた。

「先にチャカを戻してくる」

「わかりました。自分は書類にかかります」

「了解」

分駐所を出て、階段を四階まで昇る。足がだるかった。足だけでなく、体中の筋肉がすかすかになっているような感じだ。西綾瀬での一件以降、現場検証以外は夜半まで綾瀬署にいたので、いつもより運動量は少ない。しかも現場となったアパートから戻ってからというものほとんどソファに座っていただけだ。

さすがに眠れなかった。二十四時間の当務中、四時間の休憩を義務づけられており、会議室のソファに横になって——そのために綾瀬署がわざわざ会議室をあてがってくれたのはわかっていた――、仮眠しても構わなかったのだが、緊張がほどけなかった。今も緊張状態がつづいている。

四階に上がり、廊下の突き当たりにある拳銃保管室に入った。カウンターの向こう側にいた係長が立ちあがり、背後にある分厚い扉の保管庫に向かった。保管庫は大小二つあって、大きな方に拳銃、小さな方に弾薬を収納するようになっている。

カウンターの前に立った小町は右手で拳銃を取り、弾倉を抜いた。安全装置を外し、スライドを引いて薬室に入っていた弾丸を抜く。宙を舞った三二口径弾を左手でキャッチする。

「相変わらず薬室に弾を入れっぱなしか」

「撃鉄（ハンマー）を中立（ハーフコック）にしておけば、回転式（リボルバー）と同じことです」

規定では半自動拳銃の場合、薬室を空にしておかなければならない。しかし、小町はつねに薬室に第一弾を送りこみ、撃鉄をハーフコックにして安全装置をかけていた。回転式拳銃なら抜いて引き金をひけば、発射できるが、安全装置を外す一手間がかかる。左手の弾丸をカウンターに置いた小町は撃鉄を左手の親指で押さえたまま、引き金をひいた。落ちようとする撃鉄を指で支えてゆっくりと下ろす。

薬室が空なら引き金をひけるのに――胸のうちでつぶやく。

散弾銃を構えた男の顔が脳裏を過ぎっていく。口元に笑みを浮かべ、小町の右手を見ていた。

帯革に着けた吊り紐（ランヤード）の金具を外し、拳銃をカウンターに置く。一日の仕事が終わったと感じる一瞬だ。

係長がカウンターに白い小さなプレートを置いた。プレートには小町の職員番号が刻まれている。プレートをランヤードの金具に取りつけ、拳銃ケースに入れる。

「昨日は大変だったな」

なぐさめるようにいう係長に目を向け、小町は左の親指と人差し指で丸をつくってのぞきこんだ。

「これくらいの範囲に九ミリ弾を二発、ダブルタップで」

眉を上げた係長だったが、すぐにうなずいた。

「あいつならやるだろう」

「人を撃ったのは昨日が初めてだといってました」

「いざというときにためらっちまうようなら前職は務まらないよ」

「そういえば、係長は拳銃の選手をされていたんですってね」

「昔々のお話だ」係長がちらりと苦笑する。「あいつが来たときには選手はリタイアさせられていた」

「標的紙のけばが見えるとか」

怪訝そうな顔をした係長に昨夜本橋から聞いた話をくり返した。係長が笑う。

「はったりだよ。そんなもの見えるもんか」

「はったりですか」

小町は苦笑し、保管室を出て二階に降りた。浅川、小沼、浜岡、植木が戻っている。本橋も自分の席でノートパソコンに向かっていた。椅子をひいて腰を下ろすと浅川と小沼がやって来た。見上げる。二人は同時に首を振った。

「どこへ消えたもんだか」

浅川がぼやくようにいい、小沼があとにつづけた。

「人相も服装もまるでわかってないですしね。東南アジア系の男といってもそこら中にいます」

襲われながらも怪我もなかった宝石商の社員二人が犯人はどちらも東南アジア系らしき外国人の男だったと証言している。だが、顔はろくに見ていない。相手は拳銃を手にした見知らぬ男なのだ。まともに見返す勇気がわかなくても無理はない。

それぞれ報告書を作成するため、席に戻り、小町もノートパソコンを起ちあげた。二時間ほど静かな作業がつづいたとき、胸ポケットのスマートフォンが振動した。

取りだしてみると森合と表示されている。通話ボタンに触れ、耳にあてながら席を立った。

「おはようございます」

「今、大丈夫か」

「はい。分駐所に戻って書類仕事してますから」

「午後、本庁に来られるか」

「大丈夫だと思いますが」

「それじゃ、三時に来てくれ」

「了解しました」

「話はそのときにする」

　そういうと森合が電話を切った。席に戻ると本橋が書類を手にして待っていた。昨日の報告書類で拳銃弾の補給申請書も入っている。書類を受けとると本橋が小さなビニール袋に入れた空薬莢二つを小町の前に置いた。申請書に添付しなくては補給を受けられない。

「それでは、お先ですが」

「ご苦労さま」

　一礼し、くるりと背を向けた本橋がほかの班員と言葉を交わしつつ、分駐所を出ていくまで小町は目で追っていた。

警視庁本庁の南門から正面玄関に入ると森合が手を上げ、近づいてきた。約束の午後三時まであと十分ある。

「早いですね」

「そうかな」森合が腕時計を見る。「二時五十分、予想した通りだ」

手を下ろし、森合が手にしたプラスチックカードを差しだす。

「頭の体操をしてただけだ。お前のことだから午後二時ちょうどに分駐所を出て南千住まで歩く。それから地下鉄で日比谷まで来て、また歩く。所要時間は四十五分から五十分。おれは五分前にここに来ていた」

小町はカードを受けとって首から提げた。

「頭の体操ですか。ボケ防止に？」

「常在戦場」

ぶすっという森合を見て、変わらないなと小町は思った。常在戦場は森合のモットーであり、口癖でもあった。刑事は犯人逮捕か、特別な命令でもないかぎり拳銃を携行しない。だが、森合は違った。いつ、どのような状況で被疑者に立ち向かうかも知れない以上、勤務中はつねに拳銃を身につけていた。

大森署で初めて会ったときに常在戦場といわれたが、ただし強制はしないと付けくわえた。小町は素直に従った。

森合が小町の提げているカードに目をやった。

「手続きが面倒くさいんでな。手間を省いた」

「恐れ入ります」

きびすを返し、大股で歩きはじめた森合に並んだ。狭く、うねうねと曲がった廊下を奥へと進む。警視庁だけでなく、各道府県警察本部はどこも同じような構造になっている。広々として、ぴかぴかに磨きあげられた廊下が真っ直ぐに伸びているのはドラマの世界だ。万が一、暴徒に押しよせられたとしても簡単に侵入されないための備えで、これもまた常在戦場の一つといえた。

エレベーターで十三階まで上がる。八階からは森合と二人きりになった。

「捜査一課に行くんじゃないですか」

「昨日いったろ。おれは今特対班に臨時雇いされてる。といってもこれから行くのは会議室だけどな」

十三階の廊下は真っ直ぐでドアが並んでいる。そのうちの一つをノックし、返事を待たずに開けた森合が入り、小町はつづいた。それほど広い会議室ではない。中央のテーブルに男が二人、座っていた。一人は昨日、綾瀬署で事情を聞かれた組対の管理官、もう一人は本橋だった。

組対の管理官が立ちあがり、森合が小町をふり返る。

「改めて紹介しよう。七尾管理官だ」

昨日、森合から名前を聞いているが、小町は表情には出さず一礼した。

「よろしくお願いします」

「こちらこそ」

本橋も立ちあがっていて、椅子を一つ空けた。

「どうぞ」

「ありがとう」

それぞれが席に就く。小町は七尾のとなりになる。本橋が小町のとなりの椅子を引いて腰を下ろし、森合は七尾のとなりに座った。

「まずこちらを見ていただきたい」

七尾がノートパソコンのディスプレイを小町と本橋に向け、背後から手を伸ばしてキーを押した。すでに動画再生ソフトが起ちあげられており、すぐに再生が始まる。

映しだされたのは駐車場だ。奥から二台目の車のトランクが開いていて、男が一人、黒いキャリングケースを引っぱり出している。ほかに二人の男が車の両側に立って、周囲を見ている。

「昨日の御徒町の現場を撮影した防犯カメラの映像です」

七尾が告げた直後、黒いミニバンが入ってきて、トランクを開けた車の後方に止まった。正面をこちらに向けている。助手席とスライドドアが開き、男が二人飛び降りた。運転席の男が降りた男たちを見たあと、右に顔を振った。

解像度はそれほど高くなく、どの男も人相までは見分けられない。ただし、服装はわかった。助手席から降りた男はグリーンの軍用ジャケットのような物を着ている。スライディングドアの方から降りた男の服装は黒っぽいというだけでよくわからない。二人とも右手を突きだしている。音声は入っていないが、トランクを開けた車の男たちは両手を高々と上げた。

軍用ジャケットの男が突きだした右手の先を振る。

小町は目を細め、ディスプレイを凝視した。拳銃を握っているのか判別はつかなかったが、襲われた方の男たちが両膝を突き、うつ伏せになったことからすると手にしているのは拳銃だろう。昨日向きあった散弾銃なら大きさでわかるはずだ。

そのときになって思いだした。アパートの通路で本橋が倒れた男のジャケットから取りだした中に小型の拳銃があった。オイルライター程度の大きさから二五口径の半自動ポケットピストルだろう。防犯カメラの映像では滲(にじ)んでしまい、拳銃の形を見極めることはできなかった。

襲われた男たちがうつ伏せになる間に黒っぽい服装のもう一人の男がキャリングケースをミニバンに運びこんだ。一度に一つずつ、四回に分けているのはかなり重いためだろう。キャリングケースをミニバンに移し終えると男はそのまま乗りこんだ。

軍用ジャケットの男がうつ伏せになっている男の一人――もっとも防犯カメラに近くにいた――の後頭部に右手を伸ばした。小型拳銃なら発射時の反動はそれほど大きくない。まるで何もなかったように軍用ジャケットの男が助手席に飛び乗り、ドアを閉める前にミニバンがバックしはじめた。後部から駐車場の外に出て走り去る。うつ伏せになった男たちは三人とも動かない。

動画が終わった。

小町は顔を上げ、七尾を見た。まっすぐに見返した七尾が口を開く。

「どのように見ましたか」

「襲われた被害者(マルガイ)はいずれも指示に従い、抵抗の素振りは見えませんでした。それなのにグリーンのジャケットを着た男はわざわざ近づいていって撃ってます」

七尾が右の人差し指を立てた。

「発射したのは一発。うつ伏せにした男の真上から撃ちこんでます。弾丸は首筋から入り、脳に達しましたが、延髄(えんずい)は外してました」

ぼんのくぼと呼ばれる部位の内側に延髄がある。小口径弾とはいえ、数十センチの距離から撃ちこまれれば破壊され、即死は免れない。

「しかしながら今は脳が腫(は)れて弾丸の摘出ができません。それで生命維持装置につないでで、脳の腫れがひくのを待っていると聞いてます」

「助かりそうなんですか」

「生死はマルヒの体力と運次第といったところらしい」

「厳しいですね」

「たしかに。さて襲撃した三人のうちの二人と、それに稲田警部補と本橋君が確保した一人については身元が判明しました」

小町は何もいわず目を見開いた。

七尾が小さくうなずく。

「三人ともフィリピン人です。少なくとも入国時の申告、パスポートでは」

七尾がノートパソコンを自分に向け直す間、小町は本橋を見やった。昨夜、竹ノ塚で入ったスナックはリトルマニラと呼ばれる一角にあり、アイリーンという女性はフィリピンから来たといっていなかったか。

「さて……」

七尾がふたたび話しはじめ、小町は目を向けた。

2

七尾が小町の前にA4判の用紙を置いた。男の顔写真が印刷され、氏名、年齢、住所等が英文で記されている。

「ショーン・ポール・トーレス、四十二歳」

二枚目の用紙を置く。同じように写真と英文の箇条書きが印刷されていた。

「クリスチャン・オカンポ、三十八歳」

三枚目が置かれたとき、小町は凝視した。アパートの通路で向かいあった男だ。

「ジェローム・レイエス、二十六歳。この男には見覚えがあるでしょう?」

「はい」

「いずれも外務省から取り寄せた資料です」

平成十九年からテロの未然防止を目的として入国する外国人には顔写真の撮影と左右人差し指の指紋採取が義務づけられている。警察と外務省との情報共有が進み、今では指紋、顔写真ともに照合できるようになっているが、今回の場合は指紋だったと七尾がいった。小町はレイエスの写真を見つめつづけていた。

七尾がつづける。

「トーレスは二ヵ月前に関西空港、オカンポは一カ月半前に福岡空港、レイエスは中部国際空港で二週間前、三人ともマニラから韓国ソウルを経由して日本に来ました。観光ビザで滞在期間はいずれも九十日となっています」

七尾がノートパソコンに目をやる。

「先ほど見てもらった防犯カメラの映像でミニバンの運転席にいたのがトーレス、スライドドアから降りて宝石商を銃らしきもので脅したあと、キャリーバッグを積み替えたのがオカンポと見られます。ミニバンがバックして出ていったのを憶えておられますね？」

「はい」

「あそこの駐車場は西と南に出入口があります。南側はわりと交通量の多い通りに面していて、西側は両側に宝石商が並ぶ狭い通りです。西側の通りは北……、御徒町駅方面への一方通行になっている。それゆえミニバンはバックで車を出したあと、北へ走り去りました。付近の防犯カメラに現場から逃走した後の動きも捉えられてますが、次の交差点で右折して昭和通りを横断、清洲橋通りまで出て北に向かっています」

小町の脳裏にはミニバンの様子がありありと浮かんだ。

「混んでいる昭和通りを避け、清洲橋通りを使うことにしたのでしょう。運転していたトーレスは二ヵ月前に来日してるんでしたっけ」

「そうです」

「そのわりには土地鑑がありますね」

「カーナビでしょう。今はかなり進んでいるようですから。時間優先と条件を撃ちこんでやれば、道路状況を把握した上でルートを選択してくれるでしょう」

なるほどと小町は思った。実際、ミニバンは稲荷町の交差点を突っ切って、その先、二つ目の交差点を右折、一方通行を西に向かっている。

七尾が小首をかしげる。

「ルート選びの条件に防犯カメラを避けるというのはありませんが、結果的にはたくみに避けてます。稲荷町交差点から東上野、松が谷へと抜けた辺りで防犯カメラネットワークが一度ミニバンを見失っています。しかしながらすでに車種、ボディカラー、ナンバーも把握してたので緊急配備はかけられました」

小町は眉根を寄せた。

「少し時間がかかってませんか」

「現場の映像を見たでしょう？　うつ伏せにされていた宝石商の社員が動くまで十分ほどあったんです。通報があったのは、その後です。目の前で一人が撃たれているのだから無理もないといえますが」

七尾が四枚目を出し、レイエスの資料の横に置いた。数枚がホチキスで閉じられ、顔写真はクリップで留めてある。

「こちらはチャンド・クラマトゥンガ、五十一歳。日本に来たのは二十八年前、もともとの出身はスリランカですが、日本でインド人女性と結婚している」

年齢相応の脂肪が頰や顎の下につき、鼻の下には黒々とした髭をたくわえている。口元にはかすかな笑みを浮かべているように見えるが、目には哀愁をたたえていた。思慮深げな哲学者といった面差しだ。

小町は目を上げた。

七尾が小さくうなずく。

「昨日、駐車場で撃たれた宝石商の役員です。結婚した相手がオーナーの妹で……、つまり社長の義弟というわけです。現在、上野PSに置かれた捜査本部が調べてますが、現時点でわかっているだけでもクラマトゥンガには一千万円近い借金がある。かれこれ十数年来の競艇マニアということです」

「それじゃ？」

「捜査に予断は禁物ですが、手引きしたのがクラマトゥンガとも考えられます。宝石商の社長の話では大量の金地金が入るのは年に二、三回でしかなく、しかも時期は一定していなかった。内部からの情報提供がなければ、ピンポイントで襲撃するのはかなり難しい……」七尾が肩をすくめる。「まず不可能と見た方が妥当ですね」

「被害額は？」

「五億といったところです。今、キロあたり五百万円で、キャリーバッグ一つに二十五キロ、合計四つありましたから」

緊急配備がかかったとき、ミニバンはすでに稲荷町交差点を越えていた。それから三十分もしないうちに綾瀬駅近くで発見されているのだから警察の対応は迅速だったといえる。緊急配備が下令され、小町は第六方面本部と連絡を取り、綾瀬川の西側で警戒にあたることになった。

七尾が椅子の背に躰を預け、肘かけに両手を置いた。次いで鳩尾の前で両手の指をからませる。

「昨年六月、フィリピンに新たな大統領が就任したことはご存じだと思いますが」

「麻薬戦争での勝利を派手にぶち上げているようですね」

「就任から三ヵ月の間に警察が殺害した麻薬関連の犯罪者は七、八百人、市民が組織した自警団が千人以上殺したといわれています。麻薬犯罪者の中には売人だけでなく、中毒者も含まれます。巻き添えで死亡した市民も多く、中には子供もいる。殺害を恐れて、自首してきた者は六十万人ともいわれます」

数値が小町に染みこむのを待つように七尾が間をおいた。

「国際的な人権機関などは一斉に批判しましたが、フィリピン国民の間では賛否が分かれているようです。むしろ今までの麻薬取り締まりが手ぬるかったとして、大統領を支持する人たちも多い。さきほど自首したのが六十万人といいましたが、おそらくそれ以上の犯罪者が国外に逃亡しているでしょう。正直なところ、我々にとってはこちらの方が重大だ。先ほどトーレス、オカンポ、レイエスはいずれもソウル経由で入国したといいました。現在、韓国国家警察とも連携して三名の足取りを追っていますが、詳細が判明するにはもっと時間がかかるでしょう」

「三名は去年のうちにフィリピンを出て、韓国に入ったということですか」

「ダイレクトに韓国に行ったのか、ほかの国を経由したのかはわかりません。もう一つ、注目しているのは関空、福岡、名古屋から入っていることです。警察庁を通じて大阪府警、兵庫県警、愛知県警、福岡県警との連携を強めています。これは昨日、今日ということではなく、昨年の早いうちからですが」

小町はうなずき、胸のうちでつぶやいた。

そしてあなたは組織犯罪対策部の管理官……。

瞬ぎもせずに見返す七尾がつづけた。

「あくまでも中南米で見られた現象で、フィリピンに当てはまるかどうかは不明であることをあらかじめお断りしておきます。中南米各国で新たな大統領や首相が誕生し、麻薬組織撲滅をぶちあげることがあります。一つにはアメリカとの関係改善が目的。アメリカは中南米各国から入ってくる麻薬に長年悩まされていますから。しかし、もう一つの理由が見られる。たとえば、ある国において複数の麻薬組織があるとします。そのうちの一つが新大統領を支援している。大統領は警察、軍隊を動員して麻薬組織撲滅を展開しますが、当然のことながら自分を支援してくれている組織には手を出さない。つまり大統領の後ろにいる組織は自らの手を汚すことなく、血も流さずに抗争に打ち勝つことができる。あくまでも中南米での事例ですがね」

「フィリピンで同じことが起こっている可能性がある」

小町の言葉に七尾が顔をしかめる。

「起こっていないとはかぎらないという程度ですな」

わずかに間をあけて、七尾がぼそりといった。

「タリム」

小町は首をかしげた。

「台風の名前でしょ。明日には東京に最接近するとか」

「そう。フィリピンの言葉で鋭い刃先(はさき)という意味だそうです。はっきり何語とはわかりませんが。台風より早く上陸している可能性のあるもう一つのタリムがあるんです」

小町は目の前に並んでいる顔写真付きの資料を見た。

「その三人に共通している点が一つあります。三人とも元マニラ市警の警察官でしてね。

麻薬組織と警察の癒着（ゆちゃく）は……、わが国においてもわずかながら事例はありますが、かの国においては珍しいことではありません。その連中がタリムと呼ばれていた。今回の三人がタリムかはまだ確認中ですが」

　昨日、森合がいっていたことを思いだす。殺し屋かと訊いたとき、映画じゃないといわれたが、外国人をヒットマンに使う例は昔からあるといっていた。しかも手数料がディスカウントされているともいっていた。

　それと関西に拠点を置く暴力団をめぐる抗争事件が背景にある。

「どうしてそのような話を私に？　特別対策班に協力しろということですか」

「いえ」

　七尾が首を振り、森合に目を向けた。森合が代わって答える。

「おれが推薦したんだ。お前には協力を仰いだ方がいいとな。実際、昨日も一人パクってる。奴が所持していた拳銃とスリランカ人を撃った凶器は口径で一致している。同じものである可能性も高い。今、照合中だが」

　小町は森合を見た。

「私は何をすればいいんですか」

「いつも通り機捜の職務を果たしてくれればいい。今の相勤者といっしょにな」

　本橋は相変わらず無言で身じろぎ一つしなかった。

会議室を出て、エレベーターに乗りこんだ小町は奥へと進んだ。操作パネルの前に立った本橋が一階のボタンを押す。ほかには誰もいない。

「あなたが非番になるとさっさと引きあげていた理由はこれだったのね？」

「ええ、まあ」

背中を向けたまま、本橋が答える。

「任務があるんじゃしようがない。いっしょにお酒を飲んだこともないし、付き合いが悪い人なのかと思ってた」

歓迎会など大袈裟（おおげさ）なものではないにしろ植木とはすでに数回酒席をともにしている。一度などは本橋をのぞく五人が集まった。

本橋が顔を上げ、扉の上に並んでいる階数表示のランプを見上げる。

「それもあります。自分の分駐所勤務はせいぜい一年、ひょっとしたらもっと短いかも知れません」

「下手に未練を残すようなことはしない方がいい？」

小町の問いに本橋は肩をすくめただけで何とも答えなかった。

「もう一つ、訊いてもいいかな」

「何でしょう」

「昨日会ったアイリーンさんのことだけど、彼女もフィリピン人でしょ。今回の事案で会うようになったの？」

「そういうわけでもありません。西新井に勤務していた頃からあの店には行ってたんです。でも、まったく期待していないわけじゃありません。彼女は日本での生活が長くてフィリピンから来た若い連中……、女性が多いですが、そうした連中の相談相手になってます。中には来たばかりでろくに日本語が喋れないのもいますし、何年も住んでるのに読み書きができないのもいます。そういう連中にアドバイスをしてます。フィリピン人のコミュニティでは結構有名なんです。新顔を見かければ、彼女の耳にも聞こえてくる」

「昨日、何か聞いた？」

小沼から電話が来たあと、小町と本橋はそそくさと食事を済ませ、車に戻った。電話をしている間、小町は店の外に出ている。

「いえ。自分はあまりそういうのが得意じゃないんで」

「いずれ必要になれば、やるでしょ？」

「たぶん」

一階に着き、小町と本橋は曲がりくねった廊下を抜けて正面玄関に出た。何気なく受付をふり返ったとき、受付に小沼が立っているのが目についた。受付の女性が入館証を差しだしている。

捜査一課にでも来たのだろうかと思いつつ、あえて声をかけようとはしなかった。

ダイニングキッチンに立った磯部アイリーンはコンロにかけた大鍋で分厚い輪切りにした大根と鶏肉がぐつぐつ煮えているのを見下ろしていた。ホット・パラダイスで魚の煮付けやおでんなどを作ると今でも不思議がられる。たまに居酒屋でほやをあてに燗酒をちびちびやっていたりするとたいていの日本人は目を丸くして、好物だというと言葉を失い、ときには嘘だろうといわれる。

日本にやってきたのは二十四歳のとき、それから早くも三十年が経つ。竹ノ塚の団地に住むようになってさえ二十四年だ。故郷を懐かしく思いだすし、今でも大切な場所であるには違いないが、生活は別物だ。それに料理は国によって違いはあるけれど家庭料理は一軒一軒それぞれ特色があるものだ。

奥の和室で物音がしたような気がした。コンロの火をいったん止め、玄関前の和室に行き、開けはなたれている引き戸から入った。窓際に置いたベッドに近づき、のぞきこむ。義父が歯のない口を開けていた。かつては日に焼け、精悍だった顔はすっかり肉が落ち、ロウのように白くなっていた。しわしわの皮膚は薄く、細い血管が透けて見えていた。

手を伸ばし、声をかけようとしたとき、咽が鳴り、息が吐きだされる。伸ばしかけた手を止め、苦笑する。

義父は九十二歳になる。寝たきりになって三年、ほぼ一日中とろとろ眠っている。自分では寝返りも打てないので、ときどき躰を動かし、床ずれしないようにしなくてはならない。それもできるだけ目を覚ましているときにすることにしていた。眠っている間はぴくりとも動かないのでつい不安に駆られてしまい、胸が膨(ふく)らんだり、まぶたや唇が動くまでじっと見ていることもあった。

ありがとうね、お義父(とう)さん——胸のうちで声をかけた。

寝たきりで目もほとんど見えず、耳が遠い義父が本当のところ日々をどのようにやり過ごしているのか想像もつかなかった。しかし、アイリーンにしてみれば、今日も一日、義父と過ごせることで幸せだった。

しゃがんだアイリーンは布団に手を差しいれ、尻に触れた。おしめが濡れていないのを確かめて立ちあがり、台所に戻った。

団地は２ＤＫ、築五十年以上になる。父のベッドと仏壇や整理ダンスが置いてある和室が四畳半、六畳ほどの洋室にダイニングキッチンが八畳ほど、狭苦しくはあったが、浴室とトイレはそれぞれ独立している。

流し台のわきにあるコンロの前に戻り、ガスに点火する。火をしぼった。ほぼでき上がっているので煮込む必要はない。流し台の後ろに木製のテーブルと四脚の椅子があり、テーブルの端に薄型テレビが載せてある。電源は入れてあるが、音は消してあった。見たい番組があれば、音量を少し上げる。和室で物音がすれば、すぐ気がつくようにしておく必要があった。

玄関ドアの鍵を外す音につづいて、ドアが開く。テーブル越しに見やると黄色のTシャツにバミューダショーツという恰好の健太が入ってきた。スーパーの名前が入った大きなポリ袋を提げている。

「ただいま」

「お帰り」アイリーンはテーブルを顎で指す。「そこへ置いてちょうだい」

健太がポリ袋をテーブルに置く。アイリーンは言葉を継いだ。

「大きい祖父ちゃんの顔を見て、それから手を洗って」

「わかった」

健太が奥の和室に向かった。玄関前の和室は畳敷きの四畳半で奥の窓際にベッドが置いてあった。引き戸は開け放しになっている。中をのぞいた健太がふり返った。

「寝てる」

「ありがとう」

健太は十歳になる。アイリーンの孫であり、健太にとって義父は曾祖父になるが、家族の間では大きい祖父ちゃんと呼んでいた。

健太と義父の二人はアイリーンにとって日本に来てからの歴史そのものといえた。初めて日本に来たのは一九八七年、きっかけはマニラ市内のバーで知り合った日本人に求婚されたことだ。翌年、長女のテレサが生まれる。しかし、日本での生活に慣れず、とまどうことの多かったアイリーンに苛立った夫が言葉と拳で暴力を振るうようになった。

『離婚するか。離婚すれば、お前はまた貧乏なフィリピンに帰らなくちゃならないんだぞ』

ことあるごとに貧乏なフィリピンといわれるのが悔しく、腹立たしかった。

我慢は長くはつづかなかった。当時、アイリーンは長野県に住んでいたが、まだ八ヵ月だったテレサを抱いて家を飛びだした。あてがあったわけではない。とにかく人のたくさんいるところ――東京に向かった。ちょうどバブル景気のまっただ中、クラブやスナックで働き口に不自由はないと聞いていた。実際、今から考えるととんでもない高給が得られた。しかし、離婚によって在留資格を失っている以上、不法滞在になる。テレサが赤ん坊だった頃はまだよかったが、やがて就学年齢を迎える。

二人目の夫となる磯部と知り合ったのは錦糸町のスナックで働いていた頃だ。大きな工場で働いているという実直で口数の少ない男だった。本来、ホステスは客の愚痴を聞くのが仕事というところがある。ところが、磯部はいつもアイリーンの話を聞いてくれた。

娘を学校に入れるのにどうしたらいいかわからないといったのも磯部に何とかしてもらいたいと期待したからではなく、酒の上での愚痴に過ぎなかった。磯部があっさりといった。

『おれでよければ、結婚しよう』

当時、磯部はすでに四十四歳になっていたが、独身で竹ノ塚の団地に父親と二人で暮らしていた。小学三年生のときに母親を病で亡くしていて、二つ年下の妹は結婚して埼玉県に住んでいた。娘を連れて転がりこんだアイリーンを磯部も義父も優しく受けいれてくれた。義父は元大工だったが、すでに六十八歳になっていてほぼ隠居暮らしをしていた。

ようやく安定した生活を手に入れたと思ったが、十一年後、大きな転機が来る。磯部の肺に癌が見つかり、半年ほどで亡くなった。五十五歳というのは癌患者としては若いのだといわれたが、あまりに呆気なかった。

次の事件はテレサだ。磯部が亡くなり、義父との三人暮らしをしながら高校を卒業させてもらったのだが、就職がうまくいかず夜の街で働くようになり、十九歳で子供——健太を産んだ。健太の父親とは長続きせず、今度は娘が子連れで転がりこんできた。

義父の年金だけでは生活できず、アイリーンも娘も働いた。今、アイリーンは夕方から翌日の午前四時までホット・パラダイスで働き、昼間はホテルのベッドメイクの仕事を掛け持ちしている。

コンロの火を止め、おかゆ作りに取りかかろうとしたアイリーンは何気なくテレビに目をやった。

フィリピン人の文字が目に飛びこんでくる。画面には三人の男の顔写真が映しだされていた。リモコンを取りあげ、音量を少しあげる。

男性のアナウンサーの声が流れた。

『昨日、御徒町で起こった金塊強奪事件で警視庁はフィリピン国籍の男三人を逮捕し……』

胃袋がきゅっとすぼまる。アイリーンは画面を見つめ、奥歯を食いしばった。見知らぬ男たちだが、フィリピン人といわれれば、やはり心配になる。

どうしてそんなことを……。

3

スティーブ・ジョブスが毎日白いTシャツにジーンズという服装だった理由が今の小町には理解できるような気がした。洋服掛けには同じブランド、同じデザイン、もちろんサイズも同じTシャツとジーンズが五、六着ずつ下がっていたという。

今日は何を着ていこうかと考えるのが無駄だったからだ。毎日同じものを身につけるのであれば、考えごとをしながらでも躰は自動的に反応する。私服警察官とはいえ、ドレスコードは厳格に決められている。黒のスーツ、ワイシャツ、男性であればネクタイも黒で幅も規定されていた。女性はネクタイを着けないだけだ。まるで制服のようだが、都内を歩くビジネスパーソン——ビジネスマンという言葉が男性優位の象徴だとは小町は感じない——たちが誰もが同じ服装をしているので街には溶けこみやすい。私服警察官なら受令機のイヤフォンを差しているところがちょっと違うくらいだ。

毎日同じ時刻に目覚まし時計が鳴り、部屋のカーテン——季節によって窓も——を開けるところから始まり、洗顔、化粧そのほかの儀式は順番、所要時間も同じで、当務日には決まった時間に自宅を出て、六本木駅発午前七時一分発の北千住行きに三両目の前方ドアから乗る。南千住駅で降り、構内のコーヒーショップでスチロールカップのブラックコーヒーSサイズを買い、分駐所まで歩くとほぼ午前八時には到着する。

分駐所に着いてからバッグとコーヒーを席に置き、ロッカーで帯革を着けたあと、四階に行って拳銃出納を受けて席に戻る。

班ではもっとも先に出勤していた。班長として範を垂れるつもりは毛頭ない。今年の春までは伊佐の方が早く出勤していたが、異動となった。それだけのことだ。

スマートフォンを手にした小町は台風情報を見ていた。昨日、東京を通過していった十八号の名前がタリムだ。北上し、現在は北海道南西部付近にある。強い雨と風にくわえて、最高気温が二十度に達しなかった。

部屋干しの洗濯物をうとましく思いつつ、二つのタリムについて考えていた。

「おはようございます」

声をかけられ、顔を上げる。小沼が立っていた。

「おはよう。あの一昨日なんだけどさ……」

本庁の受付で見かけたのが小沼であることは間違いない。捜査一課に挨拶に来たのかと思ったが、すでに離れていたのであえて声をかけなかった。

あるいは来月一日には異動となる小沼に距離を感じはじめているのかも知れない。

「何でしょう」

小沼の表情に変化はない。

「いえ、ごめん。いいの」

班員が次々に出勤してくる。浅川、浜岡、植木、最後が本橋だった。スーツを着用しない本橋だけはフライトジャンパーを羽織っている。ドレスコードはあくまでもスーツに適用され、それ以外の服装は品位を保つかぎりという条件付きで許される。警視庁以外ではジャンパーやベストにカーゴパンツという恰好が多い。私服警察官の服装は街に溶けこむことが最優先されるためだ。

午前九時、会議室で前日の当務に就いていた前島班と引き継ぎを行った。重大事案、緊急案件はなく、双方の班は全員が顔をそろえた。御徒町事案については上野署に置かれた捜査本部からの情報によれば前島が断った上で、宝石商社員を撃った犯人もフィリピン人でいまだ行方はつかめておらず、撃たれたスリランカ人社員の交友関係を捜査中であることなどが報告された。

逃亡しているフィリピン人強盗犯——銃器を所持している可能性がある——の捜索が今日も重点の一つとなることを確認し合って散会した。

引き継ぎ後、小町は本橋とともに分駐所を車で出た。とくに呼び出しがないので西綾瀬のアパートに向かった。散弾銃を向けられた現場である。黙ってうなずいた本橋が車を走らせ、アパートの前に車を停めた。

助手席から降りた小町は空を見上げた。台風一過で晴れわたり、朝から強い陽射しが照りつけている。暑くなりそうだ。次いで幼稚園に目を向ける。南側が空き地になっているため、園庭から建物まで見通すことができた。祝日であるため、窓は暗く、照明が点いていない。

御徒町事案には加わっていなかったとはいえ、散弾銃や拳銃、ナイフを持った男——レイエスがここに侵入しなくてよかったと改めて思う。園児、教諭あわせて九名がいたのだから人質立てこもり事件になっていた可能性がある。住宅街という背景を考えるとぞっとするような事案に発展し、それこそ本橋の古巣であるＳＡＴの出動となったかも知れない。

アパートに向かい、通路を見通せる位置に立った。あの日と同じように手前の部屋の入口を隠すようにビールケースが積んである。

「私はここに立ってた。猫があの……」小町はビールケースを指さした。「陰に隠れるのを見たのね。それで声をかけた。猫が出てきて、コンニチワ……」

通路の真ん中にうずくまり、唸ったのを思いだしたが、訂正はしなかった。

「それで奥へ行って通路の向こうを右に曲がったところで悲鳴を上げて転がり出てきた。それからあいつ……、レイエスが出てきた。こんなところで何をしてたのかしら」

「自分はこのアパートの裏にいました。通りの両側がアパートで角にあった二階建ての住宅を回ったところで猫の声を聞いたんです。班長がこっちの通りを来ているのはわかっていましたが」

「偶然ね。私は後ろにある幼稚園に寄った。綾瀬の地域課員がちょうど園長と話をしているところだった。異状がないと聞いて、それからこの通りに入った。まさにどんぴしゃりのタイミングだった」

小町は本橋に目を向けた。

「遅くなったけど、ありがとう。命拾いをした」

「いえ」本橋が鼻のわきを掻（か）く。「森合さんが班長を巻きこもうとした理由がわかりましたよ。たしかに持ってる刑事（デカ）だ。自分の臨場がわずかでも遅かったら……」

本橋が肩をすくめる。

「そうね」

小町は素直に認め、通路に足を踏みいれた。通路に付けられていた印はすべて撤去されている。二つ並んだドアを過ぎ、通路の端まで来る。本橋がいった角の二階家が目の前にあったが、アパートとの間には狭いながらも三角形の空き地がある。

猫がいた。同じ猫かどうかはわからなかったが、灰色でよく似ているように思えた。

うなずいて見せたが、猫はぷいと横を向き、二階家の方へ駆けていった。

「嫌われちゃったかな」

苦笑したとき、ふと顔が浮かんだ。暴力団の情報に詳しい男だ。二人は車に戻り、シートベルトを留めたところで小町は国際通りに面したホテルの名を告げた。本橋がうなずき、車をゆっくりと出した。

「どこで、何を捜せっていうんですかね」

ハンドルを握った植木がぼやく。

「怪しい奴」

助手席でいつも通り道路の右側に目を向けた小沼は答えた。ときおり助手席側に取りつけられたルームミラーも見上げて後方を確認する。

「怪しい奴っすね」

植木が唇を突きだした。

刑事任用課程に入るまで浅草署地域課に勤務し、主にパトカーに乗務していた植木は運転資格、通称青免を取得している。第六方面本部が管轄する地域の道路はほぼ頭に入っているようだが、とくに浅草署管内の狭く入り組んだ路地にも詳しかった。機捜に異動してきた当初、浅草寺の北側に広がる観音裏と呼ばれる区画で何度も道に迷った小沼とは対照的だ。

植木には小沼と共通する部分があった。江東区出身の植木は小学生の頃から柔道を始め、中学生、高校生の都大会で優勝を経験、高校時代にはインターハイで三位という成績をあげている。小沼は剣道だった。もっとも県大会で上位入賞を果たすのが精一杯だったが、それでも三段を取り、剣道をつづけられる職業として警察官を選んだ。警視庁の試験に合格し、警察学校を経て初任地の三鷹署に赴任したときには剣の道を究めるのだと自分なりに意気盛んではあった。しかし、三鷹署で二年先輩の猛者と出会ってとても剣道の選手としてはやっていけないと悟り、刑事を目指すことにした。

その点、植木は浅草署柔道部で女子部の代表にも選ばれている。体格に恵まれたこともあったが、才能もあったのだろう。しかし、柔道の試合で勝つことより警察官としての現場の仕事にやり甲斐を見いだすようになり、やがて刑事志望となった。浅草分駐所で小沼の相勤者となって間もない頃、ぽつりといったことがあった。

柔道って、上には上があるじゃないですか……。

三鷹署時代、先輩の竹刀にさんざん打ちのめされ、それでいて相手には寸分も触れることができなかった小沼にはよくわかる。三鷹署の剣道部では平部員で終わり、苦労して四段に昇格したもののそこまでだった小沼に比べると植木の立ち位置は少しばかり――実際にはかなり――違うのだが。

今朝の引き継ぎでは三日前に発生した御徒町の強盗事案に関する話が大半を占めていた。被疑者三名のうち、二名は発生から数時間で確保され、直接事案には関わらなかったものの散弾銃や拳銃、ナイフを所持していた男を稲田と本橋が逮捕している。逮捕された三人はいずれもフィリピン人の元警察官とわかり、また強盗事件で撃たれ、今も生死の境をさまよっている宝石商社員はスリランカ人だった。

引き継ぎ後、とりあえず小沼と植木は管轄の南、浅川と浜岡が北を捜査車輌で警邏することになった。稲田と本橋が強盗事案後、被疑者が逃げこんだ綾瀬周辺を回っている。

しかし、どこで何を捜すのかは明確ではなく、植木がぼやくのもわかる。

いや、と小沼は胸のうちでつぶやいた。

捜している対象ははっきりしている。御徒町の宝石商を襲ったのは三人組だ。稲田たちが逮捕した男が強盗事案には加わっていない以上、あと一人が逃亡中だ。しかも逃げている男が殺人を犯した可能性が高い。

逮捕された三人の身元は本庁組織暴力対策部が中心となって編成された特対班の調査によって判明している。三人の指紋が入国時に空港で採取されたものと一致した。少なくともフィリピンのパスポートを所持し、入国審査も通っている。

分駐所を出た小沼たちは打ち合わせ通り吉野通りを南下、言問橋西で国道六号線江戸通りに入って隅田川に沿ってさらに南へ下ってきた。隅田川を渡れば、第七方面本部の管轄となる。三人目の強盗犯が浅草分駐所の担当する区域の外へ出ていることも考えられた。となりの第七方面でも各所轄署、機動捜査隊、自動車警邏隊がパトロールをしているだろう。

事案発生から三日、犯人はどこへでも逃げられる。まるで正体がつかめていないだけにすでに日本を出ている可能性さえあった。

厩橋交差点が近づいてきたところで小沼はいった。

「直進して、蔵前PSの前で右へ行こう」

「蔵前橋通りに入るんですね」

「そう」

「なるほど現場百回ですね」

植木にも意図は伝わった。指示通り蔵前署を左に見て交差点を右折、蔵前橋通りに入って車首を西に向けた。このまま行けば、御徒町と秋葉原の間に出る。強盗事件現場とは目と鼻の先だ。あてどなく走りまわるより現場を見ておく方がいい。

昨日は一日雨が降りつづいた。台風が最接近というわりには強くはなかったが、現場に残された物証を洗いながすのには充分だったろう。

蔵前橋通りを走りつづける。右が鳥越、左が浅草橋。あと二週間かと思う。鳥越、三筋、小島とこの六年間慣れ親しんだ町名が脳裏を過ぎっていく。小沼はもう少し御徒町よりの台東三丁目に住んでいる。

どこからでもスカイツリーが見える区画だ。自宅マンションの近くでは電柱より低く見えるところもあった。地形の関係だろうが、二階家が並ぶ商店街から突きでた電柱がスカイツリーを見下ろしている光景は少しばかり痛快でもあった。

新参者がでけえ面するんじゃねえや、コノヤロー、ぬぼーっと突っ立って芸がねえってんだよ、バカヤローと電柱がいい、鼻をすすり上げているような気がしたからだ。

観音裏界隈で耳にする二言三言の間にコノヤロー、バカヤローがいくつか挟まる言葉遣いに最初は面食らったものの、やがてシャイな男たちの照れ隠しに過ぎないことがわかってきた。

あの人も、と小沼は思いかえした。

辰見悟郎。

かつての相勤者であり、小沼にとっては刑事の初歩を教えてくれた先輩でもある。初歩といっても手取り足取り教えてくれたわけではない。むしろ言葉は少なかった。刑事という仕事にマニュアルはなく、一種の職人技で見よう見まねで体得していくしかないことを辰見は自らの行動で示した。

機動捜査隊から本庁捜査一課への異動が決まっていた。捜査一課は警視庁の刑事にとっては憧憬の的であり、厳しい職場であるには違いない。正直なところやっていける自信はなかった。しかし、自分でも不思議なほど臆していない。なるようにしかならないと思っている。もし、使い物にならなければ、早晩放りだされるだけのことだ。

『誰もお前に期待しちゃいない。お前は自分のやれることをやるだけだ』

辰見の声が聞こえた気がした。むやみに気張らず、一つひとつの事案にていねいに執拗に食らいついていくだけ。辰見が仕事ぶりを通じて教えてくれたことだ。

やがて車が昭和通りにさしかかる。

「昭和通りからでいいですか」

「いいよ」

昭和通りに入り、いったん北に向かったあと、次の信号を左折、一方通行に入れば、現場となった駐車場が右に見えてくる。

カーナビゲーションシステムのディスプレイがダッシュパネルに埋めこまれているが、小沼も植木もほとんど見ていなかった。いつの間にか裏道まで頭に入っている。時間帯によってどの道路がどれくらいの混み具合かまで半ば自動的に浮かんでくる。上野、御徒町界隈だけでなく、管轄区域全域についてほぼ同じことができる。統計数字をいくら眺めても身につくものではない。車で、自分の足で、走りまわることで肌に染みこんできた感覚だ。

現場が見えてくる。人影はなく、五台の乗用車が照りつける太陽に輝いているばかりだ。

「駐車場の角を曲がって。店の前を通っていこう」

「せっかくですからね」

植木がウィンカーを出し、右折する。一方通行路から一方通行路への進入なので対向車への気遣いはない。植木がブレーキを踏み、車を停めた。白いシャツを着た中年男が車のすぐ前を通りすぎる。

小沼は右を見やり、声をかけた。

「右、オーライ」

「左も大丈夫です」

植木がゆっくりと車を進める。地金を奪われた宝石商の店はすぐ先の左側にあった。ガラス戸をのぞいた小沼はふたたび声をかけた。

「いったん右に寄せて止めてくれ」

「はい」車を停め、ハザードを点灯させた植木が訊いてくる。「何かありましたか」

「ちょっとね」

小沼はルームミラー越しに宝石商のドアを見ていた。ほどなくドアが開き、背の高い男が出てくる。黒のスーツ、ワイシャツにノーネクタイという恰好は三日前に会ったときと変わらなかった。

近づいていく小沼を見て、古暮が眉を上げた。小沼から声をかけた。

「この間はどうも」

「いえ」

「サリだか、エリだかの件は無事に済みましたか」

「ええ」古暮がちらりと笑みを浮かべる。「サリにホテルをあてがいました。結婚相手が見つかってくれれば、ホテル代も回収できるんですが、下手すりゃ持ちだしですよ」

「大変ですね」

「身内屋稼業にはこの手のトラブルは付き物でしてね。それがいやなら手を出さないのがいい」

「どうして今の仕事を？」

「正義の味方やってるとよく眠れるんですよ」

言葉とは裏腹に古暮は今日も眠そうな顔をしている。

小沼は宝石商の店先を見やり、古暮に視線を戻した。

「あちらとも仕事で？」

「そうですね」視線を逸らした古暮だったが、すぐに小沼を見た。「隠し立てしたところで、すぐに調べはつくでしょう。刑事さんなら……」

戸惑った表情を見て、小沼は背広のサイドポケットから名刺を取りだした。

「小沼といいます」

「あ、どうも」

名刺には警視庁巡査部長　小沼優哉と印字されているだけで、余白に携帯電話の番号が手書きしてある。

「すぐに調べがつくといわれましたが」

「この間撃たれたクラマトゥンガ氏なんですがね、姪っ子が住むアパートの世話をしてくれと頼まれたんですよ。二年くらい前に。まあ、よくある話で」

「姪じゃなかった？」

「ええ。おそらく愛人でしょうね。パスポートもチェックはしてるんですけど、名字が違ったって妹の娘だといわれれば、こっちは信じるしかないわけで。そこに今回の事件でしょ。大家が心配して部屋を見にいったらいないみたいなんですね。となりの住人に訊いたら二、三週間か、それ以上戻っていないとかで。家賃も二ヵ月分溜まってるらしいんです」

「そういう保証も古暮さんがなさるんですか」

「クラマトゥンガ氏の場合は最初に保証金として五十万円預かってるんで、家賃は何とかなると思うんですけど、臭いがひどいらしくて」

「というと？」

「ゴミ屋敷ですよ。いずれ大家が部屋を改めることになると思うんですけど、ひょっとしたら敷金だけじゃ原状復帰が難しいかも知れない」古暮が宝石商をふり返る。「ここの社長はクラマトゥンガ氏の義理の兄ですから話を聞きに来たんですけど、もの凄い剣幕で」

「義理とはいえ、弟が撃たれたばかりですから無理もないでしょう」

「よく事情はわからないんですが、奥さん……、社長の妹さんともうまくいってなかったようですよ。私としては部屋の原状復帰さえできればいいんですが」

そういって古暮が頭を掻いた。小さなカールが幾重にもつらなる髪は今日も整えられてはいない。まともに風呂に入ってるのかと小沼は思った。

4

国際通りに面した大型ホテルのロビーでソファに腰を下ろした小町は周囲や玄関に目をやっていた。

ロビーに置かれたソファは二十ほどもあり、そこここに数人ずつ客が立っている。鮮やかな原色に大胆な柄のTシャツ、サングラス、サンダル履きといった恰好が浅草に似合うか疑問だ。飛びかう言葉は中国語と韓国語が多い。北京語と広東語は発音がまるで違うというが、料理ほど違いはわからない。小町にしてみればいっしょくたに中国語だ。

となりに座っていた本橋がすっと立ちあがる。どうかした、と訊こうとして目をやった小町はダブルのスーツをきっちり着こんだ大柄な男が近づいてくるのを見つけて自らも立ちあがった。

「お待たせした」

男がいった。

「いえ、こちらこそお呼び立てしまして」

「どうせこっちに来なきゃならなかった。掛け持ちなんでね」

男が本橋に目を向ける。小町は紹介した。

「相勤者の本橋です」

本橋が会釈する。

「初めまして」

「犬塚です」

二人は名刺を交換した。

犬塚はこのホテルで十数年来保安部長を務め、現在はホテルを経営する親会社に異動して保安部門の統括責任者となっていた。親会社は日本橋にあった。元警察官で浅草署刑事課第四係、いわゆる暴力団担当を長く勤めた。四係の名称は変わっているが、犬塚がいた頃は四係もしくは四課だったし、今でも暴力団担当をヨンカと呼ぶ習慣は生き残っている。

犬塚がしげしげと本橋を眺める。身長はほぼ同じ、胴回りと体重は犬塚が上回っているだろう。犬塚がぼそりという。

「今度の相方は髪があるな」

ほっとけ……。

辰見の声が聞こえたような気がして小町は目だけで周囲を見まわした。辰見はスキンヘッドと見まがうばかりに短く髪を刈っていた。辰見とは警察学校の同級生でもあり、浅草周辺はもとより暴力団の事情に通じているということで以前連れてこられ、紹介してもらっていた。

こちらへといって犬塚が先に立って歩き、フロントのわきにある従業員専用というプレートが貼られたドアを開け、中へと進んだ。案内されたのは応接室だ。うながされ、小町と本橋は並んで座り、テーブルの角を挟んで犬塚が腰を下ろす。

ほどなくドアがノックされ、犬塚が答えるとグレーのスーツを着て、リムレスのメガネをかけた女性が銀色の盆を手に入ってきた。

「失礼します」

テーブルのそばまで来た女性が小町、本橋、犬塚の前にコーヒーを置いていく。ソーサーには金色の小さなスプーンが置かれていた。真ん中に砂糖とミルクの容器を置き、一礼して出ていった。

コーヒーの香りが立ちのぼり、鼻腔(びこう)を満たす。初めて連れてこられたとき、辰見が浅草で一番うまいコーヒーを飲ませるところだとみょうな自慢をしていたのを思いだした。

「冷めないうちに、まずはどうぞ」

指が太く、手のひらが分厚い手を差しだして犬塚がいう。礼をいってカップを取った。ひと口すする。重い苦みが口中に広がり、香りが鼻に抜ける。苦みの中にキャラメルの甘みを感じるのが不思議だ。

低い音がして犬塚が胸ポケットから携帯電話を取りだす。遠ざけて背後の窓を確認したあと、小町と本橋に断った。

「すまんが」

携帯電話を広げ、ボタンを押して耳にあてる。

「はい……、ああ……、わかった。それでいい」

ふたたびボタンを押して携帯電話を折りたたみ、ワイシャツのポケットに戻した。

西綾瀬を動きだしてすぐに小町は犬塚に電話を入れた。お久しぶりですという挨拶もそこそこに御徒町の事案だろと切り返され、三十分後にホテルへ来てくれといわれたのだ。

「失礼した」

そういって犬塚はコーヒーカップをわしづかみにしてひと口飲み、カップをソーサーに戻し、小町を見上げた。

「御徒町の事案(ヤマ)は先週の金曜日だ。当務か」

「はい」

「でも、なきゃ機捜が動くこともないか……」言葉を切った犬塚が目を見開く。「西綾瀬で警官が発砲したってニュースをやってたがあんたか」

何とも答えずにいると犬塚の目が動き、本橋を見た。だが、そのことにはそれ以上触れようとせず、ソファに背を預けた。

「まあ、それはいいや。御徒町の宝石商を襲ったのはフィリピン人の三人組だそうだね。それも元お巡りとか」

小町は無表情に犬塚を見返している。現時点までは宝石商を襲ったフィリピン人三名を事件発生から数時間後に逮捕したとだけ発表している。

「金曜のうちに全員パクったのに警察は土曜、日曜、そして今日も動きまわってる。そこへあんたからの電話だ。おれのところにも昔からの馴染みが電話をかけてきててな」

「かつての同僚ですか、それとも……」

「両方だ。警察からもヤクザからも連絡が来ている。今回のヤマは代理戦争という見方もできそうだ」

「どういうことですか」

「二年前……」

犬塚が関西に拠点を置く日本最大の暴力団の名を挙げ、二つに分かれて抗争が起こったことに触れた。

「今も昔も戦争をやるにはまず金が必要だ。そして暴力団の資金源といえば、博奕、女、覚醒剤が太い。だが、そのうち博奕は景気が悪いのと取り締まりがきつくなってきたんでなかなか伸びない。女についちゃ……、あんたの前だが」

「お気遣いなく」

「草食系男子っていうのか、現物の女を怖がって、パソコンだスマホだで済ませちまう奴が多くなって、こっちも頭打ちだ。残るはクスリだ。こっちも警察が締めつけたんで中国や北朝鮮のルートは壊滅的打撃を受けた。検挙件数、押収量ともに減ってきている。ところが、末端価格はさほど変わっていない。供給量が減れば、値段がはねあがるのが市場原理のはずなのに。覚醒剤中毒者が減って、需要が縮小した？」

　犬塚は自問し、すぐに首を振る。

「そりゃないね。クスリを食ってる奴はクスリがなきゃ生きていけない。やめられんよ。市場にシャブは出回ってる。新たなルートができた。メキシコ産がね」

　なおも口を閉ざして見つめていると、犬塚がにやりとする。

「秘密でも何でもない。警察庁が発表してる。ネットでも見られるよ。メキシコ産が入りはじめたのは二〇〇八年、ちょうどアメリカでリーマンショックが起こった頃だ。簡単な商売の話だろ。それまでメキシコ経由でアメリカに入っていたのはコカインが主だった。アメリカの景気が悪くなったから高いコカインをやめて、安い覚醒剤に切り替えたか。違うね。コカインやってる連中はシャブチュウを馬鹿にしてる。目くそ鼻くそを嗤うだが。だが、コカインの売上げが落ちたのは間違いないらしい。そっちに関しては詳しい話を知らない。それで新たな市場の開拓に乗りだしたわけだ。覚醒剤で、ここにな」

犬塚が足下を差した。

「何だかんだいってもシャブの販路はヤクザが押さえてる。最後にケツを持てるのはあいつらだけだ。仕入れ先を変えれば、ブツは今まで通り潤沢に入ってくる。メキシコの連中にすれば渡りに船だったろう。どっちから先に声をかけたのかはわからない。コカインの売上げが落ちたメキシコ側か、供給元を潰されたヤクザの側か、とにかく両者の利害は一致したんだが、メキシコ産を入れてる連中は欲深かった。販路まで手に入れれば、儲けはさらにでかくなる。メキシコの連中がビジネスを始めて七年、関西で大喧嘩が始まったわけだ。共食いしてくれりゃ、日本はただの荒れ地だ。あとは自分たちで好きに線を引いて、造成して、道路を作れる。しかし、喧嘩は思ったほど大きくならなかった。さっきもいったろう？　戦争は金だって。分裂した方には資金が乏しかった。圧倒的に金を握っていたのは中枢にいる連中だ。喧嘩にならんよ。それで安く兵隊を仕入れることにした。おそらく外国人専門の斡旋業者がいるんだろう。そいつが……」

またしても話を中断した犬塚が上着の右サイドポケットから先ほどとは別の携帯電話を取りだして開いた。

「また、すまんな」

そういって立ちあがり、英語で答えながら応接室を出て行った。小町は目で犬塚の背を追いながらいった。

「さっきはよく気づいたわね」

「さっきというと？」

「犬塚さんがロビーに来たとき。私はあなたが立ちあがるまでわからなかった。玄関の方を見てたし」

「保安部長をしてたって聞きましたからね。表から来るとは限らないと考えました」

「さっきのスタッフオンリーのドアから入ってきたのかな。でも、私たちが座ってた場所からは見通せなかったでしょ」

「柱に磨きあげた黒い石材が貼ってありました。ドアはそこに映ってましたよ。やたら身体(がたい)がよくて、目つきの悪い……、鋭い御仁が真っ直ぐ近づいてきましたからすぐにわかりました」

柱？　磨きあげた石材？――小町は舌を巻いた――さすがＳＡＴ上がり。

数分で戻ってきた犬塚の表情が一変していた。小町の前にどっかと座るなり切りだす。

「一人、逃げたな」

質問ではなかった。

迷うことなく小町はうなずいた。

「どこの誰かもわかっていません。何かわかりましたか」

「いや」犬塚が首を振る。「今の電話は外国人コミュニティに刺さりこんでる奴でな。浅草は外国人観光客も多いし、住んでる連中も結構いる。おれの商売じゃ、そっち方面の情報も必要なんだ」

「先ほどフィリピン人たちを入れたのは斡旋業者じゃないかといわれましたが、そのことについて何かご存じですか」

犬塚が椅子の背に躰を預け、胸の前で両手を広げてみせる。

「まだあて推量の段階だし、おそらく連中を入れたのは関西を拠点にしてるだろう。何かわかったら連絡する」

「お願いします」

頭を下げようとした小町を制するように犬塚が人差し指を突きたてた。

「斡旋業者は抜け目ない奴のようだ。外国人を密入国させてヒットマンやらせても今のご時世じゃ大した金にはならん。殺しに外国人を使うのは昔からやってたが、最近じゃ一人殺すのに五万、十万だからな。旅費どころか、下手すりゃホテル代で足が出る」

小町は目を細め、犬塚を見た。

「去年辺りから金塊窃盗が流行ってるだろ。景気が悪くなれば、紙幣より金塊だ。そこに目をつけて絵図を引いてるらしい」

わずかに間を置いて付けくわえた。

「逃げた奴だがな、たぶん、またやるぞ」

分駐所の駐車場に捜査車輛を乗りいれ、本橋がエンジンを切った。小町は足下に置いたソフトアタッシェを拾いあげ、車を降りて胸ポケットからスマートフォンを取りだした。駐車場には小沼、植木組に割りあてられている車が止まっている。交番わきの出入口に向かいながら浅川の番号を呼びだす。先回りした本橋が灰色に塗られたスチールのドアを開けてくれた。

「ありがとう」

「いえ」

小町は建物に入り、スマートフォンをつないだ。すぐに浅川が出る。

「はい、浅川」

声と同時にサイレンが聞こえた。

「今、大丈夫？」

「浜岡が運転してますので」

「どこ？　サイレンが聞こえるけど」

「舎人と足立入谷の間を北に向かってます。暴走車を追っかけてまして」

足立区の北端で埼玉県境に近い。機動捜査隊は県境を越えても追尾することが許されている。

「埼玉県警に連絡した？」

「しました。今、我々と自動車警邏隊とで追いかけてます。竹ノ塚ＰＳからも応援が出ます」

「こっちからも行く？」

「いや、大丈夫でしょう。橋の向こうには埼玉県警が待機してますから。ただ……」

「浜岡には張り切りすぎないようにいっておいて。それと受傷事故には充分気をつけて。あなたたちもマルヒもね」

「わかりました」

「それじゃ、また何かあったら連絡して。私たちと小沼んとこは分駐所に戻ったから」

「了解です」

電話を切り、階段を上がって二階の分駐所に入った。小沼と植木が立ちあがる。前島班で残っている者はおらず、米澤班は一人もいない。

自分の席に立つと小沼と植木が近づいてきた。あとから入ってきた本橋も小町のそばに立つ。

小町は小沼を見た。

「何かあった？」

「御徒町に行って被害にあった宝石商の前を通ったんですが、店に古暮がいまして」

「古暮？　誰だっけ？」

「先週金曜日に荒川六丁目のアパートで外国人がらみの喧嘩騒ぎがあったでしょ。あのときに会った身内屋ですよ」

「ああ」小町は首をかしげた。「それがなぜ宝石商にいたの？」

「撃たれたスリランカ人がいたでしょ、鞍馬天狗……、クラマトゥンガという」

吹きだしそうになるのを何とかこらえる。連想法で人の名前や地名を憶える手は小町もよく使った。

「ええ」

「姪ということにしてましたが、実際には縁戚関係にはない女のアパートを世話してくれとクラマトゥンガから頼まれていたらしいんです。今回の事案で保証人をしているアパートの大家が心配になって部屋を見にいったら本人が不在で、この二、三週間戻っていないということらしいんです」

じっと見つめると小沼がうなずいた。

「強盗事案と関係があるかも知れないし、まったくないかも知れません」

「報告書を作って。上野PSの捜査本部に回すから」

ちらりと本橋を見やる。報告書のコピーを本橋に渡せば、外国人犯罪の特対班へも伝わる。本橋がうなずき、小町は小沼に視線を戻した。

「こっちは犬塚さんのところに寄ってきた」

植木が眉根を寄せたので、国際通りのホテルの名前を出して保安部長というと納得したようにうなずいた。浅草署に勤務していれば、何らかの接触があったとしても不思議ではない。

「電話を入れただけで、ずばり御徒町のヤマだろといわれた。それでいろいろ調べてくれて、在日、来日外国人の動静に詳しいところにも探りを入れたみたい。情報源はあえて訊かなかったけどね」

「まあ、犬塚さんなら訊いても教えてはくれないでしょうね」

小沼が答える。小沼もまた辰見を通じて犬塚を知っている。

「フィリピン人を兵隊として入国させた奴がいるだろうって。斡旋業者といってたけど。最近は殺しの代金もディスカウントされて、なかなか厳しいらしい。それでそいつが絵図を描いて金塊強奪までやらせたんじゃないかって。金塊がらみは去年から流行ってるでしょ」

流行ってるという小町の言葉に小沼が渋い顔つきとなったが、取りあわずにつづけた。

「三人目が逃亡中だってこともネタモトは知ってた。それでまたやるって」

植木が目をまん丸にする。厳しい顔つきになった小沼が訊いた。

「ネタモトは訊いてない」

「そう」

分駐所内の気温が二度は下がったような気がした。


午後十一時過ぎ、ホット・パラダイスはほぼ満席になる。今夜も盛況といえた。もっとも客単価を抑えてあるので売上げはパラダイスと叫びたくなるほどにはならない。アイリーンは酒や料理を載せた盆を手にテーブルの間を回り、厨房に戻るときには空になった瓶や空いた皿を運んだ。

店のドアが開き、細身の男がのっそりと入ってきた。初めて見る顔だ。入口の前に二人掛けのテーブルが一つだけ空いている。アイリーンは手で示して男に訊いた。

「ごめんなさい。ここしか空いてないの。ここでいい？」

男はうなずき、入口を背にして椅子に腰かける。

「ご注文は？」

うつむいていた男が握りしめていた右の拳を開いた。テーブルの上に黒いロザリオが転がり落ちる。黒く見えたのは手垢にまみれているためだ。

男が顔を上げ、か細い声でいった。

「マミー?」

第三章　アイリーン

1

唇を結び、鼻から深く息を吸いこんだアイリーンは胸のうちでつぶやいた。

やっぱり臭うかしら……。

今朝、帰宅したあと、いつも通り義父のおしめに触れて点検した。濡れていたので取り替えることにしたのだが、義父は気持ちよさそうにいびきをかいていたので起こさないようできるだけそっと動かした。いつもなら尻の下にビニールシートをあてがい、それからおしめを外すのだが、できるだけ素早く作業を済ませるため、手順を省いた。起こさないことばかりに気を取られていたせいだろう。おしめを外したところで、替えのおしめを脱衣場の物入れから持ってくるのを忘れたことに気づいた。取りに行っているわずかな間に事故は起こった。ベッドのそばに戻ってくると義父が手を動かしたのかめくっておいた掛け布団を被っていた。

布団をめくったアイリーンは目がちかちかするのを感じた。ほんのわずかの間に義父が脱糞していたのだ。シーツの上に軟らかな便が広がり、横向きにしておいた義父が仰向けになってその上に剝きだしの尻を載せていただけでなく、転がった拍子に掛け布団を被っていた。

　とりあえず掛け布団を剝いでカバーを外し、風呂の残り湯をバケツに汲んできて後始末にかかった。義父をそっと横向きに戻し、汚れた股間を拭ったあと、シーツとその下に敷いた防水シートを取った。新しいおしめをあてがい、新しい防水シートを敷いてシーツを取り替え、仰向けにしたあと、カバーをつけなおした掛け布団をそっと掛けた。シーツと布団カバーを丸めてバケツに突っこんで浴室に持っていき、ざっと洗いながしたあと、洗濯機に放りこんだ。洗剤をふりかけ、スイッチを入れる。型は古かったが、全自動なのであとは放っておいていい。汚れたおしめと防水シートは専用のゴミ袋に入れ、しっかり口を閉じる。

　昨日は三十度を越え、晴れわたったが、今日は曇っていた。それでも気温は高くなりそうだったので窓を開けはなつのに心配はなかっだ。義父のベッドが置いてある和室だけでなく、窓という窓すべてを開けはなった。

　ベッドのそばに戻り、義父の顔をのぞきこんだ。歯のない口をぽっかり開け、まるで動かない。しばらく眺めていると大きないびきが漏れ、アイリーンは思わず苦笑した。いびきで礼をいわれたような気がしたのだ。

　毎週火曜日と金曜日の午後一時に出張入浴の介護サービスを受けていた。そのためホテル清掃の仕事は入れていない。午後には風呂に入ることがわかっていても、いや、午後には風呂に入るからこそきれいにしておかなければならなかった。

もう一つ、仏壇の扉を閉めておく。誰にいわれたわけでもなかったが、義母と磯部の写真を並べてある仏壇を開けっぱなしにして義父を入浴させる気にはなれなかった。

義父にはプライドがあった。足の自由が利かなくなり、ベッドから出るのさえ介助が必要になってからもトイレに行くことを望んだ。当初は自分で下着とパジャマを降ろし、用を済ませて、ふたたび身繕いしてからアイリーンに声をかけたものだが、二度、三度としくじってからは手すりにつかまってアイリーンに脱がせてもらい、穿かせてもらうようになった。そのうちトイレのドアを開けっ放しで用を足すようになり、やがてベッドのわきに簡易便器を置いた。おしめはもっと以前から常用している。アイリーンが仕事で家を空けるため、仕方がなかった。昼間のおしめ交換は健太がしてくれている。

簡易便器も使うのが難しくなり、すべての用をベッドの上で済ませるようになった。九十すまんなぁ、申し訳ないなぁといわれるたび、アイリーンの胸はきりきり痛む。九十を越えたんだもの仕方ないよといったが、今でもすまんなぁというのをやめない。

昼過ぎにテレサが来て、午後一時には介護サービス会社が来た。女性看護師一人、男女の介護士二人がチームとしてやって来る。ベッドのわきに畳二畳分のブルーシートを敷き、浅い浴槽をセットする。その間にアイリーンは大鍋に湯を沸かした。

まず看護師が義父の血圧を測り、脈拍を取って聴診器をあてる。異常がないことを確認したあと、男女の介護士、それにテレサの三人が義父を裸にしてベッドわきに置いた浴槽に移す。義父の両わきに手を入れた男性介護士が持ちあげ、女性介護士とテレサがお互いに手をつないで腰と膝の裏側を支え、ゆっくり、慎重に浴槽につける。アイリーンと看護師が傍らで見守った。

かつてはテレサの代わりにアイリーンが浴槽へ移していた。すべて職員にまかせて欲しいといわれたが、義父がどうしてもアイリーンにといったのだ。半年ほど前、たまたま来ていたテレサが入浴させる光景を見てから役割を交代するといった。テレサがするかぎり義父は何もいわなかった。

以来、テレサは毎週火曜、金曜には来て入浴の介助をしてくれている。

「テルちゃんもすっかり慣れましたね」

看護師がいう。テレサは子供の頃からテルちゃんと呼ばれることが多かった。日本人との間に生まれたので、多少色黒ではあったが、顔立ちは日本人と変わらない。自分の娘ながらきりりとしたきれいな顔立ちをしていると思う。

「おかげさまで」アイリーンは答えた。「父の具合はどうでしたか」

「血圧も正常だし、見たところ悪いところはありません。食事はふだん通りとれてますか」

「はい」

「お通じの方も?」

ええ、今朝もたっぷり……、とはいわず、はいというだけにとどめる。

湯に浸かり、うっとりとした顔つきで目をつぶった義父がつぶやくようにいう。

「ああ、あったかい。おれはもうパラダイスにおるんかなぁ」

「やだ、お祖父ちゃん」

湯に手を入れ、義父の腹の辺りを撫でていたテレサが答える。パラダイスという言葉を教えたのはアイリーンだ。店の名前を訊かれたときにどういう意味かといわれたのだ。

躰を洗い、いったんベッドの縁に腰かけさせてタオルで拭く。浴槽に移すときと違って、躰が濡れている分、よけいに気を遣わなくてはならない。それから洗濯してある下着と新品のおしめを着けさせ、パジャマを着せて寝かせたところで入浴作業は終わる。最後に看護師がもう一度血圧を測って入浴サービスは終了する。

介護サービスの職員が後片付けをして帰り、義父がふたたび寝息を立てたあと、アイリーンはテレサとダイニングキッチンのテーブルで向かいあった。茶を淹れ、それぞれの前に小さな湯飲みを置く。

二人はしばらくの間、何もいわず茶をすすった。テレサが義父の体調を訊ねることはない。答えは変わりないか、弱ってきているの二つに一つしかないことがわかっているからだ。健太のことも訊ねない。間もなく学校から戻ってきて、母子二人の濃密な会話が待っている。何か気になることがあれば、アイリーンの方から切りだすが、今のところ、テレサに報告するようなことはなかった。

「変わりない？」

アイリーンは訊いた。

「ええ、ママは？」

「変わりない。お祖父ちゃんもね。今日もありがとう」

「いいよ」

テレサが頰笑む。

この子のおかげだとアイリーンは思う。日本に来て、会話は少しずつできるようになっていったが、読み、書きを勉強する時間はなかなかとれなかった。テレサが小学校に上がると学校から連絡のプリントが来るようになった。磯部が読んでくれ、教えてくれたので問題はなかったが、不便ではあった。テレサが二年生になったとき、アイリーンは不要になった一年生の頃の教科書を開いてみた。それからテレサが先生となって、ひらがな、カタカナ、漢字を教えてくれた。

生まれたときから日本で育っているテレサは日本語に不自由はしなかったのに小学校高学年になって英語の授業が始まると苦労したのは皮肉だ。今度はアイリーンが英語を教える番になった。

転機はテレサが高校二年生のときに訪れた。磯部が癌で亡くなったのである。テレサが高校を中退し、飲食店で働くといいはじめたとき、アイリーンは絶対に許さず、高校だけは卒業させた。卒業後、テレサは夜の街で働くことを選んだ。高校生の頃から近所のファミリーレストランやコンビニエンスストアでアルバイトをしていて、接客業に慣れているからというのが理由だった。昼間の仕事をアイリーンは望んだが、頑として聞き入れようとしなかった。

うんざりするほどくり返した追想にふけっていると、ドアが開いて健太の声がした。

「ただいま」

「お帰り」

答えたのはテレサだ。椅子の上で躰を反転させ、両腕を広げる。ランドセルを背負った健太がはにかみながら近づく。テレサが強引に引きよせ、両腕で抱きしめた。なすがままになっている健太を見て、アイリーンは立ちあがった。

「さて、お買い物に行かなきゃ」

いつものことだった。母と子の時間を邪魔しないためである。肩にかけられるトートバッグを持ったアイリーンは義父の部屋をのぞき、気持ちよさそうに眠っているのを確かめて玄関を出た。

階段を降り、自転車置き場に向かおうとしたとき、すぐ前の通りに停めてあった白い車が動きだした。種類はわからなかったし、窓には黒いシートが貼ってあったので中を見ることはできなかった。目についたのは極端に低く、今にも腹をこすりそうに見えたことだ。

近所ではよく見かけるタイプの車だが、アイリーンは自転車置き場の前で立ちどまり、団地のすぐ北にある小学校——健太が通っている——の方へ走り去るのを見送っていた。


買い物を終えて自転車置き場に戻ったアイリーンはチェーンロックを掛け、ハンドルにとりつけたカゴに手を伸ばした。トートバッグをつかむ前に周囲を見まわす。ふと出がけに見た白い車が気になったのだ。

団地わきの道路を軽トラックが走り抜けていっただけでほかに車の姿はない。トートバッグを取ってふり返る。磯部宅に割りふられた駐車スペースにパールピンクの軽乗用車が停められているのに気がついた。義妹の車だ。

階段を昇り、玄関を開けるとテレサ、健太の靴のほかにもう一足、真新しいパンプスがあった。靴を脱ぎながら和室に目をやると線香の煙が漂っているのがわかった。義妹がやって来るとまず父親の様子を見て、仏壇に手を合わせる。

アイリーンはいつものように義父の様子を見た。口を開け、眠っている。今の義父にとって、すべて他人任せとはいえ、週に二度の入浴はけっこうな運動になる。眠っているとわかっていても腹が上下するのを確かめるまで動けなかった。

掛け布団が膨らみ、しぼむのを見てほっとする。それからダイニングキッチンに声をかけた。

「ただいま」

玄関に背を向けて座っていたひと回り年上の義妹――節子がふり返る。十二支をひと回りと数える日本流の言い回しにもすっかり慣れ、ごく自然に浮かんでくる。

「おかえり」

義父も磯部もがりがりに痩せていたのに節子はむっちりしていた。もともと顎が目立たないほどに脂肪がついていたが、六十六歳となった今でも肌は艶々(つやつや)していてしわがほとんどない。紫色のニットの半袖を着ていて、背中が盛りあがっている。

「おかえりなさい」テーブルに向かいあって座っていたテレサが立ちあがった。「叔母ちゃんがケーキを買ってきてくれたから紅茶飲んでたんだ。ママのも淹れるね」

テレサが手を差しだしたのでトートバッグを渡した。

「ありがとう」

にっこり頬笑んだテレサがバッグを流し台のわきに置き、コンロにピンク色のやかんを載せて火を点けた。

引き戸を開け放してある洋室をのぞく。ベッドに背を預け、眉間にしわを寄せてスマートフォンを睨んでいた健太が顔も上げずにお帰りといい、アイリーンは苦笑してただいまと答えた。緊急連絡用にと持たせてあるスマートフォンだが、もっぱらモンスターが登場して健太が撃ち殺すのに使われている。

アイリーンは節子の向かいに腰を下ろした。すかさず節子がテーブルに両手をつき、頭を下げる。

「親父のこと、いつもありがとう」

「いえ、とんでもない」

「親父、気持ちよさそうに寝てるね。やっぱり風呂はいいみたい」

「お父さんくらいの歳になるとお風呂に入るだけでも重労働なのよ」

「ベッドから抱きあげてもらって、そっと湯船に浸けてもらって、洗ってもらって……、上げ膳据え膳で重労働はないでしょう」

それでも疲れるのという言葉は嚥みこんだ。義父の日常を見ていない節子には想像することもできないのだろう。

「私は好きでやってるから」

「仕事二つ掛け持ちして、親父の世話して、健太のご飯作って……、アイリには感謝してもしきれないよ」

節子の丸顔は仏壇にある義母の遺影に似てきた。もっとも義母が亡くなったときにはまだ四十代だったのだから義母にしてみれば冗談じゃないかも知れなかった。

テレサがティーバッグを入れたカップをアイリーンの前に置き、そのまま奥の和室に行った。

節子が声を低くしていう。

「テルちゃんにはひどいことといったわ」

高校を卒業して夜の街で働くようになり、半年もしないうちに健太を身ごもり、翌年出産して帰ってきたときのことだ。節子は、だからフィリピン女(ピーナ)ってのは云々と吐きすてた。すでに磯部は亡く、義父と二人暮らしをしているところへ転がりこんできて、アイリーンは年寄りと娘と赤ん坊を同時に養わなくてはならなかった。

本当のところ、節子が心から悔いているのかはわからない。アイリーンとテレサがいっしょにいるところを見ると必ず同じことをいう。こんにちは、さよならと同じ程度の挨拶じみていた。

テレサがお鈴(りん)を鳴らすのが聞こえた。澄んだ音が流れる。戻ってきたテレサは小さな皿に載せたモンブランを持ってきてアイリーンの前に置いた。小さなフォークが添えられている。

節子が来るのは義父の入浴日が多かった。アイリーンがホテル清掃の仕事を休み、テレサが来ているためだ。だからケーキは五つ買ってくる。モンブランはアイリーンの好物だった。箱を開けたとき、テレサが真っ先にモンブランを取り、パパと大きい祖母ちゃんにといって仏壇に持っていったのが想像できる。

テレサは座らずそのまま流し台に立って洗い物を始めた。

「いただきます」

アイリーンはフォークを手にした。節子が人の好い笑みを浮かべる。

「どうぞ、どうぞ。うちの近所のいつものケーキ屋のだけどね」

ひと口食べ、アイリーンはにっこりして見せた。

「美味しい」

「値段は安いけど、味は良心的だよね。うちの子供たちも大好きだった。最近じゃ、見向きもしないけど」

埼玉県の小さな不動産屋に嫁いでいる節子には二人の子供がいたが、どちらも四十歳近い独身だ。ケーキを喜ぶとは思えなかったが、苦笑してみせるしかない。だが、気にする様子も見せず和室をふり返った節子がしみじみした口調でいう。

「兄貴もお気楽よねぇ。親父をアイリに押しつけて、自分はさっさと逝っちまうんだから」向きなおった節子が流し台の前のテレサを見る。「健太を見てるとね、思うことがあるのよ」

「何？」

「やっぱり女は子供を産まなきゃ、本当の幸せって味わえないのかなって」

子供を産むという言葉がアイリーンの胸に突き刺さる。脳裏に黒ずんだロザリオが浮かんでいた。モンブランを頬張り、無理矢理笑みを浮かべた。

2

分駐所を出て通りかかったタクシーを拾った小町は真っ直ぐ上野警察署に向かった。正面入口を入り、受付とプレートを置いたカウンターの後ろにいた署員に声をかける。何度か顔を合わせている中年の地域課員だ。

「こんばんは。御徒町の捜査本部（チョウバ）は？」

「四階」地域課員が右を指さす。「エレベーターを降りて左、突き当たり」

「ありがとう」

「どういたしまして」

四階に上がり、左に向かって突き当たりまで来た。灰色のスチールドアに御徒町宝石商金塊強奪事件合同捜査本部の張り紙がしてある。ノックし、部屋に入った。やや広い会議室には会議用テーブルを集めた島がいくつか作られている。捜査目的に合わせ、グループ分けされているのだ。上野署、綾瀬署が中心になっているので顔見知りも多い。挨拶を交わしながら最前に置かれた総括班に向かった。

森合が椅子の背にもたれ、レジュメを読んでいた。細い老眼鏡をかけている。

「遅くなりました」

声をかけると森合が顔を上げ、レンズの上から小町を見た。

「こっちこそ呼び立ててすまん」

「いえ」

「ちょっと見てもらいたいものがあってな」立ちあがった森合が中ほどの島に向かって声をかける。「須原(すはら)、小町が来たぞ」

「はい」

グレーのスーツを着たすらりとした体躯の須原がノートパソコンを小脇に抱えてやって来る。下谷署の刑事で、以前、入谷で起こった覚醒剤がらみの幼女誘拐事案のときにいっしょに仕事をしたことがあった。須原もまた大森署で森合の下にいたことがあった。

「お久しぶりです」

「お疲れさま。今、こっちに駆りだされてるの？」

「御徒町を襲った連中がうちの管轄を通ってる可能性もありまして。それで御徒町の現場から逃走車輌の動きを追うよう命じられました」

森合が割りこむ。

「あれを、小町に」

「はい」

須原が持ってきたノートパソコンをテーブルに置いて開いた。すでに電源は入れてあって動画再生ソフトを起ちあげる。ディスプレイにはコインパーキングの様子が映しだされた。須原が説明する。

「まず綾瀬駅の南にある駐車場を見てもらいます」

「被疑者(マルヒ)が車を乗り換えたところね」

わきから森合がぼそっといった。

「御徒町襲撃犯の一人が入れ替わった場所でもある」

ちくりと胸に刺さるひと言だ。指令を受けた小町と本橋は西綾瀬のアパートで武装した男を確保した。指令にあった服装と一致していたが、御徒町を襲った三人組の一人ではない。

再生が始まった。黒いミニバンが入ってきて、中ほどで止まり、左側の区画の奥から四列目にバックで入った。運転席のドアが開き、男がゲートにあった機械に駆けよった。

「トーレスです。四十二歳、もっとも年かさですが、運転手役に徹してました」

「リーダーだったんじゃないの?」

「わかりません」

スライドドアと助手席のドアも開いたようだが、コインパーキングの防犯カメラに車体の右側を向けているので向こう側が見えない。トーレスが戻り、ミニバンの前を過ぎて向こう側に消えた。ほとんど間を置かずミニバンの向こうに停められていた白いセダンが動きだす。

セダンが出口に車首を向け、防犯カメラには運転席と助手席に並んだ男が見える。トーレスが助手席に座っていた。

「運転席にいるのがオカンポです」

小町はセダンを凝視した。後部座席には誰も座っているように見えない。しかし、寝そべっていれば防犯カメラには映らない。

須原がディプレイに映しだされた前部バンパーを指さした。ナンバーが読みとれる。

「これで緊急配備(キンパイ)をかけられました」

緊急配備から三十分ほどで白のセダンが発見され、トーレスとオカンポの身柄が拘束されている。さらに三十分後、西綾瀬のアパートで小町はジェローム・レイエスと向かいあうことになった。

「さて、ここからです」そういって須原がキーボードに手を伸ばす。「ちょっと早送りしますね」

白のセダンが慌(あわ)ただしくコインパーキングを出て行き、さらに右側の駐車スペースから二台が出ていって、空いたところに一台が入った。いずれも小型の乗用車だ。須原がキーを叩く。

「ここからです。ミニバンをよく見ててください」

駐車されたままのミニバンに注目した小町はあっと声を漏らした。

「今……」

「そうです。もう一度、スローで再生します」

スロー再生が始まった。スライドドアが開き、ふたたび閉じられるところが映っている。

「通常に戻します」

通常再生が始まり、小町はミニバンの前後を凝視した。しかし、どちらかも人が出てくるところは映っていない。もっともミニバンの左には手前まで三台が停められており、しかもそのうち出入口に近い二台は白のミニバンなのだ。

小町は腕組みした。

「躰を低くしていれば、このカメラに映らずに駐車場を出られるわね」

「そうなんです」

須原がふたたび早送りに切り替える。ほどなく自転車に乗った制服警官がやって来て黒のミニバンを見つけた。ナンバーを確認し、肩につけた無線機のマイクを取るところが映っていた。

　須原が再生を停め、森合がいう。

「ミニバンも乗り換えたあとのセダンも盗難車だった。今、このコインパーキング周辺の防犯カメラ映像を別の班が解析してる」

　小町は森合に目を向けた。森合が首を振る。

「今のところ、グリーンの軍用ジャケットを着た男は見つかっていない。それに蒸し暑かったからジャケットを脱いでいても不自然ではない」

「でも、本橋が確保した男は軍用ジャケットを着てました」

「同じ物とはかぎらんだろ。似たのはいくらでもある」

　腕時計を見た森合が目を上げ、小町を見る。

「晩飯でも食うか」

「喜んでお供します。モア長におごってもらうなんて久しぶりですから」

「お前、都合のいいときだけ女になってないか」

「気のせいですよ、モア長。それと最近じゃ、女じゃなく女子です」

「四十過ぎて女子はねえだろ」

「何かいいました？」

「いや、何も」

　須原にお先と声をかけ、小町は森合と連れだって捜査本部を出た。

細く切ったピーマン、ウィンナーといっしょに炒めていたタマネギが半透明になってきたところでアイリーンはコンロのわきの容器からおたまでソースをすくってかけまわした。ソースはケチャップにウスターソースを混ぜ、砂糖、塩などで味を調えた自家製だ。中火にしておいて、皿に盛ってあったスパゲティの茹で麺——業務用で茹でた麺を一食分ずつ小分けし、真空パックしてある——を電子レンジに入れ、ダイヤルを六十秒加熱にセットしてスタートボタンを押す。

料理をしながらもアイリーンは脳裏に浮かんだまったく別の光景を眺めていた。ぽってりとした唇に押しあてられた、三センチほどの小さなロザリオだ。唇が柔らかく十字にへこんでいた。

唇から離したロザリオを差しだして母がいった。

『いつも首から提げてるのよ。神様がお前を守ってくださる』

手を出したアイリーンは五歳だった。ロザリオを受けとる。母はイエスでもキリストでもなく、神様といった。ロザリオのてっぺんには小さな環がついていて、細い鎖が通っていた。銀製だったが、白い輝きはなく、真っ黒になっていた。

『マミーにもらったの』

母が祖母から受けついだという意味だろう。しかし、その後アイリーンを育ててくれた祖母に見せたが、手に取ろうともせず見たこともないといわれた。眉の間と鼻にしわを刻み、唇をねじ曲げた祖母の顔に憎しみを見てとっていた。

ロザリオを誰から受けついだのか、本当のところはわからない。キスをしたロザリオをアイリーンに渡した翌朝、母はいなくなり、以来一度も会っていない。母を捜して回ったが、五歳の子供がどこまで行けただろう。せいぜい家の中と周辺でしかない。

一人で寝床にいるのは怖かった。いつも触れていた母がいないのは寂しかった。ロザリオを身に着けつづけたのは神様が守ってくれると信じたからでもあるが、それよりいつか母が探しに来たとき、すぐに自分を見つけられるように目印という意味の方が大きかった。

母が戻ってこないと諦めたのが何歳のときだったかと時々考える。ずっと諦めきれず、日本に暮らして三十年になる今も心の片隅では母がやって来る——あのときの母親は三十歳にはなっておらず、今の自分よりずっと若かったが、それでも母は母だ——と期待していた。一方でロザリオにキスし、唇が十字にへこんだときには、二度と会えないと覚悟していたような気もする。

いつか自分が母親となったら子供には絶対に同じ思いをさせないと誓ったはずなのに……。

フライパンの中でソースがくつくつ煮立ってきた頃、電子レンジがチンと鳴る。皿を取りだし、麺をフライパンに入れ、菜箸でかき混ぜた。以前は麺と具材を炒めてからケチャップを投入していたのだが、それだとどうしても酸味が強くなるという客がいて、ソースを煮立ててから麺をからめるようにした方がいいといった。早速試してみたが、手順を入れ替えただけで麺も具材も変わらないし、ウスターソースを加えただけでそれほど味が変わるとは思えなかった。

試食してみたが、感激するほど美味しくはなかった。

ホット・パラダイスで出す料理で最優先すべきはコストでしかない。麺はいつも買い物に行くスーパーで安売りをしているときにまとめ買いをしているし、具材もできるだけ安いものを少なめに使っている。

それでも美味しかったといってくれた、あの子は……。

思いかけ、下唇を前歯で嚙んだ。

夜遅く痩せた男が一人、ふらりと店に入ってきた。入口近くに空いていた席を差すと素直に座り、ロザリオをテーブルに転がし、マミーと訊いてきた。まじまじと男の顔を見たものの、何とも答えられずにいるとロザリオを手の中に握りこみ、スパゲティナポリタンといった。飲み物は注文しなかった。

いつも通りに作り、テーブルまで運んだ。男はきれいに平らげ、レジで代金を払うときに優しく頰笑んでいった。

『美味しかった（フェ・デリオーソ）』

スペイン語でいわれた刹那、反射的に名前が浮かんだ。

リカルド・ホセ・ヘスース。

二十二歳のときに産んだ息子の名前だ。父親がホセ・ヘスース。アイリーンはミンダナオ島西端にある小さな農村の生まれでホセは近所に住んでいた幼馴染みだ。故郷の方言はスペイン語が数多く混じっている。

年齢ではアイリーンの方が一つ上だったが、ホセ・ヘスースとはすぐに恋仲になった。リカルドが産まれたとき、ホセはマニラに出るといいだした。たしかに地元にはろくな仕事がなかった。

三人でマニラに出て、ホセは知り合いの伝手を頼って夜警の仕事を得た。職場は自動車やオートバイの部品を一時保管しておく倉庫で、毎日夕方に出勤、翌朝帰るという勤務で給料は安かったが、生まれ故郷にいたときにはまるで無収入だったので、たとえいくばくかでも自分たちのお金を持てるのは信じられないほど嬉しかった。

しかし、長くはつづかなかった。夜警の仕事に就いて一年ほどしたとき、倉庫が強盗に襲われ、ホセは撃たれて死んでしまった。哀しみに暮れている余裕はなかった。まだ二歳になっていないリカルドはようやくひと言、二言口にするようになったくらいなのだ。とりあえずリカルドの小さな口を飢えさせるわけにはいかない。そうかといってリカルドを連れ、祖母のいる田舎に帰るわけにもいかなかった。

アイリーンはリカルドを祖母に預け、自分はマニラに残ってクラブ勤めを始めた。祖母に送金するためだ。リカルドを置いて故郷を離れる際、五歳のときからずっと首にかけていたロザリオをリカルドの小さな手に握らせたのだった……。

コンロの火を止め、麵を載せて電子レンジに入れた皿にスパゲティを移す。パセリとフォークを添え、粉チーズ、タバスコとともに銀色の盆に置いた。

ホット・パラダイスは午前二時を過ぎると猛然と忙しくなる。近所のスナックで仕事を終えたホステス、スタッフが客を連れてやって来るためだ。閉店の午前五時まで目の回るような忙しさとなる。もう一つピークがあった。昼過ぎから夕方にかけて、である。近所の年寄りが集まってくる。もっとも昼間は別の女性が来てママを勤めている。

ボックス席は三分の一ほどが埋まっていた。午後十時を回ったところで、昨日、男――リカルドだとは信じられなかったが、嘘だと決めつけられずにもいる――がふらりと現れてからまる一日が経とうとしていた。

「お待たせしました」

アイリーンは紺色の野球帽を被り、四十年配とホステスと並んで座っている年寄りの前にスパゲティを出した。湯気が立ちのぼっている。

「美味しそうよ、トクさん」

ホステスの言葉には訛りがある。フィリピンから来て、十年が経つので店での会話にはそれほど不自由しなかったが、日本語の読み書きはできない。発音も怪しかった。子供が三人いて、夫は土木作業員をしている。時おり子供の学校からの連絡プリントを店に持ってきた。アイリーンは読み、内容を説明してやった。

ほかのホステスたち、真夜中にやってくる近所のスナックの従業員たちもアイリーンに文書を読んでもらっていた。小中学校からの通信、区役所の書類、税金や在留手続きに関する書類などもあった。読んで説明するうち、相談を持ちかけられるようになった。実際には相談が半分、残り半分は愚痴だ。

フィリピン人を馬鹿にしてる、差別してるという内容も多かった。

「あ」トクと呼ばれた年寄りが目をぱちぱちさせる。「うん、うまそうだ」

ホステスがフォークを取り、老人に持たせようとする。

「いや、おれはまだいい。お前、食べなさい」

「あらぁ、ありがとう」

注文したのはホステスだ。老人が食べないのを見越して腹ごしらえをするために他ならない。スパゲティ一人前八百円で、二時間ほど飲み、食べても払いは三千円ほどにしかならない。

「ごゆっくり」

声をかけたアイリーンは空いたビール瓶を盆に載せ、入口に目をやった。

リカルドのことは一日たりとも忘れたことがないというのは嘘だ。マニラの歓楽街で働きはじめ、半年ほどでのちに二番目の夫となる日本人と知り合う。ちょうど日本がバブル景気に差しかかった頃で金遣いは荒かった。

よほどの金持ちと思ったのが一つ目の失敗、二つ目の失敗はその男を優しい人だと思ったことだ。長野県で小さな建設会社を経営していたが、同業者ほど儲かってはいなかった。ケチで、何より嫉妬深かった。日本に来て一年も経たないうちにテレサが生まれ、八ヵ月後には長野を逃げだすことになる。不法残留者として入国管理事務所、警察の目を恐れての生活がつづくなか、リカルドを思いだすことはほとんどなかった。同じ頃、祖母が亡くなり、リカルドは近所の家に預けられたと聞いたが、ミンダナオ島に消息をたずねる余裕はなかった。戸籍を抹消されていたため、一度日本を出れば、二度と戻れないからだ。

目の前にロザリオを置かれたときもまずは疑った。信じられなかった。アイリーンにとってリカルドは二歳にもならない赤ん坊でしかない。だが、今では三十を超えているだろう。

今になって男の顔をよく見ていなかったことに気がつく。ロザリオに目を奪われていたのも確かだが、まともに見られなかったのだ。

午後十一時が近づくにつれ、心臓の鼓動が激しくなり、鈍い痛みを感じるほどになる。アイリーンはビールの空き瓶を載せた盆を手に厨房に戻った。

3

当務明けの非番、それも午後十一時近くなってようやく口にした生ビールはうまい。小町は半分ほど一気に飲んだ。さらに明日は労休、目覚まし時計をセットしておかなくともいつもと同じ午前六時に目が覚めてしまうことはわかっていても、そのあとベッドでぐずぐずできると思えば、さらにうまい。結局、中ジョッキ一杯を飲みほし、大きく息を吐いた。

テーブルの向かい側に座った森合が三分の一ほど飲んだジョッキを置いて目を丸くする。

「見事な飲みっぷりだな」

「仕事が終わったあとは格別です」小町は森合のジョッキに目をやった。「それよりモア長こそビールなんか飲んでいいんですか」

「別にかまわん。特捜は臨時雇いだし、上野にはそっちがらみで来ただけで、捜査本部(チョウバ)に駆りだされているわけじゃない」森合が首をかしげる。「それより酒が飲めるかどうかってのは、飲む前に訊くもんじゃないのか」

「先はダメです」

「どうして？」

「ビールが不味くなります」

そういって小町は空のジョッキを振り、二杯目を頼む。

上野署を出て、浅草通りを横断し、飲食店やビジネスホテルが密集した地域で森合が適当に選んだ小さな居酒屋に入り、奥のテーブル席についた。とりあえず生ビールを二つ注文し、枝豆のお通しとともに運ばれてきたところで乾杯した。捜査本部を出て十五分と経っていないと思うとなおさらうまい。

小町はメニューを取り、森合に渡そうとしたが、首を振った。

「まかせる」

「了解しました」

二杯目の生ビールを運んできた若い女性店員に焼き鳥数種類と刺身の三点盛りを注文する。森合に目を向けた。

「ＯＫ」

「はい」小町はメニューを閉じながら女性店員を見上げる。「それじゃ、それでお願いします」

女性店員がたどたどしく注文をくり返し、空いたジョッキを持って厨房に引き返した。目で追った森合がぼそりという。

「中国人かな」

「そうでしょうね」

居酒屋やコンビニエンスストアでアルバイトをする中国人は珍しくない。

「黙ってりゃ、おれたちと何にも変わらんな」

森合が背広のポケットからタバコのパッケージと使い捨てライターを取りだす。小町はテーブルの端に積みあげてあった灰皿を取って、森合の前に置いた。

「ありがとう」

森合がタバコをくわえ、火を点けた。小町は店内をざっと見渡した。

「また、昭和ですわ」

「またって？」

「うちの方の臨時雇いといっしょに先週の金曜日に竹ノ塚のスナックに行ったんです。そこに入ったとたん、思っちゃいました。昭和じゃんって」

金曜日の夜、本橋に誘われ、リトルマニラと呼ばれる一角にあるホット・パラダイスに行ったことを話した。

「仕事上の関係で？」

森合が訊き、小町は一瞬考えこんだ。

「どうでしょうかね。西新井にいた頃からの馴染みだとはいってましたが」

「支所だって昭和のままの街にあるな」

支所は浅草分駐所を指す。本庁がホンテン、所轄署がシテンなら分駐所はなるほど支所だ。土手通りに面しているが、裏に入れば、たしかに昭和のままの街並みが広がっている。

「それもいつまでつづきますかねぇ」

「たしかに」

中国人とおぼしき女性店員が注文の品を運んでくると森合が日本酒を熱燗で頼んだ。小町は猪口を二つと付けくわえる。

しばらくの間、他愛ないお喋りをしながら飲んだ。小町も二杯目の生ビールを空けてから日本酒に切り替えている。塩辛とおでんの盛り合わせを追加した。

徳利が三本目になるとふわりと躰が浮いたように心地よくなってきた。酒を飲むのも久しぶりのような気がする。

「小町よ」

唇の端にタバコを挟んだ森合がいう。声のトーンが一変していた。小町はまっすぐに森合を見た。

「はい」

「七尾のいうことに惑わされるなよ」

「どういうことですか」

うむとうなずいた森合だったが、すぐには答えようとせず、手酌で酒を注いだ。大森署で初めて会ったときから独酌をルールとしていた。

酒くらい自分のペースでのんびりというのが森合流だ。

酒を呷り、タバコを喫って灰皿で押しつぶす。

「タリムってのは本当かも知れん。だが、今回のは案外単純な話じゃないかと思ってる。やり口が杜撰だ」

「どうして七尾氏がそんなことを？」

「膨らませた方が予算がつく。金はいくらあっても邪魔にはならない。三年後のこともあるしな」

東京オリンピックだ。

森合が顔を寄せ、低い声でいった。

「ガキどものやりそうな手口だとおれは見ている。金塊なんぞに目をくらまされるな。福岡の件、調べてみろ」

福岡で起こった金塊強奪事案についていっているのはわかった。犯人逮捕まで八ヵ月ほどを要したが、福岡県警は事件に関わった被疑者を全員逮捕したとしていた。

森合が壁に背を預け、両手で顔をこすった。手を下ろすと目の回りがへこみ、赤くなっていた。

モア長も弱くなったなと思った。

「予算がつくに越したことはないし、七尾がいうような事態がたしかに起こっているのかも知れん。あっちは専門だからな。いろいろ情報も持ってるだろ。だが、おれたち……、お前にとって大事なのは目の前にある事案だ。しっかり見て、パクれ」

「はい」

店を出て、小町は礼をいった。

「ご馳走(ちそう)になりました」

「いや」

「モア長はどこまで帰られるんですか」

「上野に戻る。チョウバが立ってるんだ。武道場には布団が並んでるだろ。とりあえず眠くてしようがない」

「お送りします」

「大丈夫だよ。それじゃな」

手を上げ、遠ざかっていく森合の背中を見送ったあと、地下鉄日比谷線の上野駅に向かって歩きだした。だが、思ったより足がだるい。昭和通りに出たところで空車のランプを点けたタクシーが近づいてきたので手を上げた。

インターフォンのボタンを押した。スチールドアの向こうでチャイムが聞こえる。インターフォンは沈黙したままだ。留守かと思いかけたとき、男の声が答えた。

「はい」

「あの……、小沼ですが」

「小沼さん？」

「警察の」

どうしても声が小さくなる。

「何か」

「いえ、近所まで来たもので寄らせてもらって」しどろもどろになるうちに正直にいった方がいいと思った。「実は近所に住んでるんですよ。名刺もらったときに近くだなと思って……」

だから何だといわれたら答えようがないと思っているうちにドアのロックとチェーンを外す音が聞こえた。

ドアが細めに開く。今日も古暮の顔は眠そうに見えた。小沼はあわてていった。

「仕事ってわけじゃないんです」

古暮が小沼をじろじろ見る。ブルーの半袖ボタンダウンシャツに履き古したジーパン、スニーカーという恰好だった。ドアを大きく開け、古暮がいった。

「どうぞ」

「お邪魔します」

「スリッパ、使ってください」

「ありがとうございます」

玄関を入ると板張りのリビングダイニングになっていた。濃密なコーヒーの香りが鼻をつく。三和土(たたき)で靴を脱ぎ、くすんだ緑色のスリッパを使った。右が台所になっていて、コーヒーメーカーが置かれていた。四人掛けの木製テーブルがあったが、古暮が中ほどへ進み、革張りのソファを向かい合わせにしてガラスのテーブルを置いた応接セットを示した。

「こちらにおかけください。ちょうど今、コーヒーを淹れたところなんですよ。もし、よかったら」

「いただきます」

ソファに腰を下ろした。応接セットの右が大きな窓で狭いベランダになっている。左にはローチェストがあり、上に液晶テレビがあった。奥にもう一部屋ありそうだ。

台所に立った古暮が声をかけてくる。

「砂糖もミルクもないんですが、かまいませんか」

「結構です。いきなり押しかけてすみません」

「住居でもありますが、事務所も兼ねているんでお客さんは珍しくありません」

両手にマグカップを持った古暮がやって来て、黄色の方を差しだした。受けとると青いカップを手に向かい側に座る。テーブルの上には灰皿とタバコ、使い捨てライターが置かれている。灰皿は空だったが、灰にまみれていた。

「商売柄お巡りさんが来られることもあります。皆さん、仕事でしたけどね」

「すみません」

小沼はふたたび詫びた。二人はコーヒーをすすった。胃袋にずしんと来るほどに濃い。

だが、うまかった。

「美味しいですね」

「好きなんです」

そういって古暮がタバコをくわえ、火を点ける。煙を吐きだしながらいう。

「ご近所だとか」

「佐竹商店街の近くの賃貸マンションに住んでるんです」

「なるほどすぐそばですね」

答えた古暮がコーヒーをひと口飲み、タバコを喫った。

「仕事ではないんですが……」口にしながら言い訳がましいと小沼は思った。「最初にお目にかかったとき、名古屋に行かれてたといわれましたよね。一人で運転して往復されたとか」

古暮が目を細め、小沼をじっと見る。やがてタバコを灰皿で消し、マグカップを両手で持ってソファの背に躰を預けた。

「セントレア空港に行ったんです。実は錦糸町に住んでたタイ人の男が家賃を踏みたおして逃げましてね」

古暮が渋い表情を見せる。

「正確に申しあげるとそいつはきちんと家賃を払ってたんです。だけど又貸ししてました。最初は大家から家賃が三ヵ月溜まってるって連絡が来て、催促に行ったんです。そうしたら見たこともない奴が住んでて、中をのぞくとキッチンに二段ベッドが入ってました」

「キッチンに？　何人で住んでたんですか」

「私が行ったときには六人でした。キッチンのベッドに二人、奥の和室にもう一つ二段ベッドと寝袋があって、そっちに四人です。皆、近所の飲食店で働いているといってました」

「全員タイ人ですか」

「いえ、ベトナム人でした。日本語がわからないというんで往生しましたよ。わからないわけはないんです。日常会話くらいならお手のもんですよ。だけど都合が悪くなるとガイジンになる」古暮が肩をすくめる。「よくある話ですが」

まずは元々の借り主だったタイ人の男を捜したという。タイ人仲間や、その男が働いていた配送会社などをたどって名古屋にいることを突きとめた。すぐ名古屋にいる知り合いの同業者に頼んで男が住んでいるアパートに行ってもらった。同業者からの連絡ではタイ人の男が間もなく出国する予定だという。

「それで即刻名古屋に行ったんですけど、アパートはもぬけのからでした。航空券を手配した業者を探して、便名を突きとめて、それでセントレアで待ち伏せですよ」

「つかまえたんですか」

「何とかね。とにかく又貸しであろうと契約書ではそいつが借りてることになってますから家賃を精算してもらわなくちゃなりません。でも、金なんかないの一点張りで。こっちもしようがないんで出入国管理官と警察を呼んで事情を話すと脅しました。結局、とれたのは十万でした。凄い目で睨まれましたよ。十万円といっても名古屋で手を貸してくれた同業者に手数料を払って、それに名古屋までの高速代にガソリン代でしょ。残ったのは二、三万ですよ」

「大家に払ったのは？」

「四十五万。敷金を二十万入れさせてたんですが、三ヵ月分の家賃のほかに部屋の原状回復がありましたからね。それを引いても残りは二十五万だし、タイ人から回収した金じゃぜんぜん追いつきません。大損ですよ」

答えながらも古暮が小沼をじっと見つめていた。その目は、なぜ損をしながらそんな真似をしているのか不思議でしょうといっている。

小沼は小さくうなずいた。

「この間、御徒町の宝石商の前でいわれたことが気になってたんですよ。正義の味方やってるとよく眠れるって。どういう意味か、ずっと考えてました。私も正義の味方といわれれば、そういう職業なわけですから」

正義の味方やるほど給料もらってないという警察官は多いし、小沼も同じように思っている。

古暮がタバコに手を伸ばし、新しいタバコをくわえて火を点けた。

「身内屋をやるようになったきっかけは十五年くらい前になります。本業はこれなんですけどね」

両手を広げて見せた。小沼は首をかしげた。

「このビルのオーナーなんですよ。そうは見えないでしょ」

「いえ」

「親父はここで荒物屋をやってました。自宅兼店舗で。それがバブルの頃、ご多分に漏れず銀行がすり寄ってきたわけです。マンションにしませんかって。それで店を潰して、このビルを建てた。一階は荒物屋のままでしたけど、ほうきやちりとりを売ってても大した商売にはなりません。そのうち親父が死んで、お袋が一人で店をやってました。客といってもご近所さんだけで。あとはマンションの収入……、といってもビルの建築費がローンになってましたし、竣工前にバブルが弾けましたからね。土地、建物の評価額は十分の一くらいに落ちました。でも、ローンはそのまま。場所がよかったんで、マンションの住人に不自由しませんでしたけど、家賃収入はほとんど返済に消えました。親父が死んで、お袋も五年くらい前に死にました。二人ともそれなりの生命保険に入っていたんですが、それもローンで消えた。まだ、一億くらい残ってますかね。このビルを売っぱらえば、借金はちゃらになるでしょうけど」

億単位の借金など小沼には想像もつかない。

「お袋が生きてる頃から店とこのビルの管理仕事を手伝ってたんです。そのうち近所の不動産屋から頼まれるようになって。不動産屋といっても社長は二代目で、私とは小、中学校時代の同級生ということもあって。そいつが外国人相手に賃貸物件の斡旋なんかもやってました。その中にリンちゃんて中国人の女の子がいましてね。日本語学校に通う間、同級生が斡旋した物件に住んでたんです。一年でしたけど。日本語の研修を終えて、群馬の田舎町に行くことになったんです。縫製の研修が名目で。ところが、行った先はクリーニング工場で……」

それから古暮が語ったことは小沼には信じたいことの連続だった。

研修生という名目ゆえ月給は五万円、そのうち寮費二万円、光熱費五千円を天引きされる。二万円は貯蓄名目で強制的に天引き預金される。一日の労働時間は十二時間から十四時間におよび、八時間を超えた分は残業代となるが、一時間あたり三百円でしかない。パスポートは不慮の事故があってはいけないとして雇い主が取りあげ、ちょっとでも逆らえば、強制的に国に帰される。その上、酒に酔った雇い主が寮に押しかけ、躰を触ったり、キスをしたり、ときにはそれ以上のこともあった。

ある日、外国人研修生たちは結託して雇い主と交渉にあたった。その夜、見知らぬ男たちが雇い主とともに寮に押しかけてきて、交渉しようとした研修生五名をマイクロバスに乗せようとした。

「国に帰されると思ったリンちゃんともう一人が必死に逃げまして、私の携帯に電話してきたんです。その携帯だって隠し持っていたものだったんですよ。携帯もパソコンも禁止でしたから」

「雇い主のやったことはすべて法律違反でしょ」

「ええ、おかげで人権団体やら弁護士やらと知り合いになりました」

「警察には？」

「暴行事件ですからね。そりゃ、すぐ連絡しましたよ。でも、民事不介入だとか、出入国管理法だとか……、とにかく取り締まる法律がないって取りあってくれないんです。地元の弁護士が入って、ようやく警察も動きだしました」

聞かされているうちに小沼は耳の先端まで熱くなるのを感じ、顔を伏せてしまった。民事不介入は大原則ではある。しかし、面倒くさいことに首を突っこまずに済ませる方便でもあった。

同じ現場に立ったとしたら自分なら……。

たぶん何もできない。

いや、何もしない。

うつむいていると古暮が穏やかな声でつづけた。

「国家はならず者の最後の拠(よ)り所って言葉、知ってます？」

「いえ……」顔を伏せたまま、首を振った。「知りません」

「人は誰も平等だし、公平に扱われなくてはならないっていわれると反論のしようはありませんよね」

「そうですね」

「だけど皆が同じなら自分が何者なのか、わかりにくくなりませんか。でも、誰だって自分を価値ある人間だと認めてもらいたいという気持ちはあるでしょう。それじゃ、本当の自分がどんな奴か見極めるのは難しいし、怖い。手っ取り早く自分の価値を見つける方法はあいつよりましだと見下せる相手を見つけること、おとしめることなんです。差はちょっとしたことでいいし、自分の目の前にいる一人でいい。たとえば、日本人か、ガイジンかみたいな」

それで最後の拠り所か——小沼は胸のうちでつぶやいた。

「リンちゃんは始まりに過ぎませんでした。さっきいったでしょ、同級生の不動産屋……、奴が次から次へと……」

4

身内屋稼業の七、八割は日本人相手ですけどね、と古暮はいった。そのうち三分の一は高齢者を対象としているようだ。

中国人リンちゃんの一件から身内屋となった古暮だったが、商売を始めた十五年ほど前には外国人の顧客が二十歳前後が多く、日本人でも二十代、三十代の相談者が大半を占めていた。ところが、ここ数年は相談を持ちかけてくる高齢者がぐっと増えたという。

『子供が別居してるとか、この頃では生涯独身という人も多くなってるでしょ』

古暮を訪ねた翌日が当務で、さらに二日が経っていた。前回の当務は交通事故、喧嘩、ぼや、空き巣といつも通りに出動したが、大きな怪我を負った人もなく、人死にも出なかった。わりと穏やかだったといえる。今日は日曜日で土手通りを行き来する車も少なく、朝から穏やかに晴れていて、温かく、しのぎやすい。今日を含め、分駐所勤務もあと三回となった。

どうして古暮を訪ねる気になったのかと自問しつづけていた。

正義の味方をやってるとよく眠れると古暮はいったが、これまで三度会い、三度ともひどく眠そうな顔をしていた。名古屋へ行った顚末は聞いたが、似たような日常であれば、睡眠不足になるのも無理はないと思う。

否。

警察官になってからというもの、徹夜仕事は多かった。捜査本部に組みこまれたときには文字通り不眠不休で街を駆けずりまわった。躰はくたくた、とにかく眠くてしようがなかった。だが、思いかえしてみても眠れなかった夜はない。ベッドに潜りこむとあっという間に眠りに落ち、夢も見ないで翌朝を迎えるのが常だった。

正義の味方をやってるとよく眠れるのではなく、正義の味方なら夜もろくに眠れないのではないか。動きまわっているからばかりではない。弱き者を助けようと知恵を絞れば、おちおち眠ってもいられない。法律が守ってくれない世界で戦いを強いられるし、そもそも法律は社会の形を作っているだけで、正義とはほとんど関係がない。それは警察官になったあと、いやというほど思い知らされてきた。

それでも正義の味方でありたいと願ってはきたが、勤務時間が終われば、ぐっすり眠れるようでは本当の正義の味方ではないのではないか……。おそらく古暮を訪ねてみようと思った理由はその辺にあるのだろう。

交番の前で立哨に就いている顔馴染みの警官と朝の挨拶を交わし、小沼は入口に向かった。階段をのぼり、分駐所に入ると数人がかたまっていた。輪の中に班長の稲田がいる。わきに立っているのは下谷署の須原だ。

「おはようございます」

誰にともなく声をかける。それぞれがおはようと返し、稲田が手にした写真を差しだしてきた。

「おはよう。これ」

受けとった。

自動車の写真だが、渋滞の間にでも撮ったものか、前方から見た車が部分的に映っているだけだ。

「ナンバープレートを見て」

稲田にいわれ、目をやった。これもごく一部が映っているだけだ。上段にある発行地は川の一文字が読める。ナンバーの最初にあるひらがなは歩道に置かれたゴミバケツの陰に隠れているが、その次の8という数字は見えていた。しかし、二つ目の数字は前の車に隠れている。映っているのは白いセダンで車高をかなり低くしてあるのがわかった。

写真から目を上げると稲田が答えた。

「御徒町事案の三人目を拾った車である可能性が高い」

となりで須原がうなずく。憔悴(しょうすい)しきった顔が目を引いた。

綾瀬駅の南側は葛飾区の北西端にあたる。駅の北側と綾瀬川の西は足立区で浅草分駐所の管轄だ。

ルームミラーをちらりと見やった本橋が路側に捜査車輌を寄せて停めた。

「ここですね」

「そうね」

小町は運転席越しに車の右側に目をやった。三方をマンションに囲まれたコインパーキングがあった。十五台分のスペースがある。

「それじゃ、自分は逃走車輌のルートをたどります」

「何かあったら連絡して」

「了解」

小町は受令機から伸びているイヤフォンを左耳に押しこみ、車を出た。本橋がゆっくりと車を出す。

目の前にあるのが御徒町から来た黒のミニバンが乗り捨てられていた駐車場だ。綾瀬駅前とはいっても飲食店街が密集した一角を挟んで南側にあたり、周囲はマンション、ビジネスホテル、病院などが多い。

西に向かって歩きだすとすぐに小さな商店街になった。ほんの数十メートル歩いただけなのに建物がぐっと古びていた。シャッターの降りた不動産屋、韓国食品店の間を抜け、角に蕎麦屋のある交差点も真っ直ぐに抜けた。比較的大きなホテルの前を過ぎると右に常磐線の高架が見えてきた。さらに西へと進む。

前々回の当務明け、夜になって小町は森合に呼ばれ、上野署の捜査本部を訪ねた。そこで下谷署の須原に会い、つい先ほど見たコインパーキングの防犯カメラ映像を見せられた。ミニバンから二人の男が降り、となりに停めてあった白い車に乗り換えている。車には運転席と助手席に男の姿が認められたが、三人目の姿はなかった。

しかし白い車が出ていったあと、駐車スペースに置かれたミニバンのスライドドアが開き、ふたたび閉じるところがとらえられていた。人の姿は映っていないが、ドアがひとりでに開き、閉まるなど安物のホラー映画でもあるまい。御徒町事案でスリランカ人社員を撃った第三の男が防犯カメラに映らないよう降りたに他ならない。

御徒町強盗事件発生から十日目、ちょうど捜査本部第一期——捜査本部が立てられると十日ごとに第一期、第二期と分けられ、とくに事件発生から間もない第一期に人と時間をかけ、徹底した捜査が行われる——終了日にあたる今日、須原が何枚もの写真を持って分駐所にやって来た。そして捜査は逃走中の第三の男の捜索を集中的に行っていると告げた。もっとも重視されている区域が白い車に乗った二人組が確保された弘道、小町と本橋がレイエスを確保した西綾瀬なのだ。

今朝の引き継ぎにおいて、須原が笠原、稲田両班の隊員を前に地図を広げ、赤と青のマーカーで塗りわけられた二つの逃走ルートについて話した。弘道公園のそばで確保された二人組のルートが青、第三の男が徒歩で逃走したルートが赤で示されていた。

第三の男を最初にとらえていたのは、コインパーキングの向かいにあるマンション玄関の防犯カメラだ。白っぽいTシャツを着て、スポーツバッグを提げていた。あまり鮮明ではなかったが、痩せ形、身長百七十センチから百八十センチという程度はわかった。男が西に向かって歩きだしているところまでが映っている。

小町は第三の男が歩いた道をたどっていた。

その後、男の姿はいくつかの防犯カメラにとらえられており、常磐線の高架沿いに西へ向かったことがわかっている。

商店街を抜け、やがて首都高速三郷線の下にかかる橋に達した。歩行者用の階段を昇った。橋は綾瀬川を渡りながら大きく右に湾曲していた。綾瀬川の岸辺に建ちならぶ巨大な建物が左に見えている。

小菅の東京拘置所（こうちしょ）――小町も今まで何度か訪れている。

橋を渡ると住宅街に入った。金網を張ったフェンスの向こうに古い平屋の家が建っていて、雑草が伸び放題になっている中に錆（さ）びた原動機付き自転車が放置してあった。川沿いに真っ直ぐ進めば、弘道、青井となり、左に行けば、西綾瀬となり、レイエスと出くわしたアパートは目と鼻の先になる。

コインパーキングから徒歩で逃げた第三の男の足取りは綾瀬川を渡ったところでふっつり途切れ、いつの間にかレイエスと入れ替わっていた。住宅街を歩きだして、すぐに無理もないと思った。平屋、二階家の住宅が密集しており、古い家が多かった。コンビニエンスストアも見当たらず、通りに人影も見当たらなかった。つまり防犯カメラはなく、目撃情報も収集しにくい場所なのだ。

上野署でコインパーキングの防犯カメラ映像を見たあと、小町は森合に誘われ、近所の居酒屋に入った。

『ガキどものやりそうな手口だとおれは見ている。金塊なんぞに目をくらまされるな』

森合にいわれた言葉が蘇る。

昨日、小町はネットで福岡の事件について調べてみた。昨年夏、福岡市内で七億五千万円相当の金塊が警官を装った複数の犯人に強奪される事件が起こった。実行犯の中心メンバーは今年六月までに逮捕され、今なお全国に指名手配されている者がいる。広域暴力団をバックとしながらも強奪犯は名古屋に拠点を置く反社会的な集団、いわゆる半グレといわれる連中だった。盗んだ金塊の換金に関わったとして東京都内の会社役員複数が逮捕されており、そのほか金塊輸送の情報をもたらした人間が実行犯グループの関係者にいるとして捜査がつづいている。

強奪事案そのものは単純といえる。だが、単純ゆえに迅速だった。警察官を装って接近、被害者の顔に催涙スプレーを吹きつけて顔を両手で覆った隙に実行している。その後、犯人が使用したと見られる警官のニセ制服が山口県で発見されており、早い段階から犯人が福岡県外に逃走していると見られていた。

実行犯は名古屋を拠点とし、換金に関わった会社役員は東京在住、事件は福岡で起こり、ニセの制服は山口で発見と全国にまたがる事件だったが、八ヵ月におよぶ捜査の末、犯人すべてを突きとめ、大半を逮捕している。

逮捕の大きなきっかけとなったのは、手口などから福岡で起きたもう一つの事案——金を換金した直後、現金三億八千間円が奪われた——に関わっている可能性が浮上してきたことによる。二件の捜査情報を付き合わせ、実行犯、換金したグループなどが判明していった。

ガキの手口と森合がいうのは、大胆だが、杜撰だし、何より乱暴な点だろう。福岡と御徒町の事案が決定的に違うのは実行犯がフィリピン人の元警察官で、負傷者が出ているところだ。撃たれたスリランカ人社員は意識不明のまま、脳内の弾丸を摘出するには至っておらず、いまだ生死の境をさまよっていた。

『だが、おれたち……、お前にとって大事なのは目の前にある事案だ。しっかり見て、パクれ』

わかってますよ、モア長——住宅街を歩きながら胸のうちで答えていた。

今、最優先しなければならないのは、第三の男の正体を突きとめ、確保することだ。事件の経緯からして銃器を所持しているとも考えられる。しかもその男が被害者を撃っている可能性が高い。

うつ伏せになっている男の後頭部に銃を近づけ、発射するだけの冷酷さがある。

須原がもたらした車に関する情報もあった。ナンバープレートの一部が写っていた。はっきり判読できた唯一のカットだという。そこには川と8が読みとれた。自動車のナンバープレートに刻印されている地名は全国で八十七あるが、そのうち川で始まるのは川崎ナンバーしかない。川崎ナンバーの白いセダンがどれほど登録されているかまでは知らなかったが、いずれにせよ膨大な数に上るだろう。そのうち8で始まるナンバーだけに絞っても十分の一になるだけだ。

もし、事件が田舎で起こっていれば、川崎ナンバーは目立ったかも知れないが、東京都内では珍しくない。黒のミニバン、コインパーキングから逃走用に使われた白のセダンともに盗難車であったことからすると川崎ナンバーの車も盗難車である可能性がある。捜査本部では絞りこみを行っているだろうが、時間がかかるのは必至だ。

次に第三の男らしき人影がとらえられたのは五反野駅の北側に延びる商店街だ。綾瀬川にかかる橋を渡ったところで姿が見えなくなってから約三十分後で、距離にすれば一・五キロほどなので徒歩でも充分に移動可能だ。

川崎ナンバーの白い車と御徒町事案との関わりが決定的になったのは、須原が持ってきた自動車の写真に運転しているレイエス——西綾瀬のアパートで小町に散弾銃を向けた男——がはっきり写っていたためだ。そしてスポーツバッグを提げた第三の男らしき人影が車に乗りこむところもとらえられている。

商店街だけに店頭に防犯カメラを設置している店がいくつかあった。第三の男、レイエスが運転している車ともに何ヵ所かで撮影されている。しかし、いずれも解像度が低く、唯一ナンバープレートの一部とレイエスの顔が判別できたのが歯科医院玄関口のカメラで、しかも最接近し、通りすぎる一瞬でしかなかった。

その後、車はふたたび西綾瀬の住宅街に入っている。防犯カメラはないが、レイエスと遭遇したアパートはあった。

イヤフォンに緊迫した声が流れた。

〝本部より各移動、足立区柳原（やなぎはら）二丁目……〟

コンビニエンスストアに刃物を持った男が押し入り、店員を脅して売上金三万五千円を奪っていったという。

「日曜の昼間に強盗かよ」

小町は唸るようにいい、スマートフォンを取りだした。本橋を呼びだし、現在地を告げた。合流後、ただちに現場に向かったが、それから稲田班は千住警察署、付近の交番、自動車警邏隊などと共同で、翌朝まで逃走している強盗の捜索に振りまわされることになった。


慌ただしく朝食をかきこんだ健太がとなりの椅子の背にかけたデイパックを取りあげた。

「行ってきます」

「忘れ物、ない？」

流し台の前に立っていたアイリーンはふり返って声をかけた。毎朝、同じやり取りをしている。

「大丈夫」

「車に気をつけてね」

「はい」

健太が玄関まで走り、スニーカーを突っかけて飛びだしていく。

「もう五分早く起きればいいんだけどね」

ぼやきも毎朝の定番だ。

午前五時にホット・パラダイスが閉店し、翌日の仕込みと清掃を済ませて団地に帰ってくると六時半をまわる。それから朝食の用意をして、健太を起こし、身支度をさせて送りだすのが八時ちょっと過ぎだ。学校までは徒歩で五分ほどしかからないが、アイリーンは早めに教室に入ることを健太に約束させていた。

これから二時間ほど休憩し、ホテル清掃の仕事に行く。睡眠時間が細切れで、全部合わせても四時間に満たない生活にはすっかり慣れてしまった。

ホット・パラダイスは元日とお盆時期の三日間しか休業しない。さすがに休みなく働くのには疲れを覚えるようになったが、給料が安いので働きつづけるしかなかった。

義父の様子を見て、ソファで一眠りしようかと思いかけたとき、足下のゴミ袋に気がついた。毎週月曜、水曜、金曜に出すことが決まっているし、生ゴミを入れているので明後日まで知らんぷりというわけにいかない。

ゴミ袋を提げ、和室をのぞく。いつものように義父の腹が上下するのを確かめてから玄関を出た。階段を一階まで降りたアイリーンの足が止まる。

ついさっき出かけた健太が男と話している。男は健太の前にしゃがみ、明るい笑みを浮かべていた。

見知らぬ男とはいえない。ホット・パラダイスに来て、ロザリオを見せた。健太に声をかけようとしたが、咽が強ばり、声が出なかった。

男の方が気づき、立ちあがって健太の頭を撫でた。健太が男の視線を追い、立ち尽くしているアイリーンに気がついた。

顎をしゃくった。

「学校に行きなさい」

「はい」

健太が走り去ったあともアイリーンは立ったままだった。膝ががくがくしそうになるのを何とかこらえている。

近づいてきた男がはにかんだように笑みを見せる。

「おはよう」

「おはよう」

何とか返事をしたアイリーンはつづいて自分の口から出た言葉に驚いてしまった。

「お腹、空いてない？」

男が大きく目を見開く。見る見るうちに涙が溜まってきた。アイリーンも鼻の奥が痛くなるのを感じて、あわてて目を逸らした。

視線の先に白い車が停められていた。窓ガラスが黒く塗りつぶされている。この間見た車と同じなのかよくわからなかったが、ナンバープレートに川崎とあるのは見てとれた。

とりあえず男に断り、ゴミの収集場に向かう。アイリーンは何度も大きく息を吸い、吐くのをくり返していた。

第四章　ピノ

1

三センチほどにカットしたグリーンアスパラとウィンナーソーセージを炒めながらアイリーンは男に訊いた。

「食パンがあるけど、トーストするかい？」

「ご飯は？」

「あるよ」

「そっちの方がいいんだけど」

「いいよ」

男の口からはよどみなく日本語が流れる。健太と話しているのを目のあたりにしたときには動顚してしまい、不思議だと感じる余裕がなかった。顔つきは日本人とは違うというのに……。

本当にリカルドなのだろうかと手を動かしながら訊ねる。男にではなく、自分に、だ。ホセ・ヘスースやテレサ——日本人との間に生まれているので、少々色は黒いものの目鼻立ちは日本人と変わらない——、そして鏡に映る自分の顔を次々に思いうかべては男の顔と重ね合わせていたが、似ているところがあるようにも思えたし、まるで似ていないような気もした。リカルドであれば、もう三十年は会っていないし、最後に見たときには二歳にもならない赤ん坊だった。

男の視線を顔の右側に感じていた。男は玄関に背を向け、台所に立つアイリーンに顔を向けて座っている。いくつもの質問が胸底からわきあがってくるが、先を争って口から出ようとするために咽でぶつかり、からまりあい、詰まっている。アイリーンは黙々と朝食を支度し、男の前に皿、ご飯、味噌汁を並べた。

「飲み物は？　水、温かいお茶、冷たいお茶……、缶ビールもあるけど」

「酒は要らない。それより箸をもらえないかな」

「あら、ごめんなさい」

アイリーンは台所の抽斗から袋入りの割り箸を取り、男の前に置きながらいった。

「手間じゃなければ、温かいお茶が欲しい」

「いいよ」

急須に茶葉を入れ、ポットの湯を注ぐ。大ぶりの湯飲みとマグカップを並べ、茶を注いだ。急須には二度湯を注ぎ足さなくてはならなかった。その間に男は手を合わせ、いただきますとつぶやいてから割り箸を手にした。

男の前に湯飲みを置き、意を決して男の向かい側に座る。マグカップを両手で持ち、男をじっと見る。

ご飯を口に入れ、男が頬笑む。

「温かい白飯はやっぱりうまい」

セリフと顔つきが不釣り合いな感じがしたが、笑みは心底嬉しそうだ。

「日本食に慣れてるんだね」

「日本に来たのは五歳のとき」

アイリーンはどきりとしたが、男は気にしている様子をまるで見せず、味噌汁をすすって椀を置き、目を向けてきた。肌は薄い褐色、眉と少し縮れた髪の毛は真っ黒だ。鼻筋は通っている。頬骨の上にいくつかそばかすが散っていた。

「二歳の時、親戚の伯母さんに預けられた。エバ・マリア・フェルナンデス……、わかる？」

記憶を探ったが、思いあたる名前はない。アイリーンは目を伏せ、首を振った。

「ごめんなさい」

「おれもあとで伯母さんに教えてもらった。祖母ちゃんはおれが二歳になるかならないかのとき、病気になって、とてもおれを育てられなくなった。それでエバ伯母さんに預けることにしたんだって。エバ伯母さんは祖母ちゃんの遠い親戚で、マ……」

言葉を切り、穏やかに頬笑んで言葉を継いだ。

「だから知らなくても無理ないよ」

「ごめんなさい」

もう一度詫びた。謝罪の言葉しか浮かんでこない。

「いいよ、昔のことだから。エバ伯母さんの一家にはよくしてもらったし。でも、ミンダナオ島にいたのは二年くらいだった。エバ伯母さんの妹が日本に来てて、伯母さんも一家で日本に来ることになったんだ」

「それで日本語が上手に喋れるのね」

「英語もミンダナオの言葉もほとんどダメだけどね。喋れるのはほんの少しだけ。伯母さんも伯父さんも日本に来た最初はぜんぜん日本語がダメだった。おれと姉ちゃんが先生になって、学校の教科書を使って教えてやったんだ」

テレサの時と同じだとアイリーンは思った。

男が食事を終えた。途中でご飯をお代わりするかと訊いたが、大丈夫といわれた。アイリーンは空いた食器を流し台に運び、ボウルに水を張って浸けた。急須に湯を入れ、男の湯飲みと自分のマグカップに注ぎ足し、ふたたび椅子に腰を下ろした。

熱い茶をすすり、唇を嘗めて声を圧しだす。

「あなたの名前は?」

「リック……、リチャード」

心臓が大きく打つ。リカルドの英語読みがリチャードだ。エバの一家ではファーストネームを英語風にしていたのかも知れない。

「リックともリッチーとも」弱々しい笑みを浮かべて付けくわえる。「ピノとも呼ばれた。ピノというのは小学校、中学校のときのあだ名だ。ほら」

鼻先に触れて見せた。

「日本人より鼻が高いだろ。それでピノキオみたいだからさ」

フィリピン人という意味もあっただろう。たしかにリチャードの鼻は高く、尖っていた。

「でも、その呼び名はあまり好きじゃない」

ピノキオは嘘を吐くとどんどん鼻が高くなる……、とっくに忘れていた童話の一節がふいに脳裏に蘇る。

リチャードが茶をすすり、テーブルをじっと見つめた。

「エバ伯母さんはマ……」

またしても言葉に詰まる。アイリーンはうなずいた。

「マミーでいいよ」

無邪気に嬉しそうな顔をリチャードを見返す。三十三歳になるはずだが、まるで子供のような顔だ。

だが、すぐに沈んだ顔つきになった。

「エバ伯母さんは日本に来て、すぐにマミーに連絡を取ろうとした。ミンダナオを発つ半年くらい前にお祖母ちゃんが亡くなったこと、おれを連れて日本に来てることを知らせようとした。それで長野の方に連絡したんだけど、もういなかったって」

日本に来たのは五歳のときといっていた。母に預けたとき、リカルドは二歳にもなっていなかった。ちょうどエバ一家が日本に来た頃は、前夫の家を飛びだし、警察や出入国管理官に見つからないよう逃げまわっていた時期だ。

そのとき奥の和室から義父が声をかけてきた。

「アイリさん、アイリさん」

リチャードがびっくりしたような顔をする。

「旦那さん？」

「旦那さんのお父さん。旦那さんは亡くなった。今、私が世話をしてるの。ちょっと、ごめんね」

立ちあがろうとするとリチャードも立ちあがった。

「おれも行かなきゃ。仕事の前にちょっと寄ってみただけだから」

「今、何してるの？」

「いろいろ」リチャードがにやりとする。「とりあえず弟の顔も見たし。健太っていうんだってね」

「甥っ子」

「え？」

「孫なの」

目をぱちくりさせていたリチャードだったが、すぐに納得したようにうなずき、苦笑した。

「だよねぇ、おれも三十過ぎだし。弟より息子の方だ」

玄関に向かいかけたリチャードがふり返る。

「あの……」

いいかけて目を伏せる。

リチャードの表情はアイリーンには見慣れたものだった。ホット・パラダイスにやって来るフィリピン人客――たいていは女――がもじもじして、アイリーンの顔を盗み見るときはたいてい切りだしにくい相談事を抱えているときであり、まず金で困っている。手助けしてやれることはそれほど多くない。できることといえば、肉たっぷりの料理を一品、サービスするくらいだ。

「何？」

「いや、いいんだ。ご馳走さま、美味しかった」

そういってリチャードが三和土に置いたスニーカーに足を突っこむ。アイリーンはテーブルにとって返し、裏の白いちらしを小さく切ったメモ帳に自分の携帯電話の番号を走り書きする。

玄関に行き、リチャードに差しだした。

「これ、何にもできないけど、とりあえず話は聞けるから。それとまたお店の方に来て」

メモを受けとったリチャードが礼をいい、玄関から出ていった。

和室に入ったアイリーンは鼻を突く異臭にすぐに気がついた。おしめの交換にかかりながらリカルド……、リチャードとの会話を思いかえしていた。

また——胸のうちで名前を言い換えたことにかすかな苛立ち(いらだち)を感じる。

マスターキーで506号室のドアを開けたアイリーンは声をかけた。

「失礼します」

フロントからは客がすでにチェックアウトしていることを聞き、ドアノブには〈清掃をお願いします〉というプレートが下がっていたが、ノックし、声をかけるという手順を省くわけにはいかない。

使い終えたシーツやタオルを入れるキャンバス地の大型バスケットを載せたカートを部屋の前に停めてある。

返事がなく、シングルルームに人影がないことを確かめてからドアにストッパーをかける。バスルームのドアを開けて照明と換気扇兼用のスイッチを入れたあと、部屋の奥に進んで窓を開けた。斜めになった窓ガラスは十センチほどしか開かなかったが、空は晴れわたり、からりとした温かな空気が流れこんでくるのは心地よかった。

「さて」

つぶやいたアイリーンはベッドカバーを剝がしにかかった。

自分の手がベッドカバーにつづいて枕カバー、シーツを剝がし、手際よく丸めていくのを眺めながら頭の中では別のことを考えていた。

どうして怖くなかったのかしら……。

健太に朝ご飯を食べさせ、送りだしたあと、ゴミを出すために部屋を出た。そして団地のすぐ前で健太の前にしゃがみこんで話しているリチャードを見た。すぐにホット・パラダイスに来て、ロザリオを見せた男だとわかった。

どうして自宅がわかったのか。

健太と何を話しているのか。

恐怖にとらわれて当たり前なのにじっと見つめていただけだ。リチャードがアイリーンに気がつき、立ちあがったことでふり返った健太を学校へ向かわせた。その後、リチャードに腹が空いてないかと訊き、うちに入れた。

部屋の前に停めたカートから大きなビニール袋を持ってきて、ベッドサイドに置いてあるくずかごの中身を入れ、テーブルと化粧台を兼ねる作り付けのカウンターの上に並んでいる空のペットボトルや菓子の包み紙も放りこんでいく。

手を動かしながらも今朝の出来事を思いかえしていた。

恐怖を感じなかったのは、リチャードが現れることを予期していたからではないか。期待していたといってもいい。驚きの頂点はロザリオがテーブルに転がった瞬間に訪れた。その後、団地の前で白い車を目撃した。ウィンドウが黒く塗りつぶされていたので中を見ることはできなかったが、ひょっとしたらと思っていた。今朝、健太と話していたリチャードの後ろには白い車が停められていた。たぶん同じ車だろう。ホテル清掃に来るのに団地を出たときには見当たらなかったからだ。

リチャードがホット・パラダイスを探し当てたのは不思議ではない。フィリピン人のコミュニティはさほど大きくなく、それだけに絆（きずな）は強い。三千人とも四千人ともいわれる在日フィリピン人はあくまでも外国人登録をしている人数でアイリーンのように日本国籍を取得している者はふくまれないし、ましてテレサや健太のように生まれついての日本人がカウントされることはない。

しかし、フィリピン人はたとえ国籍がどうあろうとフィリピン人でしかない。それはアイリーン自身が二十二歳の頃からずっと味わってきたことだし、リチャードのいかにもフィリピン人という風貌からして同じような経験を重ねてきたと想像するのは難しくない。

大相撲（おおずもう）を見ていればわかる。かつて上位を独占したハワイ出身の力士、北欧生まれでいかにも白人の顔をした力士、さらには見た目ではまったく日本人と変わらないモンゴル出身力士もガイジンと呼ばれる。日本人と結婚し、日本国籍となり、親方となっても変わらない。

相撲は国技で、神事だといった人もいた。だから特別見る目が厳しい、と。横綱、大関クラスとなれば、ヒーローだし、有名人だ。それでもガイジンと呼ばれる。高校野球でも陸上競技でも似たようなことが見られる。日本で生まれ、英語をまったく話せなくても風貌だけでガイジンだ。

『ピノとも呼ばれた』

悲しげな笑みを浮かべていたリチャードの顔が過ぎっていく。

『でも、その呼び名はあまり好きじゃない』

健太が学校へ向かったあと、思わずお腹、空いてないかと訊いたのは、不憫（ふびん）さを感じていたからに他ならない。

マットレスを二枚のシーツできっちりくるみ、毛布を重ね、それぞれに縁をそろえて下に押しこんだあと、壁に押しつけ、ベッドカバーを被せる。外したシーツは部屋の前のバスケットに放りこむ。何を考えていようと、どのような感情に揺さぶられようと手はいつも通り仕事を確実に、素早く片づけていく。

　フィリピン人コミュニティを通じてホット・パラダイスでアイリーンが働いていることを知れば、住んでいる団地を知ることもそれほど難しくない。日本に来て三十年、一時は不法滞在者として警察や役所の目を逃れる生活をしたことがあり、さまざまな職業に就いてきたし、そうしてテレサを育てあげた。お世辞にも裕福とはいえないにしろ成功者ではある。アイリーンの経験はほかのフィリピン人にとって参考になるし、通りすぎてきた者として、今まさに渦中(かちゅう)にある似たような境遇の人たち、とくに女にいってあげられる。

　今は永遠につづくようにしか思えないけど、過ぎてみれば、あっという間、とりあえず今日は食べて、少しだけ飲んで、あとは寝てしまいなさい……。

　だが、アイリーンは自分のうちにもう一つの感情……、いや、夢があったことを認めている。

　二歳にもなっていない息子を母に預け、自分は日本に来た。金を稼ぎ、たっぷり仕送りして母やほかの家族、何より息子の暮らしをよくするためだ。だから日本行きに賭(か)けた。今からふり返れば失敗だろう。結婚が破綻(はたん)し、犯罪者のように逃げ隠れする生活を強いられ、故郷への仕送りどころか連絡さえできなかった。まだ赤ん坊だったテレサを抱きしめ、この子を守るためと必死にいい聞かせてきたが、後ろめたさを誤魔化す言い訳に過ぎないこともわかっている。

それでも夢を見た。いつか息子に会えるのではないか。成長した息子が訪ねてきてくれるのではないか。

むしのいい、とうていあり得ない夢だ。だが、押しつぶしてしまうことはできなかった。

それではなぜ胸のうちでリチャードと呼び、リカルドとは呼ばないのか。

清掃とベッドメイクを終え、点検する。一部屋にかけられる時間は十五分から二十分でしかない。頭の中には熱っぽい思いがぐるぐる渦を巻いていたが、作業に滞りはなかった。点検表を挟んだボードを手に項目の一つひとつを指さし、声に出して確認する。見落としがないことを確かめたところで制服代わりに貸し出されているエプロンのポケットからカードを取りだす。

このお部屋（　　）は（　　）が清掃いたしました。

印刷されているかっこ書きの空白に部屋番号の５０６、次の空白に磯部と漢字で書き入れた。

日本人に掃除をしてもらった方が客は安心する。

折りたたんだ浴衣の上にカードを置き、もう一度部屋の中を見渡したアイリーンは506号室を出た。

2

東武スカイツリーライン五反野駅の改札口を抜け、駅舎の北側に出た小町は辺りを見まわして独りごちた。

「来ちまったか」

正面には精肉店、向かって右側に不動産屋、焼肉店とつづいている。左に目を転じると中華料理店があり、北へ向かう道路との交差点がある。

疲れていた。

昨日は昼下がりに発生した足立区柳原のコンビニエンスストア強盗のおかげで、今朝の米澤班との引き継ぎまで現場周辺の検索にあたった。真夜中に浅草の居酒屋で女同士がつかみ合いの喧嘩をして、店を壊していると通報があり、小沼と植木を臨場させた。女同士であれば、女性警察官の方が対処しやすいし、植木には浅草署地域課勤務時代からの経験がある。

そもそも小町と植木の出会いも居酒屋での女同士の喧嘩がきっかけだった。一方は中年のソープ嬢、相手は茨城から遊びに来ていた女二人組、どちらも男連れだったが、臨場したときには男を尻目にブタ、イモと罵り合い、取っ組み合っていた。近くの交番、浅草署から数人の警官が来ていたが、男はいずれも尻込みしていた。小町は割って入ることにしたのだが、従ったのが植木一人だった。

女たちはブタ、イモのあとに女性器を指す子供じみた隠語を付けたしていた。そのうちの一人が小町の髪をつかみ、リボンを引きちぎった。頭に血が昇った小町は両者を分け、怒鳴りつけた。

この腐れ＊＊＊どもが……。

気を呑まれた女たちが静かになり、一件落着はよかったが、一部始終をスマートフォンで録画し、動画サイトにアップロードした不届き者がいた。不幸中の幸いは小町の顔が画面からはみ出し、映っていなかったことである。おかげでお咎めなしで済んだのだが。

そのときの小町の姿に惹かれ、刑事任用課程を終えた植木が浅草分駐所勤務を熱望したのである。

北へ延びる商店街を歩きだした。道路幅が狭く、センターラインがところどころ消えかかっている。道の両側には路側帯をラインで示してだけで歩道はない。車がすれ違ったり、店の前に停めてある車を避けようとすれば、歩行者の前に出てくることもあった。すでに日が暮れて、暗くなっており、街灯が白い光を放っている。

引き継ぎを終えたあとは書類仕事が待っていた。小町と本橋はコンビニ強盗の捜索をつづけたが、その間に小沼・植木組が女同士の喧嘩、浅川・浜岡組がぼや騒ぎ——放火の線が考えられた——に臨場し、なかなか賑やかだったせいで書類も多かった。いつものように本橋が手早く捜査状況報告書を片づけ、分駐所を出ていったあとも小町には書類仕事が残っていた。さらに部下それぞれが提出した書類に目を通し、決済印をつかなければならなかった。

最後まで分駐所に残り、出たときには午後五時を回っていた。躰はくたくたに疲れていたが、頭の芯が熱っぽく渦巻いているせいもあってまっすぐ帰宅する気がせず、上野署の御徒町強盗合同捜査本部に寄ってみることにした。第三の男が西綾瀬を防犯カメラの空白地帯として利用し、車を乗り換え、姿を消したのも気になっていたのである。

森合はいなかったが、下谷署の須原がいた。周辺の聞き込み、防犯カメラ映像の収集は継続しているもののいまだ車高を低くした白い車、第三の男の足取りもわかっていないという。執拗な捜査にもかかわらずいまだ白い車の映像は一ヵ所でしか見つかっていない。そのときの映像の一部、白い車がカメラに最接近したときにナンバープレートの一部が映っている。

白い車を捉えた防犯カメラは五反野駅から北へ延びる商店街の端にある。捜査本部を出た小町は地下鉄日比谷線の上野駅に向かった。自宅のある六本木までなら日比谷線で十五分くらいのものだ。反対方向に乗れば、北千住で東武スカイツリーラインに乗り換え、五反野駅へ来られる。

どうしてこっちに来たのかと商店街を歩きながら思う。まぶたはごろごろし、足といわず手といわず筋肉という筋肉のすべてがすかすかになっているような気がする。現場百回が刑事の鉄則とはいえ、二十四時間、年中無休で刑事をやっているわけではない。馬鹿じゃないのと思いながらも足は止まらなかった。

気になるのだ。商店街であり、そこここに防犯カメラが設置されているはずなのに白い車が映っていない。コンビニエンスストアの前を通りすぎながら目を上げ、出入口の上に取りつけられている防犯カメラを見た。角度からして出入口だけでなく、道路も映しているだろう。白い車がとらえられた場所から五反野駅に向かってくれば、必ず映っているはずだ。

少なくともここまでは来なかったということか——胸のうちでつぶやきながら通りすぎ、さらに北へ進んだ。

整骨院、タコ焼きとお好み焼きを店頭で売る店、学習塾、老人介護ヘルパーの派遣会社、ほかにはマンション、戸建ての住宅……。業種によっては新しい店や会社もあるのかも知れなかったが、いずれも建物は古びていた。自動車の整備工場、わりと大きな中華料理屋、鮨屋、店内で畳を修繕している昔ながらの畳屋、小さなクリーニング店とつづく。商店街の後背地は住宅街だ。

捜査車輛に乗ったまま通りすぎたことはあるだろうが、歩くのは初めてだ。人通りはまばらだが、店先には明かりが灯っていて買い物をしている客がちらほらといる。年配者だけでなく、子供連れの若い客も多かった。意外と三十前後の男で子供の手を引いている姿も多かった。頰笑ましくもあり、奥さんは何をやっているのだろうとよけいな勘ぐりもしてしまう。

昼間は晴れ、三十度近くまで気温は上がったが、日が暮れるとひんやりしてくる。上着を羽織っていてちょうどいい。

ホルモン焼きと染め抜いたのれんが下がっている店の前の交差点で足を止め、左を見た。商店街の裏側の方が新しい家が建っているようだ。八階建ての立派なマンションもある。右に目を転じても整備された住宅街が広がっている。

街は内側から変わっていた。

空車のタクシーをやり過ごし、交差点を真っ直ぐに抜ける。広い駐車場が右に見え、商店街と住宅街が混在した辺りに達した。

知らず知らずのうちに唇を嘗めていた。間もなく白い車がとらえられた場所に達する。

だが、とくに目立ったものはなかった。

どこから来たのか……。

現場百回というものの、現場に立てば何かが見つかるわけでもない。百回のうち、九十九回は空振り……、いや、百回全部が空振りということも珍しくない。

何気なく右に目を転じた小町は古びた飲み屋街があるのを見つけた。ところどころ行灯に灯が入っている。おでんという文字が目につき、空っぽの胃袋が身もだえした。咽も渇いている。

「今日はこれくらいで勘弁してやろう」

自分にいい聞かせると飲み屋街に足を向けた。おでんの文字が見えたオレンジ色の行灯の店の前まで行った。それだけで鼻先にはつゆの匂いが立ちのぼってくるようだし、生ビールの泡が咽を突きさすような気がした。白いのれんには筆文字風に酔桃とある。

すいとう？——小町は思った。

格子の並んだ引き戸は落ちついた雰囲気だ。小町はのれんをくぐり、戸を開けた。カウンターが右にあり、四角い椅子が並んでいる。テーブル席はないようだ。カウンターの前にはずらりと年寄りが並び、胡散臭そうに小町を見ている。充満するタバコの煙にたじろぎそうになる。

敵地感いっぱいだ。

「ここだな」

　春日通りに面した小さな喫茶店の入口上に張りだしたテントを見上げ、小沼はつぶやいた。テントにはオレンジと白のストライプが走り、店名が記されている。木枠にガラスのはまったドアを開けたとたん、コーヒーとタバコの匂いが鼻を突く。

　奥まったテーブル席で古暮が手を上げた。

「わざわざすみません」

「いえ」小沼は答え、向かいの椅子に腰を下ろす。「近所ですから」

　昨日の夜、古暮から電話があった。ちょうど居酒屋で喧嘩騒ぎがあり、現場に向かっている最中のことだった。会えないかといわれたので、明日の夜ならと答えたら三筋にある喫茶店を指定された。店は知らなかったが、住処にほど近く、管轄区域内でもあるので場所はすぐに察しがついた。

『午後七時でどうですか』

　小沼はたぶん大丈夫と答えた。

　水の入ったコップを持ってきた初老の店主にコーヒーを注文する。古暮の前にある灰皿には吸い殻が何本かあった。小沼の視線に気がついた古暮がいう。

「私の住まい兼事務所からも近いんでよく利用するんです。人と会ったり、あとはぼんやり考えごとをしたり……、たいていは金策ですけどね」

何とも答えようがないと思っているときに店主が小沼の前にコーヒーを置いた。いいタイミングだ。

「どうも」

「ごゆっくり、どうぞ」

店主がカウンターに戻っていき、古暮が新しいタバコに火を点ける。小沼はコーヒーをひと口飲んで切りだした。

「それで姪御さんの件ということですが」

昨夜の電話で古暮は御徒町強盗事案で撃たれたスリランカ人の姪についてだといった。

「ええ」ちらりと苦笑し、古暮が煙を吐く。「姪です。その子に連絡がつきましてね。向こうから電話が来たんです」

「どこにいるかわかったんですか」

「いえ。それはいいませんでした。居所がわからないとまた私の持ち出し分が増えるんですけどね。とりあえず電話で話しました。事件のことで大変不安になってましてね。保証人になってる物件のこともありますが、外国人って立場が弱いですから」

「そうでしょうね」

うなずきながらも居所がわからないというのは本当だろうかと思った。強盗事件に伯父もしくは愛人が巻きこまれ、撃たれている。外国人でなくても不安になるだろう。古暮に電話をしてきたのはおそらく助けを求めてのことだろうし、それならば居所を明かさないというのは解せない。だが、あえてその点は追求せず、話を聞くことにした。

「それで彼女は何といってたんですか」

「クラマさんは……」

被害者の名はクラマトゥンガだが、古暮はクラマさんと呼んだ。互いに通じれば、問題はない。

「とても気の小さな人だというんですね。奥さんを怖がってるし、それ以上に奥さんの兄、あそこの社長を怖がってたと」

古暮が声を低くする。

「報道では手引きしたのが彼だといってますよね」

「正式な発表ではないでしょう。確かじゃないと出せませんから」

「でも、臭わせることはある。御社はいつもそうだ。アドバルーンを上げて、世間の反応を見たり、情報提供をうながしたり」

「そうですかね」

首をかしげ、コーヒーを飲む。古暮が小さくうなずいた。

「もし、金塊搬入の日時をクラマさんが漏らしたとお考えなら方向違いかも知れないと思いましてね。よけいなお世話でしょうけど、あの子が追いつめられてる感じがしたもので」

　古暮に何か思惑があるのだろうかと思いながら小沼はカップを置き、古暮の目をのぞきこんだ。

「どうして私に？」

「小沼さんは私と同じで正義の味方じゃないと寝付きが悪い方かなと思ったもので」

　まっすぐに見返してくる古暮の瞳にかげりは見いだせなかった。

　それから十五分ほど話をして、小沼は店を出た。コーヒー代は古暮がもつというので素直にご馳走になることにした。

　自宅に向かって歩きだしながら一応稲田には知らせておこうと思いついてスマートフォンを取りだした。まだ午後八時にはなっていない。稲田班は全員夜を徹して動きまわり、さらに今日も一日書類仕事に追われていた。当務に就いてから三十四時間近くになる。それでもまだ寝てはいないだろう。

　通話ボタンに触れ、スマートフォンを耳にあてた。呼び出し音が二度、三度とつづく。さらに呼び出しがつづいた。

　寝てしまったかと思いかけたとき、稲田が出た。

「誰？」

電話番号を登録してある以上、小沼の名前が表示されているはずだがと思いながら応える。

「小沼ですけど」

スマートフォンからは大音量の音楽が流れてきた。もぐもぐという声が聞こえたが、何をいっているかわからない。

ふいに別の女の声が聞こえてきた。

「電話代わりました。今、小町っちゃんは結構できあがってて……」

できあがって？　こまっちゃん？——小沼は空を見上げた——何やってるんすか、班長。


引き戸を開けた小沼は目を剝いた。

な、な、何やってるんすか、班長……。

声にはならない。

それほど大きな店ではない。間口が狭く、奥行きがあってカウンターだけだ。店内にはタバコの煙と安物のスピーカーからあふれる大音量の音楽が流れていた。囲んでいる客はおよそ十人ほどでいずれも年寄り、店の中ほどに稲田がいた。椅子の上に立ち、片足をカウンターにのせている。さすがに靴は脱いでいた。

何より小沼を驚愕（きょうがく）させたのはマイクを手にしていることだ。今まで何度か酒席をともにしてきたが、歌っているところは見たことがない。むしろドアを開けたとたん、カラオケが流れると何もなかったような顔をしてドアを閉めてしまうし、よんどころなく歌が流れる中で飲まざるを得なくなると頬杖（ほおづえ）をつき、鋭い目で一点を睨んだまま何もいわなかったりする。

嫌いなのだと思いなしていた。

流れている曲は小沼も知ってはいる。三十年以上前、まだ小学生だった頃、女性歌手が歌って大ヒットした演歌でテレビで見た記憶はある。

「こっちこっち」

カウンターの中にいた女将（おかみ）が手招きし、空いているスツールに小沼を座らせた。

「小沼さん？」

「はい」

「はい、これ」

そういって女将が頬笑んで差しだしてきたおしぼりを受けとる。気圧されるようにスツールに腰を下ろした。声を聞いて、先ほど稲田に代わって電話に出た女性だとわかる。歳の頃なら三十前後か、店の造りや飲み屋街の雰囲気からすると意外と若い。

「ビールでいい？」

「あ、はい」

歌は二番に入っていて、稲田がマイクを口元に持っていくと嬌声（きょうせい）をあげ、手を叩いた。稲田が今まで一度も歌わなかった理由はすぐにわかった。

音程もリズムもまるで合っていない。店の天井近くに取りつけられた薄型テレビに歌詞が映しだされ、曲にのって白から黄色へ文字の色が変わっていく。必死に追いかけようとしているのかも知れなかったが、まるで追いつけず、字余りとなる。歌が下手というより今自分が歌っている曲そのものを知らない可能性もあった。おまけに呂律（ろれつ）がかなり怪しくなっている。

「どうぞぉ」

目の前にジョッキがどんと置かれた。楽に二リットルは入りそうな巨大ジョッキだ。ニコニコしている女将を見て、小沼は気弱な笑みを返しつつ、胸のうちでつぶやいた。

四十代後半ってところか。

「いただきます」

ジョッキはずっしり重かった。

歌が佳境に入る。情念に燃えた女が裏切った男に向かって恨（うら）み辛（つら）みを吐露していた。殺していいかと訊ねた刹那、稲田の右手が腰の後ろに伸び、小沼は危うくビールを吹きそうになった。

まさか？

さすがに拳銃は返納してきたので、めくれた上着の裾からのぞく腰には何もない。だが、よどみなく弧を描く右手の動きは射撃姿勢そのものだ。

右手を真っ直ぐ前に伸ばし、年寄りの一人に向ける。稲田の足下にいた男が声をかける。

「わかってねえな、姉ちゃん、ピストルはこうだろ」

男が右手の人差し指を伸ばし、親指を突きあげている。ビールを飲みながら小沼は思った。

わかってないのはおじさんの方だよ……。

稲田の右手は真っ直ぐに伸び、親指と中指、薬指、小指は丸められている。ゆるく伸びていた人差し指が殺していいかといった瞬間、きゅっと絞られた。引き金をひく仕種に他ならない。

小沼には稲田の右手に握られた自動拳銃が見えるような気がした。

結局、稲田を説得して店を出るまで二時間ほどもかかった。通りに出て、タクシーを拾う。稲田を乗せ、となりに乗りこんだ。ドアが閉まったところで、さてどうするかと思った。稲田が六本木に住んでいるというのは聞いていたが、いまだかつて自宅まで行ったことはない。

運転手がルームミラーを見上げた。

「どちらまで?」

「ちょっと待ってください」小沼は稲田の肩を揺すった。「起きてくださいよ。どこへ行けばいいんですか」

うーんと唸った稲田がしなだれかかってくる。目を開こうとさえしない。

小沼はとりあえず運転手に告げた。

「浅草……、泪橋の方へやってください」

「かしこまりました」

タクシーが動きだしたが、稲田は小沼の肩に顔をつけ、揺れている。分駐所に向かおうと考えたのだが、交番に詰めている警官に手伝ってもらうわけにもいかない。運転手の手前もある。

ふいに稲田がいった。

「こら、部長。タバコ臭いっていってるでしょ」

胸の底がきゅっとなった。小沼の階級は巡査部長で、植木なら小沼部長と呼ぶ。しかし、稲田にはよくて君付け、呼び捨てにされるのがふつうだ。それに小沼はタバコを喫わない。かつての上司である森合は喫煙者だが、稲田が寝言で文句をいっている相手は違うような気がした。

おかげで稲田を運びこむ先を思いついた。スマートフォンを取りだした小沼は電話帳を表示した。目当ての名前はすぐに見つかる。

二回目の呼び出し音の途中で男が答えた。

「はい」

「小沼です。今、混んでますか」

「イヤミかよ、暇だよ、暇」

「これからいいですかね。あと十五分かそこらで着くと思いますが」

「待ってるよ」

電話を切った小沼は行き先と道順を運転手に説明し始めた。

3

午後十一時になろうとする頃、ドアベルが鳴り、アイリーンは反射的に顔を上げ、声をかけていた。

「いらっしゃいませ」

入ってきたのは大柄な男——モトハシ。十年ほど前からホット・パラダイスに来ていたが、しばらく顔を見せなかった。それがつい最近、初めて女の客とやって来た。

テーブル席は半分ほど空いていた。混みあう時間帯には少し早い。モトハシは二人掛けの席に就いた。水の入ったグラスを載せた盆を手にしてそばへ行く。

「いらっしゃい。今日は美人さんがいっしょじゃないのね」

「あの人は親会社の偉いさんでね」モトハシがメニューを広げる。「さてと今日は何にしようかな」

「お酒は？」

「車だから……」メニューを閉じ、モトハシが首を振る。「やっぱりしょうが焼き定食にしよう。ライス大盛りで。この間、久しぶりにアイリさんが作ったしょうが焼きを食ったけど、うまかったからね」

「この間はびっくりしたわよ。何年ぶり？」

「五、六年かな。現場が変わって遠くへ行ってたんで。最近、また近所で仕事をすることになったんだ」

「それじゃ、また来られるね」

「そうだね。よろしく」

「こちらこそよろしくお願いします」コップをテーブルに置く。「それじゃ、しょうが焼き、ライス大盛りね」

「はい」

厨房に向かおうとふり返ったとたん、脳裏に浮かんだ単語に心臓が跳ねた。

警察。

今までモトハシがどのような仕事をしているか聞いたことはなかった。ラフな服装が多く、店に来た頃はスウェット上下ということも珍しくなかった。それゆえ土木や建築のような肉体を使う仕事だと思っていただけだ。

正直なところ、ついさっきまで気にしたこともなかった。それがふいに警察だとわかった。

西新井や竹ノ塚にある警察署の警官が客としてくることは滅多になかった。来るとすれば、リトルマニラという場所柄、風俗営業の取り締まりが多かった。名目は仕事だが、平気で酒を飲んだ。それも少々という量ではない。しかもサービス価格になる。店によっては一切金を取らないところもある。深夜までのお仕事、ご苦労さまですというわけだ。

客として来ていた警察官もいたかも知れないが、きちんと代金を払ってくれる以上、気にもとめなかった。

泥酔し、店の女の子がいやがっても胸を揉み、お尻を撫でつづけるたちの悪い客がいた。アイリーンが注意すると居丈高に吠え、テーブルの上のグラスや料理をなぎ払った。

手に負えず警察に通報した。ほどなく最寄り交番の警察官が二人来たが、くだんの酔っ払いを見るなり背筋を伸ばし、きっちり敬礼したのだ。

酔っ払いはアイリーンをさんざんに罵り、それでも飲食代金は払って帰っていった。割れたグラスや食器の金は払っていない。翌々日、ホット・パラダイスには珍しく十人ほどの客が来た。同じときにいた別の客がそのうちの二人がオマワリだと耳打ちしてくれた。さんざんに飲み食いし、きちんと料金を払って帰っていった。もっとも払ったのは地元商店会の役員だったが……。

飲食業界で二番目にたちの悪い客が教師だといわれる。

厨房に立ち、しょうが焼き定食の支度をしながらアイリーンはなぜ今日にかぎってモトハシを警察官だと思ったのか考えていた。すぐに思いあたる。モトハシが女性客と連れ立ってきたのは御徒町で強盗事件があった日だ。その後、ニュースで犯人がフィリピン人だといっていた。

フィリピン人が御徒町の宝石店で強盗を働いた日、モトハシが五年か六年ぶりに顔を見せた。偶然とは考えにくい。一帯はリトルマニラだし、ホット・パラダイスには店を閉めたあとにやって来るホステスや男性従業員が多く、アイリーンは彼ら、彼女たちの相談相手になっている。

あの……といいかけ、目を伏せたリチャードの顔が浮かびかけ、アイリーンはすぐに打ちけした。強盗どころかリチャードが犯罪に関わっているはずがないと自分にいい聞かせる。しかし、リチャードが現れたのも強盗事件の直後であり、アイリーン自身にしてもいまだ胸のうちでリカルドと呼べずにいる。

首を振り、執拗にまとわりついてくる思いを払って、でき上がったしょうが焼きを皿に盛りつけ、ライス、味噌汁を用意する。

そのとき、エプロンのポケットに入れてあるスマートフォンが振動し、背筋がぞっとする。いやな予感ほどあたってしまう。菜箸を置き、スマートフォンを取りだす。ディスプレイにはリチャードの名前が出ていた。

すぐに通話ボタンを押し、耳にあてた。

「もし……」

さえぎるようにいった。

「ごめん。今、忙しいの。あとで、また電話して」

「あとって……」

「一時過ぎ」

「わかった」

一時過ぎであれば、フィリピン人たちが集まってくる。リチャードの風貌も目立たないだろうと思った。

しょうが焼き定食を盆に載せ、二度、三度と唇の両端を持ちあげてみる。頬が強ばっている。顔の筋肉がほぐれたところで息を吐き、盆を手にした。

椅子の背に躰を預け、腕組みしたモトハシがアイリーンに目を向けていた。

「お待たせしました。しょうが焼き定食」

盆に目をやったモトハシが片方の眉を上げる。

「ライス、大盛り?」

「あら、ごめんなさい」

アイリーンは精一杯愛想笑いを浮かべ、厨房に引き返した。

はっと目を開いた小町はあわてて上体を起こした。とたんに頭の鉢（はち）を殴られたように痛みが走り、周囲がぐらぐら揺れた。ふたたび目をつぶり、奥歯を食いしばってこらえる。

「おはよう……、っても昼近いけど」

男の声がする。怖々目を開いた。分厚い板を渡したカウンターの向こう側に大柄な男が立っていた。見知らぬ顔ではない。行きつけにしているちゃんこ屋二式（にしき）の大将だ。

「おはようございます」

声はざらざら、咽がひりひりした。

自分が二式の壁際で並べた座布団の上に寝て、毛布をかけてもらっているのはわかったが、どうして二式にいるのかが理解できなかった。

表の戸が開いて、女将が顔を出す。

「おはよう。起きたみたいね」

「おはようございます」小町は躰にかかっている毛布に目をやった。「お世話になったみたいですね」

「ほらね」女将が大将に得意気に鼻をふくらませる。「やっぱり何も覚えてないよ」

小町は女将を見やり、次いで大将に目を向けるとどちらにともなく訊いた。

「昨夜はどうやって来たんでしょうか」

「小沼だよ」大将がタバコをくわえる。「奴さん、電話してきてさ」

火を点けた。

「何時頃ですか」

「十時過ぎぐらいだったかな」

くわえたタバコが上下する。

「混んでますかなんて訊きやがるから暇だよっていったよ。昨日はさんざんだった」

女将があとを引き取る。

「うちの前にタクシー停めて、小町ちゃんを抱えてきたんだよ。あんた、むにゃむにゃいってたけど、何いってるかわからなかった。それでとりあえずそこに寝かしてね」

「風邪しいちゃいけねえからかみさんが毛布かけたんだ」

「ありがとうございます」

頭を下げたとたん、またしても頭痛がぶり返す。

「小沼君がね」女将が言い添える。「何とか起こそうとしたんだけど、あんた、もうぐっすりでさ。だから置いてきなっていったんだよ。どうせ客はいないし、あたしたちが寝てる間に目を覚ましたら勝手に出てくだろうって」

「小沼は何時頃までいたんですか」

「十二時くらいかな。昨日は一日大変だったみたいじゃない」

正確には一昨日からですけどねと胸のうちで訂正しながら慎重にうなずく。大将がタバコの煙を吐いていった。

「で、小沼が帰ったあと、のれんを入れようとしたら馴染みが来てさ。一杯だけ飲ませろっていいやがる。面倒くせえなと思ったけど、つれなくするわけにもいかねえからさ」

大将が頰に人差し指をあて、すっと下げてみせる。二式の常連客にはヤクザも多かった。

「連中は奥に入ったんだよ。小町ちゃんが寝てるのには気がついたけど、何にも訊かなかった。酔いつぶれて寝てる奴なんかうちじゃ珍しくないからね。だけど、そのあとにさぁ」

大将がタバコの灰を落とし、くっくっくっと笑う。ふたたびタバコを吸って景気よく煙を吐きだした。

「覚醒剤だの拳銃だのっていいはじめてね。まさか今さらそこに刑事が寝てるよなんていえねえだろ」

小町は目をぱちくりさせて大将を見ていた。

「城さん」女将が一喝したあと、小町に顔を向ける。「冗談よ。小沼君が帰ったあとはのれんを入れてお終い」

大将は笑いつづけている。午前零時を回ると女将は自宅のある二階に上がり、大将だけが後片付けに残るのがいつものことだ。

灰皿にタバコを押しつけて消した大将が訊いてくる。

「腹、減ってないかい」

「いえ、無理」

女将が厨房の入口まで行く。

「熱いお茶、淹れてあげようか」

「それ、お願いします」

大ぶりの湯飲みにたっぷりと熱い茶をもらい、何とか人心地ついたところで小町は何度も礼をいい、二式を出た。スマートフォンを取りだし、小沼の番号を呼びだす。

「おはようございます」

「おはよう。昨日はお世話になったみたいね。今、二式を出たところ。ありがとう」

「報告しておきたいことがあって、それで電話したら、いきなり班長に誰って訊かれて。それから五反野まで行ったんです」

徐々に記憶が蘇ってくる。小町は歩きながらこめかみを揉んだ。

「何とかってカウンターだけの店に入ったのは憶えてるんだけど……」

「私が行ったときには……、違うな、電話したときにはすっかりでき上がってましたからね。それでカラオケやってました」

「それはない。人の記憶が飛んでるからっていい加減なこといわないで。カラオケだけは死んでもやらないから。それより報告したかったことって？」

小町は話の方向をたくみに変えた。歌を聴かれたかも知れないと思うと背中がちくちくしていやな汗が浮かぶ。

「御徒町の事案で撃たれたスリランカ人なんですけどね」

幸いにも小沼も歌の話題をつづけようとせず、昨日、身内屋をやっている古暮から聞いた内容を話しはじめた。

いつも通り午後一時にやって来た訪問介護グループをアイリーンは迎え入れた。二人の介護士が畳の上にブルーシートを敷いて湯船の支度をしている間に看護師が義父が着ているパジャマの右袖を捲りあげて血圧を測る準備をする。

昨夜、テレサから電話があって明日はどうしても外せない用事があって来られないと伝えてきた。

和室を出て台所に出たアイリーンはコンロに並べた大鍋とヤカンが湯気を上げているのを見て、小さく絞ってあった火を止めた。浴室に行き、あらかじめ水を満たしておいたバケツを和室に運ぶ。

入れ替わりに男性介護士がヤカンを取りに台所に出る。沸かした湯を湯船に移し、バケツの水を足して温度を調整するのは彼がしてくれた。

アイリーンは仏壇の扉を閉じ、ベッドのそばに行った。パジャマの前を開いた看護師が義父の胸に聴診器をあてていた。目をつぶって口を開けている義父の顔はロウのように白い。すっかり肉が落ち、肋骨に薄く張りついている皮膚も白い。胸が弱々しく上下することでようやく呼吸しているのがわかる。つい数ヵ月前まで聴診器が触れるたび、びくりとしたものだが、今ではほとんど反応しなかった。

「磯部さん、大きく息を吸ってください」

看護師が声をかけるが、義父は目を閉じたままで呼吸も変わらなかった。

ベッドのそばに立ち、義父の様子を見守っているアイリーンの思いは真夜中に戻っていった。ちょうど十二時間前、リチャードから電話があった。考えていた通りフィリピン人のホステスたちが何人も来ていたが、自分の店の客をともなっており、ホット・パラダイスは混みあっていた。

アイリーンはリチャードがどこにいるか訊ねた。店のすぐ裏にあるコンビニエンスストアの前だという。そこで待つようにいって電話を切ると、ホット・パラダイスのホステスの一人に買い物があるのでちょっと出ると告げた。歳は若かったが、日本育ちで言葉に不自由しない。

エプロンを外して厨房に置き、トートバッグを持って店を出た。コンビニエンスストアの前に行くと、少し離れたところにリチャードが立っていた。店の照明が届かず暗くなっている。二人は並んで歩きだした。

看護師が声をかけてくる。

「アイリさん」

「はい」聴診器を首にかけた看護師が口角を持ちあげる。「今日もお変わりありませんね。血圧、呼吸音、心音、どれも正常です」

「よかった」

湯船の準備が整ったところで看護師、女性介護士の手を借りて義父のパジャマを脱がせていく。上衣を背中の下から抜きながらそろそろ下着を着せようかと思った。昨日、今日と晴れ、気温は高かったが、空気はからりと乾燥していた。来週はもう十月、気温も下がってくるだろう。

義父の躰をベッドの端に寄せると男性介護士が背後から左右の腋の下に手を入れる。女性介護士とアイリーンが片足ずつ受けもち、三人は声をかけて義父を持ちあげた。薄い皮膚を通して義父の足の骨を感じた。体重は五十キロを切っている。

慎重に湯船まで運び、ゆっくりと沈めていく。胸の辺りまでぬるい湯に浸かると義父が穏やかな笑みを浮かべた。

「気持ちいいね、お義父さん」

アイリーンの声に義父が小さく二度うなずく。アイリーンは湯船から一歩下がった。男性介護士が義父の躰を支えたまま、女性の方が手際よく躰をこすっていく。

思いはふたたび真夜中のリトルマニラへ戻っていった。アイリーンとリチャードは並んで歩きながら話をした。なかなか切りだそうとしないリチャードをアイリーンはうながした。

『お店を抜けてきたのよ。今、お客さんがいっぱいなの』

『忙しいとこ、ごめん』

『いいのよ。それより相談があるんでしょ』

『うん』

うなずいたもののリチャードは話そうとしない。かかとを引きずるようにしてゆっくりと歩きつづけている。

息を吸い、思い切って訊いた。

『お金？』

リチャードが小さくうなずく。

『いくら？』

『いや、いいんだ。ごめん』

走り去ろうとするリチャードの腕をつかんだ。リチャードの足はすぐに止まった。走りだすつもりはなかったのかも知れない。

しばらく押し問答をしたあと、リチャードがようやく金額を口にした。

『三百万円』

あまりに大きな金額にアイリーンは何もいえなかった。とりあえずリチャードには考えてみるといったものの金策のあてはない。店に戻ってからも帰宅してからも金額がずっと頭にある。

三百万、三百万、三百万……、どうしよう、どうにもならない……。

身体を洗い終えた義父を湯船から出し、ベッドの上に敷いた防水シートとバスタオルを重ねた上に座らせ、全身を拭いた。新しいおしめを着け、パジャマのズボンをはかせたところで整理ダンスから半袖シャツを出した。シャツを着せてからパジャマの上衣を羽織らせ、ボタンを留める。

ふたたびベッドに寝かせ、訪問介護グループが片付けを終えて帰った頃には義父は眠ったように見えた。仏壇の扉を開き、空のバケツを浴室に戻そうとかがんだとき、義父が声をかけてきた。

「アイリさん」

消え入りそうな小さな声だ。アイリーンはベッドのそばに膝をつけ、義父の顔をのぞきこんだ。しわくちゃのまぶたが持ちあがり、透明で色の薄い琥珀を思わせる瞳がアイリーンを見返している。

「いつもありがとう」

「いいのよ」

「おれ、あんたに何もしてやれん」

「いいんだってば」

義父が左手を挙げ、人差し指を伸ばそうとする。ぶるぶると震えていた。

「整理ダンス、一番下」

「お義母さんの物が入ってるよ」

「一番下」もう一度くり返し、唇を嘗めた。「何もしてやれん。でも、金なら少しある。あんた、遣ってくれ」

4

「ほら、何やってんだよ。さっさとトレーナー脱いじまえよ」

川原には冷たい風が吹き、背の高い枯れ草が波打っていた。前日までの雨で川の水は濁り、量が多く、重く恐ろしい音を立てている。

「でも」

リチャードは命じた男の顔を見た。去年、小学校を卒業しているのだが、取りまいているのはリチャードと同じ小学二年生ばかりだ。

「でも、じゃねえんだよ、ピノ」

いきなりだった。男がリチャードの足を蹴った。すねにまともに入った爪先が骨を打ち、激痛が脳天まで突き抜ける。

「お前がドジだから罰だよ、罰」

もう一度男が足を動かす。リチャードは後ろへ飛んだ。フェイント。砂利が乾いた音を立てただけで男の足は飛んでこなかった。男が笑い、子分たちも笑った。

ディスカウントストアからチョコレートを盗んでこいといわれた。混雑する店の通路を行ったり来たりしてレジをうかがった。店は混雑していて誰もリチャードを見ていなかった。チャンスだ。何度目かにチョコレートを積みあげた棚の前を通りかかって、手を伸ばそうとしたが、手が震えてうまくいかなかった。躰にまるで力が入らない。

ダメだと思って店を出ようとしたとき、通路の先に男と取り巻きが立ち、リチャードを見ているのに気がついた。

そのままくるりと反転して近くにあったチョコレートの赤い箱を二つ取って、トレーナーの下に隠した。ふたたびふり返ったときには男も取り巻きもいなかった。うつむき、足を速めてたくさんの人が行き来している出入口を抜けた。

歩道に出て、ほうっと息を吐いたとき、肩をつかまれた。指が食いこんで痛い。顔を上げると目の細い、意地悪そうな顔をした婆ぁがのぞきこんでいた。

お金、払ってないでしょという婆ぁの息がめちゃくちゃ臭い。

トレーナーの下で握りしめていたチョコレートの箱を婆ぁの顔目がけて投げつけた。

鼻先にあたったのはまぐれだ。

あとは夢中で走った。ディスカウントストアから少し離れた公園で男と取り巻きが待っていた。チョコレートの万引きに失敗したと告げると川原に行くぞといわれ、やって来た。背の高い枯れ草を踏み分けて、川べりまで来た。周囲の道路からは見えない。男と取り巻きはリチャードを囲んで、まずは一人ずつ蹴りを入れた。失敗した罰だといわれた。

蹴りは尻や太腿や股間に入った。強いのも、弱々しいのもあった。股間に爪先の蹴りを入れたのは同じクラスの奴だ。それでも全員が蹴りを入れ、済んだと思った。ところが、男がトレーナーを脱げという。

「さっさとしろ。寒いんだよ」

股間を蹴ってきた奴がいった。

「寒いし、恥ずかしいし」

「何が恥ずかしいんだよ。ピノのくせに」

男がまたしても蹴ってくる。リチャードはトレーナーを脱いだ。股間を蹴った奴が素早く拾いあげ、川に捨てた。流されはしなかったが、水に浸かった。

「シャツもだよ」

逆らわずに脱いだ。鳥肌が立つ。次はスニーカー、次は靴下、次はジーパンと脱ぐようにいわれた。脱ぐたび、股間を蹴った奴が川に放りこんでいく。

「先っぽが黄色くなってる」

全身に鳥肌が立っているというのに顔だけが熱くなった。ブリーフはもう三日穿きっぱなしだ。おしっこで変色しているのは知っていた。

「パンツも脱げよ、さっさとしろ」

「やだ」

さすがに股間を押さえ、足を閉じた。男が舌打ちし、剝いちゃえといった。誰かがパンツの後ろに手をかけ、尻を剝きだしにする。あわてて手で隠そうとしたとき、何本もの手が伸びてきて一気に引き下げられた。転ばされ、足から抜かれたブリーフも川に捨てられた。

「よし、今日のところは許してやる」男がいい、リチャードの頭をスニーカーでぐりぐり押さえつける。「裸じゃ、帰れねえんだからちゃんと拾えよ」

顔を上げ、動けずにいた。尻に小石が刺さって痛かった。男が首をかしげてリチャードをのぞきこんでいる。

「ぐずぐずするな、ピノ」

「でも」

男が大袈裟に顔をしかめ、舌打ちする。

「また、でもかよ。それしかいえないのか。なら手伝ってやるよ」

ふたたび蹴りが飛んできて、川原を転がる。全裸で川に浸かるまで体中のあらゆるところを蹴られた。

最後に頭を踏んづけられ、臭くて冷たい川の水に顔が浸かって……。

アイリーンは首を振り、鼻の穴を広げて大きく息を吸いこんだ。並んで歩きながらリチャードと話をしたのは昨日の真夜中、電話が来たのは一昨日になる。それからというものリチャードが話したことが脳裏を離れない。

最初の万引きに失敗した話は強烈だった。日本に来て、まだ三年しか経っていなかったが、すでにピノというあだ名で呼ばれていた。

友達はできなかった。だからその男と取り巻きから離れるわけにいかなかったという。どこにいてもフィリピン人でしかない。

小学校を卒業し、中学生になった頃にはリチャードの背も伸び、グループ内のリーダー的な存在になっていた。

『度胸さえあれば、のし上がれるんだ』

歩きながらリチャードがぼそぼそといった。

生まれてはじめての万引きに失敗したあと、リチャードを素っ裸にして川に浸けた男はそれから二年後に火事で焼け死んだ。父親、母親、妹といっしょだった。火事の原因は放火だが、犯人は捕まらなかった。一家は古い戸建ての賃貸住宅に住んでいて、家のまわりには周囲のゴミ集積所から集めてきた古新聞や雑誌が積みあげてあったとリチャードはいう。

どうしてそんなことまで知っているのか……、怖くて訊けなかった。

結局一時間近く歩きまわった。その間、アイリーンは二度ほどホット・パラダイスに電話を入れたが、あとを頼んだホステスが出て、心配ないよといった。あまりに軽く、明るい調子にかえって不安をおぼえたが、だからといってリチャードを放りだして店に戻る気にはなれなかった。

『この顔だろ、まともな仕事なんてないよ』

今、何をしているのかと訊いたときの答えだ。それでも三十を過ぎ、ようやく一人の女性に巡り会えたという。彼女が妊娠し、リチャードはどうしても産ませたいと思った。だが、金はない。

『先輩から金を預かってたんだ。おれ、これでも信用されてて』

どのような素性の金なのかは知らないという。金額は五百万円ほどもあった。ふだんはせいぜい百万までしか出し入れがない。彼女の出産費用、新たに家族で暮らすためのアパートを借りる費用がどうしても要りようになったリチャードは少しばかり拝借していた。それまでにも少額は遣っていたが、すぐに補充していた。

急に金が必要になったので全額戻せといわれたらしい。どうしても三百万が必要なのはそのためだ。

『殺されちゃう……、でも、ジゴウジトクだね』

三百万円——アイリーンに用立てられる金額ではない。

テレビに目をやった。音はいつものように消してある。右上の時刻表示で午前九時を回ったところだと知る。

立ちあがった。ホテルの清掃に向かう時間だ。昨日は義父の入浴日で休みとしているだけに今日は遅刻するわけにいかない。

とりあえず義父の様子を見るため、和室をのぞいた。いつものように口を開け、微動だにしない義父の顔を見た。それから腹の辺りに視線を移す。

アイリーンはじっと立ち尽くしていた。


今朝、小沼に一万円札を二枚渡したが、多すぎますといって一枚戻してきた。五反野の店でいくら払ったのかはわからない。二式の勘定も済ませていただろう。それに五反野まで来るときと二式から帰りの交通費もあるはずだが……。

ま、いいっかと小町は納得した。

引き継ぎを終え、稲田班は三台の捜査車輌に分かれて、警邏に出ることにした。御徒町事案からすでに十二日が経ち、合同捜査本部も第一期を終えたものの、いまだ第三の男の行方は手がかりさえつかめておらず、撃たれた被害者の容体も相変わらずだ。

駐車場で車輌の点検を終え、乗りこんだ小町は浅川・浜岡組、小沼・植木組の車が出ていくのを見送った。運転席についた本橋に告げる。

「五反野の、例の白い車がとらえられた辺りに行って」

「了解」

本橋が車を出し、土手通りを左折、泪橋交差点を直進して南千住に向かう。小町は通りの右側に目を向けていた。

「一昨日の夜なんですがね」

本橋が切りだす。小町は顔を向けた。

「リトルマニラに行ったんです。正直なところ、上野署の捜査本部（チョウバ）も本庁（ホンテン）の特対班も手詰まりなんで藁（わら）にもすがるってところで」

「ホット・パラダイスへ行った？」

「ええ。また晩飯を食いに。アイリさんにそれとなく話を聞いてみようかとも考えてたんですが、ちょっと取り込み中のようで」

「何かあったの？」

「私が行った直後に電話が来たようなんです。午後十一時頃ですかね。それから彼女の顔つきが一変しまして」

小町は黙って本橋の横顔を見ていた。

「ひどく緊張してるなって印象を受けたんです」

「電話のあと、誰か店に来た？」

「いえ、私のあとにしばらく客はありませんでした。だいたいあそこが混むのは夕方から夜の浅い時間帯と日付が変わって、二時、三時くらいなんです。近所の店の連中が一杯やりに来るもんで」

車は日光街道を北上していた。目を忙しく動かしながらも本橋が言葉を継ぐ。

「アイリさんの顔つきが気になりましてね。それで七尾管理官に連絡を入れたんです」

御徒町事案の捜査本部より一応自分も籍を置く特対班を優先させるのは当然といえば、当然だ。

「すぐに張り込み（ハリ）の要員を寄越したんです。自分はアイリさんに顔（メン）が割れてるんで」

「誰か来た？」

「逆です。午前一時過ぎにアイリさんが店から出てきたって。やっぱり午前零時を回る頃から客が来て、結構賑わったみたいなんですね。だから彼女が出てこないと動きに気がつかなかったかも知れません」

「それで？」

「アイリさんは近所のコンビニの前で若い男と会いました。それから一時間ほど二人は歩きながら話をしていたそうです。その男は東南アジア風の顔つきだったそうで」

「わかりません」本橋が首を振る。「以前、娘がいるという話は聞きましたが、息子がいるかどうかまでは」

「彼女の子供？」

磯部アイリーンが来日したのは三十年前になると本橋はいった。長野県在住の男と結婚するためだったが、長女が産まれて数ヵ月後に家出し、一時行方をくらましていた。本橋の話す内容を聞きながら本庁の特対班が調べたのだろうかと小町は思った。少なくともホット・パラダイスに行ったときにはアイリーンが御徒町事案に関わっているような気配はなく、特対班もノーマークだった。

「その男の身元を調べています」

そしておそらくアイリーンには行動確認のための要員が張りついているだろう。本橋の注意を引くほどアイリーンの変化が著しかったということか。

「彼女はあなたが警察官だって知ってるの？」

「明かしたことはありません。西新井PS勤務時代もいわなかった……、というか、アイリさんはあまり気にしなかったもんで」

「今はどうかしら」

「気になったのはそこです。電話の直後、厨房から出てきたときに目が合ったんですけど、自分を見るなり怯(おび)えたような顔をして」

警察官やパトカーを見て怯えるという反応は何より警察官の注意を引く。

日光街道を北上してきた車は梅田交差点の手前で右に入り、五反野方面に向かった。しばらく走ったところで小町は声をかけた。駅の西側に出るはずだ。ほどなく東武スカイツリーラインの高架下をくぐる。


「ちょっと停めて」

「はい」

本橋が路側に車を寄せ、停止させてハザードランプを点けた。車を降りた小町は通りの反対側に目を向けた。

一昨日の夜にやって来た飲み屋街が目の前にある。もっとも五反野駅から歩いてきて、入ったのは東側の入口、今、小町は西側から見ていた。午前中に見るとさすがに古びて、みすぼらしい。半分以上の店が閉店し、いずれ飲み屋街そのものが取り壊されるとママがいっていた。

なぜあの日急にピッチが上がったのか、はっきりと思いだしていた。

となりに座っていた老人がいっていた。

『西の端の店に幽霊が出るんだよ。誰もいないはずなのに二階の窓にちらちら光が走ったりしてね。でも、おれは幽霊なんかじゃないと思うよ』

それから老人が川崎ナンバーの白い乗用車が店のすぐわきに停まっているのを何度か

見たと付けくわえた。

小町から見て入口の左側は真新しい二階建てのアパートになっている。右側はたしかにつぶれた店のようで二階があった。

川崎ナンバーの白い車は見当たらない。


エプロンのポケットに入れてあったスマートフォンの振動でアイリーンは我に返り、まばたきした。スマートフォンを取りだし、ディスプレイを見る。ホテル清掃の仕事を斡旋してくれている人材派遣会社の名前が表示されていた。

通話ボタンに触れて、耳にあてる。

「は……」

声が引っかかり、咳払いをした。咽がひりひりしている。そのときになってアイリーンはずっと義父に呼びかけていたのに気がついた。

「はい、磯部です」

「アイリさん？」

女の声が訊いた。社長の妻で派遣会社の専務をしている。

「はい」

「どうしたの？　声が変だけど。風邪？」

「いえ……」

答えながら腕時計を見た。出勤時間である午前十時をとっくに回っている。三十分近くベッドのそばに座りこみ、義父に声をかけていた。

義父のまぶたが薄く開き、透明な瞳に光が宿っていた。和室の入口から様子を見たときに腹の辺りがまるで動かないのに気がついた。ベッドに近づき、口元に耳を寄せた。息は感じられなかった。

それから義父を呼びつづけていた。呼び返そうとしていたのだ。

ふっと息を吐き、声を圧しだす。

「ごめんなさい。うちのお義父さんが亡くなって」

「えっ」

今度は専務が絶句する。

いつかこの日が来ると覚悟はしていたつもりだったが、いざとなると動顛してしまった。だが、専務に告げたことで自分にも宣告した恰好となった。

そう、お義父さんは亡くなった。

「ごめんなさい」アイリーンはもう一度詫びた。「仕事、行かなきゃと思って、いつもみたいにうちを出る前にお義父さんの様子を見てからと思って、それでベッドを見たら、お腹、動いてなくて」

「いつなの？」

「ついさっき。朝は眠ってた」

「それは……」専務の咳払いが聞こえた。「ご愁傷さまでした」

「恐れ入ります」

「それじゃ、しばらく仕事は無理ね」

「ごめんなさい。突然……」

「突然なのは当たり前よ。びっくりしたでしょう。がっかりしたでしょう。とりあえず落ちついたら……、いや、何かあったら電話して。いつでも相談に乗るから」

「ありがとうございます」

電話を切った。

義父に万が一のことがあった場合は訪問介護を受けている施設に電話することになっていた。出張入浴サービスの際、看護師が同行して診察してくれているほか、月に一度か二度だが、医者も往診に来てくれていた。施設には義父を担当するケアマネージャーがいて、相談に乗ってくれることになっている。

いずれ看取りの準備をしなくてはならないといわれていたのだが、踏ん切りがつかずに今日まで来てしまった。介護施設の電話番号はスマートフォンに登録してある。

だが、アイリーンはスマートフォンをポケットに戻した。

『おれ、あんたに何もしてやれん』

義父の声が耳元に蘇り、震える右手が浮かんだ。人差し指を伸ばそうとしていた。

整理ダンス、一番下と義父はいった。金なら少しある、と。

三百万円とつぶやいたときのリチャードの暗い目が過ぎっていく。

ふらふらと立ちあがり、整理ダンスに近づいたアイリーンは両膝をついた。自分が何をしようとしているのかがわかって背筋がぞっとする。

ふり返らなかった。義父の顔を見れば、心が萎えてしまうのはわかっていた。最下段の抽斗に手をかけ、引っぱる。固かった。右、左と少しずつ出す。ようやく引きだしたときには防虫剤の臭気が顔に押しよせてきた。

折りたたんだ着物が見えただけだ。

がっかりもしたが、ほっとしてもいた。

一番上にある黒い着物を持ちあげた。すぐ下に大判の封筒がある。着物をめくったまま、引っぱり出そうとした。

手が滑り、中身が飛びだす。

帯封をした一万円札の束が五つ、抽斗の中に広がっていた。

第五章　片乳の聖母

1

小町はテーブルの上に置かれた写真を見つめていた。車種はトヨタの上級ブランドセダンで、年式は不明ながら十年以上前から出回っている古い型だと察しがついた。色はわずかに青みがかった白、足回りに改造が施され、車高が低く、腹をこすりそうに見える。川崎ナンバーで、四ケタの数字は8で始まっている。昼間撮影されていて、ナンバープレートがはっきりと写っていた。

目を上げた。傷だらけのテーブルを挟んで向かい側のソファには外国人犯罪特対班の七尾と森合が並び、小町のとなりには本橋が座っていた。昨日から今朝までの当務を終え、米澤班との引き継ぎが終わった直後、森合から電話があった。正午に上野警察署に置かれた御徒町強盗事案の合同捜査本部に来られるかと訊かれ、行けると返事をした。

四人は捜査本部総括班わきの応接セットで向きあっている。本部内に残っているのは二、三人に過ぎず、下谷署の須原の姿もなかった。

森合が小町に訊いた。

「一昨日の夜、本橋がリトルマニラに行ったのは聞いてるな?」

質問というより確認という響きがあった。

「はい」

「ホット・パラダイスの磯部アイリーンには会ってるんだったな」

「一度」

「アイリーンはママだが、雇われだ。店のオーナーは別にいる。あの店にはママがもう一人いて、アイリーンは夜の部を担当している。毎日夕方六時に店に入って、翌朝五時まで営業、そのあと片付けや仕込みをしてだいたい五時半くらいに店を出る。住まいは店から歩いて十分ほどの団地だ。そこに義父、孫といっしょに住んでる。亭主は十三年前に病死、亭主の父親が同居している義父で九十歳を超えてる」

たしかめるように森合が小町を見たので、うなずき返した。森合がつづける。

「ホット・パラダイスは午前七時に開店する。営業時間は二十二時間だ。リトルマニラには長時間営業の店は何軒かあるらしい。昼の部のママというのが午前七時から夕方六時、アイリーンが来るまで担当している」

森合が足を組んだ。

「自宅に帰ったアイリーンは孫を学校に送りだしている。午前八時頃だ。おそらく起こして、朝食を食べさせてるんだろう。孫は近所の小学校に通っていて、今、三年生だ」

「その子の母親は？」

「錦糸町でスナックを経営していて、住居もそっちにあるらしい。ちなみに娘というのは十三年前に死んだ亭主の子供じゃない。アイリーンは三十年前に結婚目的で来日し、最初は長野に住んだ。娘はそのときに産まれている。こぶつきで結婚したのは平成五年、日本に来てから五年後だ。娘を出産して一年もしないうちに家を飛びだし、再婚するまでに三年ほどあった。その間、どこにいて、何をしていたかは不明だが、想像はつく」

不法滞在者として警察の目を逃れていたのだろう。

「再婚後、子供はできなかった。娘の方は高校卒業後、飲食店で働きはじめたが、すぐに子供ができた。それが現在同居してる孫だ。家族関係がうまくいっているかどうかはわからんが、孫はアイリーンといっしょに暮らしている。それで孫を学校に送りだしたあと、アイリーンは午前十時前に自転車で自宅を出て、竹ノ塚駅前にあるホテルに行く。清掃のアルバイトだ。午後二時までいて、いったん帰宅。孫を迎えて、午後五時半過ぎに家を出てホット・パラダイスに向かう」

「いつ寝てるんでしょう」

「さあな」森合が首を振った。「そこまではつかめていないが、いずれにしてもかなりハードな毎日だ。竹ノ塚の団地に来て、かれこれ四半世紀近くになるが、娘が小学校に上がる頃からホテル清掃のアルバイトを始めたらしい。ホット・パラダイスの仕事もするようになったのは十四年前、亭主が病気になったのが理由だ。亭主が亡くなったあとも昼、夜とアルバイトはつづけている。オーナーに見こまれたというのもあったようだが、亭主が亡くなって四年後、娘が子供を連れて出戻ってきた。働かざるをえなかったんだろう」

　背が低く、小太りのアイリーンを思いうかべる。屈託を感じさせない笑顔の下にはタフな女がいた。

「昨日、アイリーンの家に葬儀社が来た。社名が入ったライトバンだから打ち合わせと下準備だろう」

「それじゃ、義理の父親が？」

「たぶん。年齢的には不思議じゃない。死んだ亭主の妹も来ているし、おそらく昨日の夜か今朝にはアイリーンの娘も来てるだろう。しかし……」森合が車の写真に目をやった。「そっちは来ていない」

　次いで森合が七尾に目を向ける。七尾があとを引き継いだ。

「車について調べた。所有者は川崎市在住だが、一ヵ月前、川崎港湾署に検挙されてる。それと稲田班長がつかんできた飲み屋街の端にあるつぶれた店の近所で似たような車を見た者があるという話だが、近所での聞き込みの結果、たしかに一ヵ月ほど前からその場所に停められているのを見たという者が何人か出てきた。しかし、車種、ナンバーともに特定には至っていない」

　一ヵ月といえば、御徒町事案発生の半月以上前になる。まるで小町の胸のうちを読んだように七尾が言葉を継いだ。

「御徒町事案との関わりについても現在調査中だし、防犯カメラ映像の収集も範囲を飲み屋街の西に広げ、期間もさらに遡って調べている。まだ結果は出ていない」

七尾がまっすぐに小町を見つめていた。つづきがあるようだ。

「車の持ち主だが、川崎の半グレ集団の一人で、検挙された容疑も暴行、傷害、恐喝とバラエティ豊かだ。さてその集団だが、関西の暴力団とつながりがあることはつかんでいる」

小町は目を上げ、七尾を見たあと、森合に視線を移した。

「浅草国際通りに面して大きなホテルがあります」

「元劇場だったところか」

森合が訊き、うなずいた小町は言葉を継いだ。

「ホテルを経営するグループの警備責任者をしている犬塚さんという人がいるんですが、元々は警視庁にいてヨンカでした。御徒町事案が発生した直後、犬塚さんに会いにいったんですが、そのときこの事案と日本最大の暴力団の分裂抗争を結びつけて話をしてくれました」

森合が七尾とちらりと見交わしたあと、小町に告げた。

「警備責任者の犬塚氏だな。わかった」

七尾がつづける。

「それと小沼君から上がってきた報告書のクラマトゥンガの件だが、こちらも調査中だ。実は彼が会社に金塊が運びこまれる日時をどのようにして知ったのか、今ひとつはっきりしないところがあってね。それと最初にパクったフィリピン人三名が完全黙秘（カンモク）なんだ。当初は日本語はもちろん、英語もほとんどダメだというのは演技じゃないかと見ていたんだが、どうやら本当らしい。そっちは時間がかかるようだ」

「そうですか」小町は白い車の写真に目をやった。「この男もアイリさんに接触していないんですね」

七尾がうなずく。

「こいつが御徒町事案の第三の男だとすれば、事件の背景や経緯をはっきりさせられる」

七尾に代わって森合が答え、もう一枚の写真を並べた。ほっそりとした男が写っている。東南アジア系に見えた。

「車を乗りまわしている奴だが、何者か判明していない」

フィリピン人ならひょっとしてアイリさんの……。

予断は禁物と胸のうちでつぶやく。しかも東南アジア系というだけでフィリピン人と決まったわけではない。小町と本橋は捜査本部をあとにした。

団地の玄関は狭く、納棺したあとでは義父を出せないため、葬儀社は持ち手がいくつもついた白い布団を用意していた。義父をベッドから持ち手付きの布団に移し、六人がかりで持ちあげる。葬儀社からは男女あわせて八名の社員が来ていたのでアイリーンは見守っているだけだった。

となりにはテレサが健太の両肩に手を置いて立っている。義妹の節子は夫とともに玄関の外にいた。

「それでは足の方からお出しします」

玄関を出たところに立った年配の男性社員が声をかけた。見送る家族が合掌する。

昨日の午前中に義父は亡くなった。しばらく呆然としていたが、ホテル清掃のアルバイトを斡旋してくれている派遣会社の専務から電話が来て、我に返った。専務に教えられたように介護サービスの会社に電話を入れ、ケアマネージャーに相談した。

いや、その前に節子に知らせたはずだ。

義父が亡くなっているのに気がついてからほぼ二十四時間が経過しているが、記憶は混乱している。ケアマネージャーが手配してくれた医者が入浴サービスのときにいつも来てくれる看護師とともに来た。一昨日会ったばかりの看護師の顔を見るとやはりほっとした。医者が義父を診て、看護師に話を聞いたあと、死亡診断書を書いてくれた。そのときすでに節子が来ていたのは間違いない。

アイリーンは節子に留守を頼んで自転車で区役所に向かったからだ。竹ノ塚の出張所の方が近いのだが、死亡にともなう諸手続は区役所に行かなくてはならなかった。磯部が亡くなったときにも役所での手続きはアイリーンがしたのだが、ほとんど忘れてしまっていた。説明を聞きながら書類を整え、死亡診断書を添えて提出したときには一時間以上が立っていた。その足で派遣会社に向かい、専務に会って礼をいったあと、休みの手続きをした。ホット・パラダイスに寄る余裕はなかったので電話を入れ、昼間を受けもつママに状況を知らせ、三、四日休むと伝えた。

家に戻ったときには、葬儀社が来ていた。先ほど玄関先で声をかけた年配の社員と若い女性社員だ。そのとき義父はまだベッドに寝かされていた。自分で役所に行き、書類を提出してきたというのについ腹部に目がいってしまう。上下することを期待していたわけではない。いつもの習慣が抜けきらないだけだ。

葬儀社との打ち合わせは事務的に進んだ。できるだけ簡素な葬儀といい出したのは節子だが、アイリーンにも異存はなかった。この五年ほど、義父は滅多に外出をしなくなり、一年は寝たきりで、誰の冠婚葬祭にも行っていない。義父の兄弟については節子が知っていたが、いずれもとっくに亡くなっており、その子供たちとも交流はないという。

それでも団地で葬儀ができないことははっきりしていた。節子夫婦の知り合いやアイリーンにしても派遣会社、ホット・パラダイスのオーナーなどが焼香に来ることが考えられたし、玄関の採寸をし、間取りを見た葬儀社の社員が棺桶の出し入れが不可能だといった。

もよりの斎場で葬儀を行うこととし、僧侶も葬儀社に手配してもらうことになった。その日のうちに若い僧侶が来て、枕経をあげ、翌日——つまり今日の昼過ぎに葬儀社の社員たちが来て義父を斎場に運ぶことになった。

一階に降り、持ち手のついた布団ごと義父が葬儀社の大型ワゴン車に乗せられた。斎場には節子夫婦、テレサ、健太が付き添っていき、アイリーンは家を片付け、火の元を確認して戸締まりをしてから追いかけることになった。ワゴン車と節子の夫が運転する車が出ていくのを見送ったアイリーンは自宅に戻った。

何も考えていなかった。玄関に入り、三和土にサンダルを脱いで和室をのぞいた。ベッドは空で、折りたたまれた掛け布団が仏壇の前に置いてあった。ベッドの真ん中がへこんでいる。長い間使っていてすっかり薄くなったシーツが透け、防水シートが見えている。

咽がすぼまり、鼻の奥が痛くなった。

こらえなかった。

柱をつかんでいた手からも膝からも力が抜け、ずるずるとくずおれていく。空っぽのベッドが涙に沈んで歪み、次から次へと枯れることない涙が頬をつたい、顎の先からぽたぽた落ちた。

夢を見てるんだなとアイリーンは思った。

団地のリビングだが、板張りの床にグリーンのカーペットを敷いて、ちゃぶ台が置いてある。左前に背を向け、あぐらをかいている磯部の痩せて、尖った肩が見えていた。アイリーンは正座し、同じように正座をした五歳のテレサがぴったりと躰を寄せている。右手でテレサの小さな躰を包んでいた。

夢を見ているとわかったときから覚醒しつつある。だが、醒めたくなかった。夢と追想の狭間を漂い、アイリーンはちゃぶ台の向こう側に座っている義父を見ていた。磯部も、義父も夢でしか逢えないのだ。

義父さん、若い……。

若くはないだろう。二十四年前の光景とはいえ、すでに義父は六十八歳になっていた。短く刈った髪は真っ白で、金縁の丸いメガネをかけていた。こぢんまりとした顔は長い間屋外で働いてきたために日焼けが皮膚の奥までしみこみ、なめし革のような光沢を宿していた。目尻や唇の端には深いしわが刻まれていた。

痩せて、小柄、丸くこぢんまりとした顔——磯部は義父によく似ていた。

歳をとったらこういう顔になるんだろうなぁと思っていた。実際には、そのときの義父の年齢に達することもなかったのだが。

籍を入れたというようなことを磯部がぼそぼそといった。ふだんからよく喋る方ではなく、目を伏せ、聞きとりにくい小さな声で喋る。同じことを何度もくり返すときだけ早口になった。声も喋り方も父親と息子はよく似ていた。

目をまん丸にして話を聞いていた義父は磯部が一通り説明すると息子を見ていった。

『デカシタ』

よくやったという意味の褒め言葉だと知ったのは後のことだ。

それからアイリーンに目を向けた義父がぼそりといった。

『ローマの休日みてえだな』

古い映画で、テレビで放送されたのをアイリーンも見たことがあった。たしかにその頃のアイリーンはまだ三十歳で——その頃はもう三十歳と思っていたが、映画の主人公のように髪を短く切り、体重も今より十五キロは軽かった。しかし、似ても似つかないのは自分でもよくわかっていたし、顔がかっと熱くなった。

義父が目を動かし、テレサを見る。

『小っちゃなローマの休日だ』

テレサはアイリーンの真似をしたがった。だから髪型も同じにしていた。何をいわれているのか意味はわからなかっただろう。アイリーンにしがみつき、義父をじっと見つめていただけだ。

義父が頬笑んだ。胸の底がほんのり温かくなり、アイリーンの口元にも自然に笑みが浮かんだ。目をやるとテレサもはにかんだように笑みを浮かべていた。アイリーンとテレサをふり返った磯部も笑みを浮かべていた。

義父そっくりの笑みを……。

夢はときと場所を自在に跳ぶ。次の瞬間、アイリーンは組み合わせた短い指と小さな爪を凝視していた。短いはずだ。小さいはずだ。見つめているのは、四歳の自分の手なのだ。

目を上げた。

壁の高いところに設けられ、ステンドグラスをはめた窓から斜めに光が射しこみ、白く柔らかなヴェールのような光の中に黒々とした像が立っている。

赤いマニキュアを塗った指がアイリーンの前にロザリオを置いた。

『ママがママにもらった。ママのママはこの教会でもらった。片乳の聖母様の……』

肩を揺すられ、目を開けた。テレサがのぞきこんでいる。三十一歳になるテレサは磯部と再婚したときの自分とほぼ同い年だ。

「起きて。そろそろだから……」

「ごめんね。寝ちゃったんだ」

「しようがないよ。お祖父ちゃんが亡くなってから全然寝てなかったでしょ」

午前中に葬儀を済ませ、火葬場に来た。義父の棺が炉に入れられ、鉄の扉が閉じられるのを見届けてから控え室に戻ってきた。一時間ほど待たなくてはならないといわれた。ついに緊張の糸が切れてしまったのか、失神するように眠りに落ちてしまった。

「叔母さんも起こさなくていいといったし」

アイリーンはがらんとした控え室を見まわした。テレサの後ろには健太が心配そうな顔をしてのぞきこんでいる。大丈夫という代わりに頬笑んで見せた。

「ほかの人は？」

「焼き場の方に行ってる」

「あら、大変。急がなくちゃ」

わざとおどけていったのは気が重かったからだ。生まれて初めて骨揚げを経験したのは磯部が死んだときだ。幼い頃、誰かの葬式に出たことがある。まだミンダナオにいた頃だ。今となっては誰が亡くなったのかも憶えていない。

どうして家族が集まって骨を拾わなくてはならないのかと思った。長い箸で、まだ顔を打つほどに熱気を放つ骨片を拾いあげ、別の人に渡して、それから骨壺に入れる。

棺に納めるとき、棺を炉に入れるとき、骨を拾うとき――どうして二度も三度も悲しい思いをしなくてはならないのかと思ったものだ。

『昔からの習わしだから』

磯部の骨揚げのとき、義父がぼそりといった。今度はその義父の骨を拾わなくてはならない。

あわてて控え室を出たアイリーンだったが、骨揚げ、斎場に戻ってからの繰り上げ法要、いったん自宅に帰るという節子夫婦を見送り、団地に戻ってくるまで、またしても予定に追われ、悲しんでいる暇はなかった。

団地に戻り、仏壇の前に設えた祭壇に骨壺を置いて線香を立てた。義父が遣っていたベッドは折りたたんで和室の隅に置いてある。それだけで和室が寒々しいほどに広いような気がした。

テレサが茶を淹れるといい、アイリーンと健太もテーブルに戻った。

ふと思った。結局、涙を流したのは義父が斎場へ運ばれていった直後の一度だけだったと。

斎場に着いたときにはすでに湯灌が始まっており、アイリーンは節子とともに義父の躰を拭き、経帷子を着せる手伝いをした。それから喪服に着替え、葬儀社の社員の指示に従って通夜の準備に入った。

午後六時からの通夜にはアイリーン、テレサ、健太、節子夫婦と二人の息子のほか、二十名ほどが列席した。その中にはホテル清掃を斡旋（あっせん）してくれている派遣会社の社長、専務夫婦、ホット・パラダイスのオーナーの代理人——オーナーは高齢の女性で足が弱り、外出がままならない——もいた。

そのまま眠らずに交代で線香をあげ、翌朝の告別式、火葬場、繰り上げ法要とつづいた。目まぐるしかった。

義父がいない寂しさを噛みしめるのはこれからだろうかと思っているとき、呼び鈴が鳴った。

「誰かしら」

台所で湯を沸かす支度をしていたテレサがいう。

まさか——胸のうちに不安が広がる。リチャードには義父が死んだ日に電話を入れ、三、四日は身動きがとれないし、連絡も入れられないといった。義父が亡くなったのだと説明した。

こちらから連絡するといったのにと思いながら立ちあがる。

「私が出るからいいよ」

上の空でいってアイリーンは玄関に出た。サンダルをつっかけ、ドアの錠前を外す。開けるとスーツ姿の男が三人立っていた。三人とも肩幅が広く、目つきが鋭い。どの顔も今まで見たことがない。

　一人が上着の内側から取りだした黒い革製のケースを開き、金色のバッジと身分証を見せた。

「磯部アイリーンさんですね」

「はい」

　声は弱々しく、震えを帯びていた。

「竹ノ塚警察署です。ちょっとうかがいたいことがありますので、署までご同行願えますか」

2

　抽斗もない四角い机の上には、帯封をした一万円札の束が五つ積み重ねられ、透明なビニールの袋に入っていた。そのわきには同じようにビニールの袋に入れられたベージュの紙封筒が置かれている。封筒には生命保険会社の名前が印刷されていた。

　アイリーンは札束と封筒に目を向けていた。

「黙ってちゃ、わからないんだよね」

　机の向こう側にいる中年の刑事がいった。あまり高そうではない黒い背広とストライプのシャツに包まれた腹の上に暗い褐色のネクタイが重なっている。腕を組んでいるので丸く盛りあがった腹が強調されていた。

団地に来て、竹ノ塚警察署だと告げた刑事だ。

「これ、見覚えない？」

警察署に来るとエレベーターで二階に上がり、真ん中に机がぽつんと置かれただけの殺風景な部屋へ案内された。テレビのサスペンスドラマでよく見る取調室そっくりだった。

取調室には机を挟んで向かいあっている刑事のほか、入口わきには壁につけた机に若い女性の刑事がいた。ノートパソコンを広げているが、椅子の上で半身になり、アイリーンを見ている。彼女も団地に来ていたが、部屋の前ではなく、道路に停めた自動車のそばにいた。

部屋に入ると名前と住所、年齢を訊かれたので答えた。次いで刑事が札束と紙袋をアイリーンの前に並べたのである。

「黙っててもだらだら時間が延びるだけだ。おれにとってもあんたにとっても不愉快なだけの時間だろ？」

なおもアイリーンは目を伏せたまま、口を閉ざしていた。

札束を目にした瞬間、あのときに引き戻されていた。義父の腹が動いていないのに気がついてベッドのそばに寄って声をかけた。まぶたがうっすらと開き、眼球がのぞいていた。入れ歯のない口がぽっかり開いているのはいつもと変わりない。二度、呼び、それから耳を義父の口元にもっていった。

耳朶には何も感じなかった。それでも目は躰にかけた布団を見ていた。わずかに盛りあがった布団の向こうに扉を開いた仏壇があり、磯部と義母の遺影が並んでいた。

そっちに行っちゃったね……。

ふわりと心に浮かんだ自分の言葉に腹が立った。いつかはこの日が来ると覚悟はしていたものの、あまりに突然だし、静かすぎる。いっしょに暮らしていた義父がこんなにあっさり逝ってしまうのは信じられない。許せない。

怒りだったと思う。いつかは死ぬのが避けられないにしても、間近であることは覚悟していても、このやり方は理不尽だ。だから呼びかけた。呼び戻そうとした。

ふいに思いだした。あのときの自分の声が聞こえた。

『サヨナラいってないでしょ、お義父さん。ありがとうっていってないでしょ、お義父さん。磯部さんとお義父さんが私とテレサを助けてくれた。磯部さんにもちゃんとお礼をいえなかった。だからお義父さんには……』

末期癌の苦しみにあった磯部にありがとうといえるはずがなかった。癌であることは知らせずにいた——本当のところは告知などできなかっただけだ——が、本人は死期を悟っていたようだ。

それでもいえなかった。

ありがとうはサヨナラと同じだ。

義父にもいえなかったんだろうなと思う。いつかその日が来る、近々その日が来るとわかってはいても今日、今この瞬間だと知りようはない。派遣会社の専務から電話が来るまで、ひたすらお義父さん、お義父さんとくり返していた。電話に出たものの声がうまく出せず、咽が痛かった。

刑事が低い声でいう。

「あれを」

「はい」

女性刑事が答え、何かを渡している気配がしたが、アイリーンは目を上げなかった。

三つ目のビニール袋が並べられた。赤いフェルトのような生地が貼られたファイルだ。中央に金文字で生命保険証書と捺されている。

「島田節子さんが生命保険の代理店業務をしていることは知ってるね？　これは一昨日亡くなった磯部さんと、息子……、あんたのご亭主だった人が互いを受取人とした生命保険の証書だ。保険料は一千万円。証書にもその旨は記載されている。手続きをしたのは節子さんで、二十年以上前に契約してるそうだ。知らなかった？」

知らなかった。義妹の節子が生命保険の仕事をしていることは知っていたが、磯部と義父が契約していたことは聞いていなかった。整理ダンスの最下段に現金があることを教えられたのはつい最近でしかない。リチャードが三百万円もの大金が必要だといい、どうにもしてやれないことに思い悩んでいたとき、義父が金ならあるといった。

「残念ながら逆縁だったようだがね。逆縁、意味わかるかな？　年齢でいえば親、子と死んでいくのが順当だが、あんたのご亭主は十三年前に亡くなった。息子の方が先だったわけだ。これを逆縁というんだがね」

逆縁という言葉は知っていた。磯部の葬儀が終わり、団地に帰ってきたあと、義父がぼそりといったのを憶えている。

ギャクエンが一番の親不孝だ、馬鹿野郎……。

「節子さんがいうにはね、父親という人はおよそ贅沢をしなかったんで、保険金には手をつけなかったっていうんだ。だからこの封筒には百万円の束が十個入ってたはずだってね。でも、これしかない。父親の葬儀費用なんかを払うのに金のことを思いだして整理ダンスを見てみたらこれしかない」

アイリーンはビニール袋に入った現金を凝視した。必死に記憶をたどる。袋を持ちあげて、中身がこぼれ落ちた。札束は八個しかなかった。

「あんた、整理ダンスに金があったのは知ってたんだろ？」

知らない。今まで開けるなといわれたことはなかったが、義母の思い出が詰まっている抽斗は磯部と義父にとって特別なものだと思い、手をつけなかった。用があるわけでもなかった。

「やれやれ、だんまりかい。おい、あれを」

「はい」

ふたたび女性刑事が何かを渡す。受けとった男性刑事がアイリーンの前に写真を並べていった。五枚あった。いずれにも整理ダンスの最下段を開けているアイリーンが写っていた。

目を見開く。

どこから撮ったの？　誰が？

「まるで亡くなった磯部さんが見ているようじゃないか」

次いで刑事が決めつけるようにいった。

「あんただろ」

しばらくの間、アイリーンは身じろぎもせずに写真を見つめていたが、大きく息を吸い、ゆっくりと吐いてから目を上げ、刑事をまっすぐに見た。

「あの……」

今年の秋冬のトレンドはずばりベイクドカラーだといい切っていた。ベイクドとはいぶしたくらいの意味らしく、落ちついたトーンを指すらしい。

ショーウィンドウの前に立った小町は顎に手を当て、マネキンが着ているゆったりとした造りのブラウスとパンツを眺めた。足下に置かれたプレートにはベイクドピンクなら大人も着られるとうたってある。

「でも、血がついちゃうとなぁ」

独りごちていた。

自宅から十分も歩けば、六本木ヒルズに到着する。二階にずらりと並ぶショップの前をぶらぶら歩いていた。誰かと約束でもないかぎり労休日は昼過ぎまでベッドの上でごろごろしているのだが、さすがに午後になるとだらけているのにも飽きた。

さして空腹も感じていなかったが、ウィンドウショッピングがてら何か食べようかと思って出てきたのだが、浅草分駐所に勤務するようになって以来、六本木のおしゃれな店が何となく鼻につくようになった。料理そのものではなく、雰囲気が、だ。軽く腹に入れるなら蕎麦屋（そばや）に入って盛り一枚と注文したい。せっかく蕎麦屋に入るなら盛りをたぐる前に焼き海苔（のり）で冷たいビールを……。

「いかんな、親父化してる」

つぶやいてから独り言も親父化の一つだと気づいた。

いずれにせよピンクはないと思い、となりのショップへ移動した。こちらもベイクドカラー推しで、メイプルだという。小町にはレンガ色にしか見えなかった。マネキンが羽織っているのはベルト付きのコートでレディスらしく襟のラインが柔らかめだ。ピンクよりは合わせやすかったが、やっぱり血がついたり、アスファルトの上を転がったりするのには向かない。

プライベート用に購入してもいつ緊急呼び出しがあるかわからず、常在戦場は森合の教えであり、小町のモットーでもある。今までにもプライベート用だと割り切って、明るく、女性的な色合いのコートやスーツを買い、呼びだされて勤務に就き、致命的な汚れがついたことがある。色だけでなく、臭いの場合もあった。一度しか袖を通していないのに泣く泣く捨てたことも一度や二度ではない。

現場では膝をつくことも多い。刑事になってから夏冬二着ずつ黒のパンツスーツが支給されるようになった。あまりに野暮ったいデザインに辟易したものだが、汚れや傷みを気にしないで済む。何年かするとデザインなど気にならなくなった。その頃からプライベートに着る洋服も黒、チャコールグレー、濃紺が多くなり、今では洋服ダンスの扉を開けると闇が広がっている。

もう一軒、となりに移動すると流行色はネイビーだとしてショーウィンドウの中がぐっと暗くなった。顔を近づける。色合いに惹かれたというより実用性を兼ねそなえていて、現実味があるような気がしたのだ。

はっとしてガラスに映った自分の顔を見た。左のこめかみにほくろがあるように見えたからだ。髪を掻きあげる。

やだ、しみ？

次いで髪を掻きあげている左手に目が行く。いつの間に？　と思った。手の甲ががさがさしている感じだ。指輪もなく、爪も短い。自宅を出るときに化粧はしたが、肌はいつの間にか張りを失っている気がした。

年齢が浮かびそうになって、あわてて打ちけす。

未婚、出産の経験もない。付き合っている男はもう何年もいない。このまま……。

上着のサイドポケットに入れたスマートフォンが振動した。取りだした。ディスプレイに本橋と出ている。

胸騒ぎをおぼえ、耳にあてた。

「お休みのところ、すみません」

「何があった？」

「アイリさんが竹ノ塚ＰＳに身柄（ガラ）を持って行かれました」

「パクられたの？」

「いえ、今のところ窃盗事案での任意同行（ニンドウ）です。今さっき刑事課から電話がありまして、班長と自分とに話をしたいといっているようなんです」

窃盗？　任意同行？　――小町は首を振った。ぐずぐず考えていても仕方ない。

「竹ノ塚ね。了解、すぐ行く。あなたは？」

「今、向かってます」

「あっちで会いましょう」

小町はスマートフォンをポケットに戻し、足早に出口に向かった。


やはり予感はあたっていた。

あの夜――リチャードから電話が入ったあと、モトハシがアイリーンを見る目に警察官ではないかと思った。とくに理由はない。直感としかいいようがなかった。それなら前回いっしょに来た女も警察官ではないかと考えた。

思い切って刑事にモトハシの名前を出し、以前いっしょにホット・パラダイスに来た女性も警察官ではないかと訊ねた。もし、そうであれば二人にお話ししたいことがある、と。

モトハシというより女性の方にもう一度会いたかった。澄んだ瞳でまっすぐに自分を見ていた彼女ならすべてを正直に話してみようと思った。信じてもらえるかどうかはわからない。少なくとも竹ノ塚警察署に来てから話をしている男女二人の警官には何を話しても信じてもらえない気がした。とくに中年の男の方は最初からアイリーンが金を盗んだと決めつけている。盗ったといわれれば、たしかにそう見えるかも知れないが、死の直前、義父に遣いなさいといわれているし、そもそも五百万円ではない。

しかし、何をいっても信じてもらえそうになかった。それでモトハシと女性のことを切りだしてみたのだ。

アイリーンの問いに対して、男性刑事はイエスともノーとも答えず、少し待てといった。ただモトハシといったとき、かすかに表情が変わったような気がした。

あれから三十分ほど経っているが、ほとんど喋っていない。

ドアがノックされ、立ちあがった女性刑事が出ていった。しばらくしてドアが開き、女性刑事が告げた。

「来ました」

アイリーンをひと睨みしたあと、男性刑事が机に両手をついて立ちあがり、出ていった。入れ替わりに大柄な男――モトハシが入ってくる。すぐあとからあの女性――今では刑事であることがわかっていた――が入ってきた。

澄んだ切れ長の瞳には今日も力がこもっていた。黒のジャケットにぴったりとした焦げ茶のパンツ、黒いパンプスを履いている。襟のないシルバーのシルクブラウスを着ていた。モトハシが先ほどまで女性刑事が座っていた椅子に腰を下ろし、彼女が向かいに座る。

一礼した彼女が口を切った。

「このたびはご愁傷さまでした」

声を聞けば、心がこもっていることがわかる。それだけにかえって狼狽した。

「えっ……、いえ」アイリーンも頭を下げた。「恐れ入ります」

「彼と私に話したいといわれたそうですが、彼が警察官であることは前から知っていたんですか」

「いいえ」アイリーンは首を振った。「あの火曜日の夜……」

「二十六日？」

「そうです。あの日、リチャードから電話があったあと、モトハシさんが私をじっと見てて、ひょっとしたらと思ったんです。それで……、もし、差しつかえなければ、お名前を教えていただけますか」

「イナダといいます」

「ありがとうございます。もし、イナダさんとモトハシさんが警察の方なら私がお話しすることを聞いていただけると思ったものですから。わがままを申しあげて、すみません」

「いいえ、大丈夫ですよ」イナダは表情を緩めずに訊いてきた。「さきほどリチャードといわれましたが」

アイリーンは目を伏せ、唇の裏側を嚙んだ。しかし、ここまで来て迷ってもしようがない。机を見たまま、話しはじめた。

「私には息子がおりました。日本に来る前、今から三十二年前にフィリピンで産んだ子供です。いずれ迎えに来るつもりで、迎えに来ることがかなわなくとも母へ仕送りすることで育ててもらおうと思っていました」

「それがリチャード？」

イナダの問いに首をかしげる。

「私がつけた名前はリカルドです。英語風に読むとリチャードになります。でも……」

胸底がきゅっと絞られたような気がしてアイリーンは眉根を寄せた。

「あの子はリチャードといいました。リカルドとは一度もいってません」

「息子さんの本当の名前は？」

「リカルド・ホセ・ヘスース。ホセ・ヘスースがあの子の父親の名前なんです。今はファミリーネームは変わっています」

「息子さんに間違いない？」

「ロザリオを持ってたんです。私が母からもらって、フィリピンを出る前にあの子の手に握らせた……」

まだ二歳にはなっていなかった。ようやくママといえたくらいで、寝返りは打てたが、つかまり立ちもできなかった。小さな手にロザリオを握らせた。

「あなたが息子さんに渡した物なんですね」

イナダが訊き、アイリーンは首を振った。

「ごめんなさい。わからないんです。どこの教会でも売っているようなありふれた安物なので」

「目印とかは？」

「ありません。母が私にくれたのは、私が五歳のときでした。それから十七年間、手元に置いてあったのですが、私はあまり真面目な信者ではありませんでした。アクセサリーなんかといっしょに小物入れに放りこんだままにしてあったんです」

「御守りになると思ったんですね」

「逆のような気がします」

「逆？」

「ええ。母がそのロザリオをくれたのは祖母の家の近所にあった教会でした。母が真面目な信者だったかはわかりません。それでも幼い頃には何度か母や祖母といっしょに教会に行きました。そのロザリオをくれた日、母はいなくなりました。それ以来、会っていません。母を恨みました。憎みました。そうした思いが溜まっていたのがあのロザリオだったんです。もし、私が……、ひょっとしたら予感があったのかも知れません。母と同じことをするかも知れないと……、そのときにはお前が恨みを引き継ぎなさいと」

アイリーンは目を上げた。イナダの澄んだ目がまっすぐに見返している。怯（ひる）みそうになるのをこらえ、言葉を継いだ。

「その教会には片乳（かたちち）の聖母像があったんです」

3

小町は小さな教会の礼拝堂に立っていた。左右に並ぶ木製のベンチは長年使いこまれ、深い光沢を放っている。踏みだすと床がきしんだ。

正面の壁の高い場所には大きな窓が設けられ、子を抱く聖母の肖像がステンドグラスになっている。そこから急角度に射す光の中に像が立っていた。両手を広げ、正面でひざまづく者に目を向けている。像はほぼ等身大だが、一メートルほどもある台の上にあるので見上げるほどの大きさがあった。

像の前には二人の女がぬかずいていた。一人は二十四歳、もう一人は五歳。幼いアイリーンと母親だ。

祈りの言葉をつぶやく二人のすぐ後ろまで来た小町は顔を上げた。光が回りこみ、像を浮かびあがらせている。ケープを被り、ゆるやかな衣をまとって、見上げる者を迎え入れるように両手を開いている。

しかし、その姿は無惨（むざん）だった。右頬から首、右胸とえぐれ、欠け落ちている。それでも両目にあふれる慈愛はいささかも損なわれていなかった。

今、小町の目の前で机に両肘をつき、指を組みあわせた手にひたいをつけたアイリーンが一心につぶやいていた。祈りだろうと思った。理解できたのは英語ではないというくらいだ。

そしてアイリーンの手が荒れていることに胸を突かれていた。ほんの一時間ほど前、ショーウィンドウのガラスに映る自分の手ががさがさしていることに顔をしかめていた自分を恥ずかしいと感じた。アイリーンの手は小町の母親を思い起こさせた。働きつづけ、子供を育ててきた母の手だ。

「アーメン」

アイリーンが祈りの言葉を終え、ほどいた両手を机の下におろした。はにかんだように笑みを浮かべる。

「お祈りなんて、三十年ぶりです」

「英語じゃないようだけど？」

「ミンダナオの、私が生まれた小さな村の古い言葉だと思います。私にもよくわかりません。ひょっとしたら全然違う国の言葉かも知れない」

アイリーンが村にあった教会の話をした。聖母を祀っていて、女性たちが祈りを捧げていたという。その礼拝堂に安置されていた聖母像は顔から胸にかけて大きくえぐれていた。

「子供のいる喜び、子供のいない哀しみ、子供を失う苦しみ、片乳の聖母様はすべてを理解してくださる。すべての母の母……」

アイリーンが目を上げ、小町を見る。

「祈りの言葉です。教会がいつ建てられたのか、聖母様の像がいつからあるのか、いつ右のお乳を失われたのか、私は知りません。お乳が片方しかないので、子供を失った苦しみも理解してくださると皆が信じていました。子供が死んでしまったり、生きていても別れなくてはならなかったり……」

口元に気弱な笑みが浮かぶ。

「自ら捨ててしまったりしても聖母様は理解してくださる。都合のいい神様ですよね。私の母も、私もすべてを聖母様に背負わせたんです」

「でも、息子さんを迎えに行くつもりだったんでしょう？」

小町の問いにアイリーンが首をかしげる。

「どうでしょう。日本は大金持ちの国なのでたくさん稼げると聞いていたんです。最初の結婚はお金が目当てで、日本に来ていい暮らしがしたかっただけじゃないかと思います」

苦しげに顔を歪めたあと、右下を睨み、吐きすてた。

「結果的にはリカルドを捨てましたし」

「息子さんとはずっと連絡を取ってなかった？」

「日本に来てからは一度も……。いろいろありまして、祖母が亡くなったことも知りませんでした」

いろいろというのはアイリーンが不法に在留していた頃を指すのだろうと察しはついた。

「それじゃ、息子さんに再会したのはつい最近ね？」

「今月中旬の連休のときです。最後の月曜日、夜遅くにいきなり店に来てロザリオを見せて、マミーって訊かれたんです。そのときは何とも答えてあげられませんでした。それから一週間くらいしていきなり団地に来て」

「アイリさんの自宅に？」

「はい。健太と……、孫なんですけど、私がゴミ出しをしようとして一階に降りたとき、健太に話しかけていました」

「アイリさんがホット・パラダイスで働いていることはともかくとして、自宅まで知ってるというのはふつうじゃ考えにくいでしょ」

「日本にいるフィリピン人のグループって小さくて、つながりも密接なんです。東京だけなら働ける場所も住むところもだいたい決まってますし、何を相談するにしてもフィリピン人を頼りにしちゃうんです。それぞれ家族もいるし、ご近所さんもいて、仲良くしなきゃいけないのはわかってるんですけど、同じ経験をしてて、うまくやる方法も知ってますから。それに感情も理解してもらいやすいし。とくに日本に来て間もない頃は言葉が通じないんで、自分が独りぼっちになっているような気持ちになるんです。自分をふり返ってみればわかります。誰を見てもケイサツ……」

小町を見て、ちらりと苦笑する。

「ごめんなさい」

「いいの、気にしないで」

「とにかく怖いんです。家族といっても優しい人だけとはかぎらないし、ちょっと逆らっただけでフィリピンに帰すっていわれます。キョウセイソウカンだって。それは嘘じゃないんですよ。離婚されれば、日本を出なきゃいけない」

それゆえ同じ国の出身者同士の絆が強くなるというのは理解できた。

いや――小町は胸のうちで否定した――本当のところはわかりゃしない。

「誰からアイリさんのことを教えてもらったのか訊いた？」

「いえ」

それからアイリーンがリカルドについて話しはじめた。祖母——リカルドにすれば、曾祖母——が亡くなって、遠縁の家にもらわれ、その一家がそろって日本に来たという。子供の頃に遭ったイジメのくだりを聞いているうちに小町も怒りを感じた。

「今、どんな仕事をしているかは聞いていません。訊けなかったんです。リカルドはいかにもフィリピン人という顔つきですから学校でも社会に出てからも苦労したと思います。なかなかまともな仕事にも就けません。それでも……」

アイリーンが言葉に詰まる。小町は待った。やがてぽつりといった。

「付き合ってる彼女に赤ちゃんができて、どうしても産ませたいって。それで先輩から預かっていたお金に手をつけて」

「先輩というのは？」

「知りません。聞いてません」

いかにも、よからぬ仲間と推測しているのだろう。

「いくら？」

「三百万円。すぐに用立てないといけないといってました。それで……」

アイリーンが目の前に並べられた写真に目をやった。

「お義父さんが金ならあるって、整理ダンスの一番下、お義母さんの物が入れてあって、私は開けたことがなかったんですけど、その抽斗にお金が入ってるので遣えといってくれました。中には八百万円ありました」

「その場で見たの？」

「いえ……」アイリーンの声が小さくなる。「お義父さんがその翌日に亡くなって、それで」

封筒に入っていたのは八百万円で、そのうちの三百万円を派遣会社のロッカーに移したとアイリーンが自供した。

すべてを話しおえた頃には日も暮れ、取調室の蛍光灯が点けられた。イナダとモトハシが出ていき、少しして入ってきた先ほどの女性刑事が紙コップに入った茶を持ってきてアイリーンの前に置いた。

「ありがとうございます」

「いいえ」

女性刑事がアイリーンの前に並んでいた証拠品をまとめ、ふたたび取調室を出て行った。アイリーンは紙コップを持ちあげた。手に温もりが伝わってくる。ほんのわずかすすっただけで意外と咽が渇いていたのを知った。

ドアが開き、女性刑事が戻ってきたが、アイリーンには声をかけず入口のわきに置かれた机の前に腰を下ろした。放っておかれる方がありがたかった。

あらためて何もかも話したと思った。だが、すっきりしたという気分にはほど遠い。自分の内側に詰まっていたもやもやが抜けていったが、胸だけでなく、手も足も頭もすべて空っぽになった気分だ。

もうひと口、茶を飲む。

ふと思いがけない感情が湧いてきて、落ちつかない気持ちになった。

またしてもリチャードを裏切った……。

イナダの澄んだ瞳に見つめられているうち、正直にぶちまけたい衝動に駆られ、リカルドと口にしたが、一人になるとふたたびリチャードに戻っていた。血がつながっていれば、たとえ三十年以上離れればなれになっていても直感が我が子だとささやくと思っていたが、アイリーンの思いはまだうろうろしている。イナダに話している間はくっきりと見えていた片乳の聖母の貌(かお)が今はもう薄い膜を隔てた向こう側にある。

祈ったのは日本に来てからは初めてだった。最初に結婚した男の両親が家の宗派だからといって仏壇に手を合わせることを強要し、教会に行くことを許さなかった。元より真面目な信者ではなかったせいかそれほど苦痛を感じなかった。フィリピンにいた頃も、ミンダナオで祖母と暮らしていた時期はともかくマニラに出てからは滅多に教会には行かなかった。

テレサとともに息をひそめていた頃は教会どころではなかった。

だが、すっかり忘れたと思っていた祈りの言葉はすんなりと口をついた。祈りの言葉をつぶやいている間、アイリーンは懐かしい教会にいた。

最初の結婚のとき、舅夫婦にノンノさんを拝めといわれた。三十年を経た今ならノンノさんが観音様だろうと察しがつく。長野にいた頃は、ただ言葉だけがあった。

唐突に浮かんだ。

磯部と義父の顔だ。二人ともアイリーンの胸のうちでは優しく、穏やかに頬笑んでいる。二人こそがノンノさんだ。

うつむき、目をつぶる。閉じたまぶたの間から涙が溢れだした。こらえきれず嗚咽を漏らす。

どうしようもなく寂しかった。

「以上の通り、磯部アイリーンは三百万、札束三つだけを自分が勤める派遣会社のロッカーに入れてあるといっています」

聴取内容を口頭で報告し終えた小町は会議室のテーブルを囲んでいる面々をざっと眺めわたした。アイリーンに任意同行を求める際に臨場し、最初に事情を聴いた刑事課の主任、その部下、刑事課長、竹ノ塚署副署長、それに七尾と森合が雁首をそろえている。

小町の右隣には本橋がいた。

取調室を出てくる小町を待ちかまえていた主任が会議室に案内した。そこには刑事課長だけでなく、七尾や森合まで来ていたことに驚かされたが、すぐに口頭でアイリーンから聴いた内容を報告するようにいわれたのだった。

小町は主任に顔を向けた。

「磯部アイリーンが保険金を盗んだと誰がいってきたんですか」

主任がちらりと課長に目をやる。課長がうなずくと小町に向きなおった。

「義理の妹……、亡くなった磯部さんの長女で島田節子です。生命保険の代理店をしていて、父親と亡くなった兄、アイリーンの亭主ですね、これに互いを受取人とする契約を結ばせていました」

「それじゃ、あの写真は義理の妹が取りつけていたカメラの画像ですか」

「ビデオカメラですね。アイリーンが整理ダンスを開けて金を盗ったところをキャプチャしたものです。動画の提出も受けています。しかし、動画はアイリーンが札束を見つけて、いくつかを床に置いたまま、また封筒を抽斗に戻すところしか映ってないんで窃盗と断定できません。それで任意の事情聴取に応じてもらったような次第で」

「アイリさんは三百万円だけといってます」

「カメラの画角の問題ですかね。床まで映ってないんです」

「床に置いた札束の数は不明ということですね」

「ええ」主任が唇をへの字に曲げてうなずく。「そういうところです」

七尾が口を挟んだ。

「磯部アイリーンがフィリピンに残してきた息子の名前だが、リカルドだったね」

「リカルド・ホセ・ヘスースが彼女が息子につけた名前です。しかし、その男はリチャードと名乗っていますし、アイリさんのお祖母さんが亡くなる前に遠縁に預けられて、その後、その一家が来日しています」

七尾が森合を見た。森合があとを受けた。

「特対班が車の件で神奈川県警に照会をかけてた。ナンバーから持ち主を特定できたんだが、そいつと同じグループにフィリピン人がいることがわかった。仲間内ではリックと呼ばれているらしい。前科（マエ）はないようだが。三十くらいだそうだ」

「年齢的には近いですね」

うなずいた森合の表情が渋くなる。

「リックって奴だが、今まで逮捕されてないのが不思議なくらいでね。よほどうまく立ち回ってるんだろう。ひどく粗暴な奴だという噂だ。引きつづき神奈川県警には調べてもらっているが、今のところ、どこにいるかわかっていない」

会議室の空気が一気に重くなる。七尾だけでなく、竹ノ塚署の面々も目を伏せ、唇を固く結んでいる。

　小町は森合に目を向けた。

「どうしたんですか」

「現時点で裏が取れてるわけじゃない。まず、そのことを頭に置いてくれ。神奈川県警からの情報によれば、リックというのは人を殺しかねない奴らしい。今までにも際どいところまで行ったのが二度ほどあったようだが、臨場したときには姿を消していた。いずれも暴行、傷害だけどね」

「ひょっとしたら第三の男かも知れないということですか」

　会議室の空気がまた一段と重くなった気がした。

　森合が長い顎を引くようにうなずく。

「御徒町の事案でクラマトゥンガを撃った拳銃（チャカ）はお前と本橋がパクったレイエスが所持していたものと断定された。御徒町の現場（ゲンジョウ）に残されていた空薬莢の雷管にあった撃針の打撃痕が一致したんでな」

「だけど、レイエスじゃない。あいつは御徒町に行ってすらいない」

「そういうこと」

「リチャードもしくはリカルドの身柄（ガラ）を押さえられれば、リックと同一人物かが判明するし、御徒町事案の被害者に面通しさせれば、犯人だとわかる」

ほかにトーレス、オカンポという二人のフィリピン人は拘留中だ。

「もし、リックという男であれば、かなり危険ですね。しかし、居所が……」

小町は息を嚥んだ。会議室の空気が重くなった理由が今こそはっきりした。

「アイリさんに連絡させるんですか。金ができた、と」

「磯部アイリーンが窃盗を認めているんなら教唆のセンで何とかいけるかも知れない」

「しかし……」

「これ以上野放しにしておくのはあまりに危険だ」七尾が静かに、しかしきっぱりといった。「アイリーンが住んでいる団地のそばに寺がある。人目につかないようそこの墓地で金を渡すといえば、来るだろう。墓地であれば、周辺の人たちの立ち入りを制限することも可能だろうし、万が一の場合、我々だけで取り押さえられると考えている。もちろん危険については充分以上に配慮するが」

第三の男を確保しないのは確かに危険だ。

一方、アイリーンには自分の息子かも知れない男を罠にかけるような真似をさせなくてはならない。いや、真似ではない。罠そのものだ。

本橋をのぞく全員の視線が自分に向けられているのを感じた。

「もう一つある」七尾がいった。「クラマトゥンガだが、今のままだと助からないらしい。それで明日、手術をして脳内の弾丸を摘出することになった。かなりの危険をともなうということだ」

もし、クラマトゥンガが死亡すれば、強盗致傷が強盗殺人になる。

小町はふっと息を吐き、それから告げた。

「私がアイリさんに話をします」

会議室の空気はいまや呼吸すら苦しくなるほど重くなっていた。

4

合わせていた手を下ろし、小町は目を開いた。線香立てと左右に二本のロウソクに挟まれ、遺影がある。白髪を短く刈った老人のバストショットだ。目を細め、口角を持ちあげた顔は優しそうだった。遺影の背後には骨箱が置かれ、その後ろの仏壇の扉は開いていた。仏壇にも遺影が二つあった。一つには五十歳くらいの男、もう一つには紋の入った留め袖を着た、やはり五十歳くらいの女が写っていた。

男は祭壇に置かれた遺影の老人にそっくりで、口元の笑みまで同じだった。女の方は躰を斜めにして硬い表情をしている。女の肖像はかなりぼやけていて、周囲が真っ白に抜かれ、服装と硬い表情から誰かの葬儀で撮影された集合写真から抜き取って加工されたのかも知れなかった。

ロウソクを手のひらであおって消し、正座したまま下がったあと、左に向きなおった。畳に両手をつく。

「このたびはご愁傷さまでした」

「恐れ入ります。わざわざお参りいただいてありがとうございました」

女――アイリーンの娘、テレサが手をついて頭を下げた。となりでやはり正座していた十歳の健太も母親を真似る。

ライトグリーンのサマーニットカーディガンに暗色のワンピース姿のテレサは日本人といわれてもまるで疑われないだろう。目元の深い二重はアイリーンに似ていた。若い頃はアイリーンもきりりとした美人だったのだろうと思う。その目元は健太にも遺伝している。横縞（よこしま）のTシャツに半ズボンという恰好をしていた。

小町は切りだした。

「お祖父様が亡くなり、お母さんがこのようなことになって驚かれていると思います」

「びっくりもしましたが、何が何だかわからなくて混乱しています。今は少し落ちつきましたが。今でも母がそんなことをしたなんて信じられません」

すでに竹ノ塚署が来て、テレサに事情を話し、家宅捜索を行っている。またアイリーンの勤め先である人材派遣会社にもおもむき、供述通り彼女が使っているロッカーからデパートの手提げ紙袋に入った三百万円も押収していた。

金を返せば罪が消えるのは政治家くらいのものだ。たとえボールペン一本の万引きでも商品を戻したところで窃盗罪に変わりない。

「母はいつ帰ってくるのでしょうか」

「今のところ、はっきりとは申しあげられません」

逮捕後、警察は四十八時間以内に被疑者を検察庁に送致する。アイリーンが素直に取り調べに応じ、自供した上、金も手つかずで戻っているので検察が逃亡の恐れなしと判断すれば、明日には保釈されるだろう。しかし、軽率に請け合えることではなかった。

小町は仏壇に目を向けた。

「アイリさんのご主人と、ご主人のお母さんですね」

「はい。祖母は母が父と結婚するずいぶん前に亡くなっていますが」

テレサがごく自然に父と口にしたことに感心した。視線を戻す。しかし、見ていたのはテレサの後ろにある整理ダンスだ。木目のシールを貼ったもので、高価なものではない。抽斗には傷もあり、長年の使用をうかがわせた。

アイリーンが現金を盗んだ瞬間とされた写真からするとカメラはちょうど仏壇の辺りに設置されていたことになる。それらしいものは小町には見つけられなかったが、当たり前だと思った。目につくところに防犯カメラがあって、レンズが向いているのがわかっていれば、金を盗もうとはしないだろう。

左に目をやった。部屋の隅に折りたたんだ大きなベッドがあった。小町の視線に気がついたテレサがいう。

「お祖父ちゃんが使っていたんです。この一、二年くらいは寝たきりで母と健太が世話をしてました」

小町はテレサに目を向けた。眩しそうに目を細めたテレサがちらりと笑みを浮かべる。

「週に二回、火曜日と金曜日の午後に入浴の出張サービスを受けていたんです。そのときだけ私も手伝いに来てたんですが……」

そういってテレサがとなりで硬い表情をしている健太の頭に手をやり、やわらかそうな髪をくしゃくしゃにする。

「どちらかというと健太の顔を見るのが目的で。母とお祖父ちゃんには申し訳ないことをしたなと思います」

それから少しして小町はアイリーン宅を出た。

竹ノ塚署から浅草分駐所まで送ってもらい、着替えを済ませ、警察手帳を持って戻ってきた。電車を利用したのはアイリーンの自宅に寄ろうと思ったからだ。テレサと健太に挨拶をしようと考えたからだが、明日、何が行われるのかは話せなかった。

団地に来たのにはもう一つ目的がある。自転車置き場の前から通りに出て、すぐ先の交差点を東――竹ノ塚署の方に向かって歩きだした。左側には二メートル近い塀がある。

明日、リチャードをおびき寄せるのに利用する寺だ。塀の上にのぞいている墓石や卒塔婆の先端を眺めながら、その気になれば、どこからでもよじ登れそうだと思った。

すでに竹ノ塚署を通じて寺との交渉は始まっている。塀を回りこみ、石柱の並んだ門の前のところまで来て足を止めた。すでに門扉は閉ざされていた。

小町は周辺を見まわした。住宅街でマンションが建ちならんでいる。アイリーンが住む団地に比べるといずれの建物も新しかった。塀の角まで引き返し、ふたたび竹ノ塚署に向かった。十五分ほどで日光街道に出て、横断し、竹ノ塚署に入った。

自動扉を抜けたところで左の方から女の声が聞こえた。

「遅くなったことは申し訳ないと思ってるんですが、のっぴきならない用があったんですよ。その点はさっきからお詫びしてるじゃないですか」

「お聞きしてますよ」応対をしている中年の警官が渋面で答える。「ただ、最前からいっているように面会時間は終わってますので明日にしていただけないかと……」

「今日中に依頼人に会わなきゃならないんです」

依頼人？――小柄な女を見ながら小町は階段に向かっていた――弁護士かしら。

そのまま足をとめずに三階まであがった。刑事課の主任に案内された部屋が今宵の作戦本部になる。ドアをノックし、返事を待たずにノブに手を伸ばしたとき、ドアが内側に向かって開かれた。

ドアの向こうは壁……、いや、大柄で分厚い躰つきをした男が立っていた。無帽だったが、濃いブルーの出動服を着用している。

機動隊？——見上げていると男の背後から声がかかった。

「その人はおれの上司だ」

本橋だ。男は小さく一礼し、後ろへ下がった。

「失礼しました」

「いえ」

会議室に入った小町はぎょっとした。出動服姿の男がほかに五人、ドアを開けた男を含め六人がいる。壁際に大型のダッフルバッグ、ライフルケースがきちんと置かれている。

本橋が近づいてきた。

小町は男たちを見やったまま、訊いた。

「どういうこと」

「自分の後輩ですよ。明日、万が一の場合に備えて……」本橋が肩をすくめる。「七尾管理官の命令で」

本橋の後輩ということはＳＡＴに違いない。

「ずいぶん用心深いことで」

半ば独り言のように小町はつぶやいた。

午後九時に消灯となったが、真っ暗になるわけではなかった。うす暗い中、アイリーンは畳の上に敷いた薄い布団の間で横になったものの、眠れそうになく、壁の一点を見つめていた。

一時間近くも取調室で待たされたあと、ふたたびイナダとモトハシの二人が来て、女性刑事が出ていった。

『何もかもお話しします。その上で決めてください』

イナダが切りだし、それから御徒町で金塊が奪われ、宝石商の社員が撃たれた事件にリチャードが関わっている可能性があるといった。

リチャードが乗っている白い車が事件当日、五反野駅の近くで防犯カメラに映っており、そのとき運転していたのは別のフィリピン人だが、その男は西綾瀬で逮捕されている。逮捕したのはイナダとモトハシだという。その男とリチャードが途中で入れ替わった可能性があるとした上で、その後のリチャードの動きについても話した。

警察がリチャードに目をつけたのは、やはりホット・パラダイスにいるアイリーンに電話をかけてきたときだ。モトハシが自分を見つめる視線で警官ではないかと思ったのだが、同時にモトハシはアイリーンの緊張を見てとっていた。深夜、リチャードといっしょにリトルマニラを歩きながら話している姿をほかの警察官に見られていた。

その時点ではリチャードが御徒町の強盗事件と関わっていると確信は持てなかったようだ。ただし、リチャードがあの白い車に戻るところを見ており、ナンバーから所有者を割りだした。川崎市の不良グループのメンバーだという。

『同じグループにリックというフィリピン人らしい男がいるという噂があります』

リックはリチャードの呼び名ではある。しかし、川崎のリックとリチャードが同一人物か、さらに御徒町の強盗犯の一人かは現時点では断定できないといった。さらにアイリーンにとってもっとも衝撃だったのは、御徒町で宝石商の社員を撃ったのがリチャードかも知れないという点だ。

『すべてを確かめる方法が一つだけあります。リチャードの身柄を我々が確保して、御徒町事件の被害者、共犯者にはっきり顔を見せることです』

あの澄んだ目でまっすぐにアイリーンを見つめてイナダがいった。あとはアイリーンがつづけた。

『お金ですね。私がリチャードに電話をして受け取りに来させる』

すぐに答えずイナダはリックというのが凶暴だといわれていることを話した。つまりアイリーンにも危険が及ぶ可能性がある、と。

『答えは明日の朝でもかまいませんし、お断りいただいても……』

『やります』

さえぎって答えた。

リチャードがリカルドなのか——アイリーンの求めていたのはその答えだ。

足音が聞こえ、アイリーンの房の前で止まった。

「面会したいという人が来てるが、時間外だ。明日にしてもらうか」

アイリーンは起きあがって鉄格子に目を向けた。廊下の照明を背にしているのでシルエットになっている。

「テレサですか」

考えられるのはそれしかない。

「いや、弁護士だ」

「私、何もお願いしてませんが」

「押しかけたといってるが……、どうする明日にするか」

「いえ、お目にかかります」

アイリーンは布団から抜け出た。

蛍光灯のみょうにしらじらとした光に照らされているワンルームを小沼はぐるりと眺め渡した。ところどころ艶(つや)を失っている板張りの床には黒いスポーツバッグが一つ置いてあるだけだ。

「六年か」

つぶやいてみる。刑事任用課程を修了し、初めて配属されたのが第六方面本部機動捜査隊浅草分駐所だ。刑事になると同時に待機寮から民間の賃貸マンションに住んでみることにした。何ごとも経験だと思ったからに過ぎない。もっとも自由に選べたわけではなく、緊急事態が発生した場合、一定時間内に駆けつけられる物件という条件があった。早い話が機捜庶務に紹介された部屋に住めということだ。適当に選んだ。どれも似たような物件ばかりでこの部屋もたまたま選んだに過ぎない。

それでも六年住めば、少ないながらも思い出がある。機捜隊員になって間もない頃、中学二年生だった粟野力弥を泊めたことがある。無灯火の自転車に二人乗りをしているところを補導したのが知り合うきっかけで、事件に巻きこまれ、身体に危険がおよぶ可能性があったためだ。

何が縁となるかわからない。今春高校を卒業した粟野は警察学校にいる。

スポーツバッグを持ちあげ、ストラップを肩にかけた。小沼はトレーニングウェア上下を着ていた。今日一日、引っ越しと掃除をしていたためだ。明日、最後の当務を終えると本庁勤務となり、住まいも霞ヶ関にある待機寮となる。ベッドや机、洋服ダンスなどは備え付けで持っていく必要はなく、異動を機に荷物を整理しようと考えていた。たまたま母親から電話が来たときに話をすると勿体ないといわれた。古い家具、家電製品など使い道がないというと粗大ゴミとして出すのにも廃棄料金がかかるといわれた。そのため引っ越し業者には荷物の送り先を二つに分けて見積もりをしてもらった。

一つは単身者用のパックで、サイズは大小とあったが、小沼の場合、ツードアの小型冷蔵庫、電子レンジ、掃除機、布団、衣類、警部補昇進のための参考書少々くらいでしかなく、小で事足りることがわかった。ほかはすべて実家に送り、そのほか細々とした日用品は廃棄してもらうように頼んだ。

荷造り不要といわれてはいた。いくら何でもまったく手をつけないわけにはいかないだろうと思っていたが、半月前に起こった御徒町事案以来、多忙を極めていた。本来なら労休日に少しずつでも引っ越しの準備をしておくべきだったのだろう。実際には何かと雑用があって外出も多く、自宅にいてもだらだら寝て過ごしてしまった。結局、やったことといえば、シーツと枕カバーを洗濯したものに替えたくらいでしかない。

だが、引っ越し業者の荷造り不要は決してオーバーではなかった。午前九時にやって来た業者数人が手分けして、食器類や小物、書籍、衣類などを仕分け、梱包し、ベッドも買いたい、洋服ダンスなど大きな家具も角に段ボールをあてるなど保護した上であれよあれよという間に運びだし、すっかり空っぽになった部屋に掃除機までかけてくれた。

午後二時にはすべて完了し、引きあげていったのである。それから小沼は遅い昼食をとり、板張りの床にごろりと横になって昼寝をしたあと、最後の掃除をした。ずっと携帯電話を使ってきたので地上電話は契約したことがないし、地上波デジタル放送が始まったとき、テレビを買い換えるつもりでそのままになっていた。

部屋をもう一度見まわしながら去年会った警察学校の同期生を思いだしていた。同期では一番早く結婚し、子供が産まれ、家を買った。しかし、新居に住めたのは五年ほどでしかなかった。以降、転勤のため、単身赴任を余儀なくされたのだ。

二年ほど前だと前置きして、同期が話しだした。

『夏期休暇で自宅に戻ったら車庫の裏に真新しい物置が建ってるんだよ。ひと坪サイズで簡単に設置できる奴がな。どうしてって思ったら、中身は全部おれの物だった。今じゃ着なくなった服とか本とか、高校生の頃に買って捨てられなかったギターとか、ロードバイクとか。そりゃ、見事にきちんと収まってたよ』

集まった連中はひとしきり笑ったが、単身赴任経験者、現在単身赴任中の者もいたので多少ぎこちない雰囲気ではあった。

くだんの同期がつづけた。

『まあ、自宅っても半年に一回帰って、二泊か三泊してまた社宅に戻るわけだろ。いってみれば、倉庫みたいなもんだ』

倉庫はないだろうと別の同期がいう。

『それじゃ、実家か』

結婚して家族ができ、自宅を建てても職住近接を原則とする警察官にあっては家族がいっしょに住むこともままならない場合がある。小沼の先輩には、子供が二人いて、どちらもまだ小学生の頃に単身赴任が始まり、何度か転勤をくり返して、五十代半ばによ うやく自宅から通える所轄署勤務になったときには、二人の子供はすでに独立して家を離れ、がらんとした二階家に妻と二人で暮らすことになったという人もいた。それも一人、二人ではない。

小沼も来年四十歳になる。

結婚は……。

首を振り、玄関でスニーカーを履いた。今夜は分駐所近くのホテルに泊まることにしていた。大家からは電源のブレーカーを落とし、部屋を出て施錠したあと、鍵は郵便受けから玄関に落としておけばいいといわれている。

ブレーカーを落とし、真っ暗になった部屋を出てドアにロックした。スペアキーもふくめ、二枚の鍵がついたリングを郵便受けから落とす。

金属音がかすかに聞こえた。

マンションを出て、歩きだしたとき、トレーニングウェアのポケットに突っこんだスマートフォンが鳴りだした。取りだす。稲田からの電話だった。

つないで耳にあてた。

「はい、小沼です」

一夜が明け、当務日となったが、小町は昨夜のうちから竹ノ塚警察署においてリチャード確保に向けて準備に追われていた。昨日のうちに浅川、小沼にそれぞれ電話を入れ、状況を説明し、今日の動きについて打ち合わせは済ませてある。

午前八時半過ぎ、テレサが健太を学校に送りだしたあと、計画通りアイリーンにスマートフォンを渡してリチャードに連絡し、午前十時に墓地で待ち合わせたいと告げさせた。リチャードは了承した。何も疑っている様子はなかったという。

すでに午前九時四十分になっていた。アイリーンが墓地の奥まったところに立ち、十時に電話を入れて、場所を教えることになっている。竹ノ塚警察署刑事課、本庁特対班、そしてSATの一個分隊が寺のあちこちに身を隠し、待機している。

もっとも危険なのはアイリーンがリチャードに現金の入った封筒を渡す瞬間だ。小町はアイリーンのそばにしゃがんでいる。リチャードが封筒を受けとったときにほかの捜査員が囲み、身柄を押さえる間、アイリーンの安全確保をするのが目的だ。

小町はトランシーバーを携帯し、イヤフォンを耳に差している。竹ノ塚署の地域課、自動車警邏隊、機捜浅草分駐所が周辺を警戒し、リチャードもしくは川崎ナンバーの白い車を捜している。今のところ、発見の報はなかった。

ふいにアイリーンのスマートフォンが軽やかな音楽を奏でた。ぎょっとしてスマートフォンに目をやったアイリーンが傍らの小町に目を向けた。

「健太の学校からです」

小町の胸にイヤな予感が広がる。

「出てください」

「はい」

スマートフォンを耳にあてたアイリーンが大きく目を見開く。

「健太がですか……、まだ、学校に来ていない？」

第六章　阻止命令

1

「健太がですか……、まだ、学校に来ていない？」

スマートフォンを耳にあてたアイリーンを小町は身じろぎもできずに見上げていた。

アイリーンが小町に目を向ける。表情は落ちついていた。

「申し訳ありません」

声も平静だ。

「今朝、ちょっと熱っぽかったのでばたばたしておりまして、先生にご連絡するのをうっかり忘れておりました……、はい……、そのようにさせていただきます。本当に申し訳ありませんでした。それでは失礼いたします」

スマートフォンを持った手をだらりと下げたアイリーンの顔つきが一変する。眉間にしわが刻まれ、唇の両端が下がった。

「健太が学校に行ってないそうです」

「ちょっと待ってください」小町は袖口に留めた小さなマイクに声を吹きこんだ。「稲田から本橋」

〝本橋〟

送信ボタンから指を放すと間髪を入れず本橋の声がマイクから流れた。送信しているとき以外、マイクはスピーカーを兼ねる。

「今、学校からアイリさんに電話があった。健太君が登校していない。朝はいつも通り家を出ているか」

〝スタンバイ〟

マイクからはざらざらという音が聞こえるだけになった。小町は寺の周辺に配置されている捜査員たちと同じ周波数のトランシーバーを携行していた。本体は腰の後ろに着け、マイクへと伸びるコードは袖に通し、クリップで袖口に留めてあった。

今朝早く本橋が分駐所に出向き、小町と自分の装備を持って捜査車輌で戻ってきた。今、小町は帯革に拳銃、警棒、手錠をつけ、抗弾ベストを着用している。昨夜、分駐所に行ったときにパンツスーツに着替え、警察手帳だけを持ってきた。今朝は分駐所にいったん戻れると踏んでいたのだ。それでも念のため、拳銃以外の装備はロッカーから出し、机の最下段抽斗に移してあった。

〝確認しましたが、テレサはいつもと同じ時間に健太を送りだしたそうです〟

「了解」

小町はアイリーンに目をやった。

「今朝はいつも通り家を出ています」

アイリーンが厳しい表情でうなずく。

登校する途中で健太がリチャードに拉致(らち)された可能性があった。だが、口にすれば、現実のことになりそうな気がした。アイリーンも同じ思いを抱いているのだろう。

だけど、どうやって？

アイリーンが住む団地、リチャードの待ち合わせ場所である寺の周囲には目立たないように気を配りながらも捜査員たちが警戒にあたっている。川崎ナンバーの白い車を発見すれば、連絡が入っているはずだ。それにリチャードの日本人離れした風貌はいやでも目につく。

小町は昨日会った健太の顔を思いうかべた。テレサが少々色黒なのをのぞけば、日本人といわれてもまるでわからないのに対し、健太は東南アジア系の顔立ちをしていた。健太の父親については聞いていないし、隔世遺伝ということもあり得る。小学四年生としては躰が小さく、幼い顔つきをしていた。

袖口のマイクから声が流れた。

〝竹ノ塚駅からタクシー、小学校の北西角を左折。グリーンの車体に黄色のライン、会社は……〟

社名が告げられる。周囲を警戒している捜査員の一人だろう。

〝当該タクシーは小学校の北側の通りを東進中〟

知らず知らずのうちに小町は唇を嘗め、マイクから流れる声に神経を集中していた。

〝右折。現場に向かう通りに入った〟

アイリーンの圧し殺した息づかいが伝わってくる。

別の声が流れた。

〝当該タクシーを現認。南下中……、現場前で停車〟

〝警戒して待機〟

割りこんだのは竹ノ塚署の刑事課長のようだ。竹ノ塚署の刑事課、地域課のほか、七尾と森合、それにSATの一個分隊が現場周辺に入っていた。昨夜の打ち合わせで現場の指揮は刑事課長が執ることになっている。

ふたたび先ほどの声がいった。

〝ドアが開いた。降りたのは男児、小学生くらい〟

アイリーンがしゃがみ、小町に躰を押しつけるようにしてマイクから流れる声に聞き入っている。身震いが伝わってくる。

〝つづいて、男。東南アジア系、三十歳くらい〟

アイリーンが口元に手をあてる。小町はアイリーンの背に腕を回し、強く抱いた。震えは止まらない。

〝二人がタクシーを離れ、門に向かった。なお、タクシーにあってはそのまま南に向かって走行〟

いきなりアイリーンが立ちあがる。小町はとっさにアイリーンの左手をつかんだ。

「落ちついて、アイリさん」

寺の西側は墓地になっており、小町はアイリーンとともにもっとも奥まったところにある墓にいた。寺の門は敷地の東側にある。周囲は塀に囲まれており、門を入ると正面に本堂、右に庫裏、左に地蔵が並び、その背後に墓所の寺務所があり、さらに先へ進むと本堂の西側にある墓地へとつづく狭い通路があった。

墓地から門を見通すことができない。それでもアイリーンがつま先立ちになり、本堂の方を見ている。

タクシーを降りた男はほぼ間違いなくリチャードだろう。二時間ほど前から周囲を警戒している竹ノ塚署員が寺に出入りする人々をチェックし、一時間前には境内に入るのを止めることになっていた。住職と家族は庫裏の一室に集まり、竹ノ塚署の女性刑事――昨日、アイリーンの事情聴取を行った――がついていた。

本堂、寺務所、墓地には捜査員が分かれて待機しており、アイリーンがリチャードであることを確認、墓に来るのを待ち、現金の入った封筒を手渡したところで一斉に取り囲み、確保することにしていた。

小町はリチャードの視線を避けながらもアイリーンのすぐそばで待機する。捜査員がリチャードを囲むと同時に飛びだして、アイリーンとの間に割って入る。リチャードが銃器を携帯している恐れがあるため、アイリーンの安全確保が小町の最優先事項とされていた。

リチャードと思われる男は約束の時間より五分早く到着した。だが、子供連れだ。マイクから刑事課長の声が流れた。

〝男は男児と手をつないでいる。全員、そのまま待機。身を潜め、男に絶対気取られないようにしろ〟

アイリーンが前に出ようとする。小町は手をつかんだまま、圧し殺した声でいった。

「動かないで」

「でも……」

そのとき、本堂と社務所の間を通って痩せた男が現れた。小町はアイリーンの手からズボンへとつかんでいる場所を変え、墓石の陰で躰を低くした。墓石の縁から男を窺う。ダークグリーンのジャケットは西綾瀬のアパートで対峙したレイエスが着ていたものによく似ている。

そして左手を健太とつないでいた。右手には何も持っていない。肩にはテニスラケット用のケースをかけている。

アイリーンが竹ノ塚署が用意したトートバッグに手を入れ、封筒を取りだして掲げた。

「お金は用意してきた」

「こっちへ持ってこい」

小町は小声で指示を出した。

「まず、健太君を離すようにいってください」

「健太を離してちょうだい。健太が私のところに来たら、私がお金を持って、そちらにいきます」

小町はぎょっとしてアイリーンに目を向けた。


どうしてなの、健太？

だらりと下がったリチャードの左手を下から差しだした健太の左手ががっちり握っているのを凝視しながらアイリーンは無言で問いかけた。

脳裏をある光景が過ぎっていく。月曜日の朝、学校へ行く健太が家を出た直後、アイリーンはゴミを出すために一階に降り、健太の前にしゃがみ込んで話をしていたリチャードの姿を見かけた。

あのとき、リチャードが名乗り、自分が何者なのかを告げたのかも知れない。しかし、二人が話をしていたとしてもほんの数分に過ぎなかったはずだ。それなのに今はまるで本物の伯父（おじ）、甥（おい）のように振る舞っている。

握りしめた健太の手にはリチャードに頼りきっている気持ちがはっきり表れている。どうして……。

ふたたび同じ疑問が過ぎっていく。

震える手で封筒を差しだしていた。中には帯封をした一万円札の束が三つ入っている。すべて本物の紙幣で使用感があった。つまり番号が連続する新札ではない。今、アイリーンのズボンの裾をつかんでいるイナダが封筒のわきに札束を積んで説明してくれた。リチャードと墓地で会う約束を取りつけたあとのことだ。

『見ての通り使い古した札にしてあります。すべて本物、モナカじゃありません』

モナカの意味がわからず訊き返した。上下だけが本物の紙幣で真ん中が白紙というインチキな札束を指し、薄い皮であんこをはさんであるということらしい。

『封筒を渡してください。リチャードが封筒を手にしたタイミングで捜査員たちが彼を確保します。同時に私は彼とアイリさんの間に割りこんで、アイリさんを保護します。絶対怪我はさせません。私を信じてもらえますか』

アイリーンはうなずいた。しかし、リチャードが健太といっしょに現れるなど、そのときは想像もしていなかった。イナダにしても同じだろう。

『万が一の場合……、最悪の場合ですが、アイリさんの安全を優先させるため、リチャードには手を出さないこともあり得ます。そのときは金を持ったリチャードがアイリさんから離れたところで確保します』

それからイナダが紙幣の番号はすべて控えてあるのでリチャードが逃げおおせたとしても追跡は可能だし、いずれにしても寺の敷地から外へは絶対に出さないと付けくわえた。

思わず訊いていた。

『リチャードは安全なのでしょうか』

『もちろん』

あの澄んだ瞳をまっすぐアイリーンに向け、イナダは即答したが、警察官である以上、リチャードよりアイリーンの命を重視するだろう。さらに寺の外に出れば、無関係の人を巻き添えにする危険性もある。

外には出さないという意味を考えていた。

いかにもフィリピン人というリチャードの顔を見ているうちにアイリーンは三十年前の光景を思いだしていた。

『ここに書いてあるでしょ』

近所に住む初老の主婦が電柱に取りつけられている掲示板を指先で突きながらきんきん響く声でいった。

『燃えるゴミは火曜日と金曜日、燃えないゴミが木曜日、資源ゴミは月曜日。あんた、今日が何曜日かもわからないの』

あんたというのはフィリピン人を指すのはわかっていた。

その日が火曜日だったことは憶えている。日本に来て間もない頃で、ようやく月、火、水、木、金、土、日が曜日を表す漢字だとはわかる程度でしかなかった。掲示板には表も載っていて、何が燃えるゴミで、燃えないゴミと資源ゴミには何が該当するのかが記されていた。三十年日本で暮らした今ならすべて読むことができる。だが、あの頃は意味不明な模様が並んでいるだけでしかなかった。

三十年前の田舎町(いなかまち)では英文が併記されていることなどほとんどなかった。停留所にあるバスの時刻表は何とか理解できたが、行き先は読めず、バスにわきに表示されているルート図もどこをどう回るのかさっぱりわからなかった。安売りチラシを見ても三千円以上お買い上げの方にかぎりという部分がわからずレジでもめたこともあった。

東京に来て、磯部と結婚したあとのことだ。小学校にあがったテレサが学校から連絡用のプリントをもらってきた。たまたまその週は磯部が泊まり込みの勤務をしていて、義父とテレサとの三人だけの生活に緊張し、プリントを読んでもらうことなど思いもしなかった。

そこには来週から体育の授業は水泳となるため、水着の用意をするようにと書かれてあった。テレサも何もいわなかった。保育所、幼稚園に通っていたならともかく磯部と会うまでは息をひそめ、できるだけ他人と接触しないように暮らしていた。小学校に入って三ヵ月、テレサにしても学校に行き、教室で座っているのが精一杯だった。

水着を忘れたテレサはプールサイドで見学となった。その夜、磯部と義父がアイリーンとテレサに詫びた。二人ともあまりに悲しそうな顔をしていたのでアイリーンの方がかえって胸をえぐられる思いを味わった。

それから学校のプリントは必ず磯部か義父が読み、アイリーンに説明してくれ、テレサが二年生になってからは、アイリーンが生徒となり、テレサに日本語を教えてもらうようになった。

それでもあくまでも日常生活に困らない程度の読み書きでしかない。三十年経った今でも自分がガイジンなのだと意識させられるシーンはいくらでもある。ホテルでベッドメイクしたあとのメッセージカードに磯部とサインするのもその一つだ。

リチャードであれ、リカルドであれ、この子もずっと独りぼっちだったのだろう。健太の手を握っている痩せた男を見つめてアイリーンは思う。小馬鹿にされ、嘲笑(ちょうしょう)され、それでも仲間にすがって生きてこなくてはならなかった。

この国の人にはなれなくとも、せめてこの街の人間にはなれたのだろうか。

アイリーンは幸いにも家庭、職場、竹ノ塚という地域で自分の居場所を見つけることができた。リチャードがイナダがいっていた川崎のリックならば、荒んだ生活をしてきたのだろうと想像できる。

　自分だけでなく、磯部を、義父を、テレサを、健太を、ホット・パラダイスにやって来る同国人たちが少しでも笑顔でいられるように願っていた。そのために働きづめだったが、つらいとか不幸だとか感じたことはなかった。

　だが、この子はどうだったか。片乳の聖母のロザリオ一つを握らせ、捨ててきてしまった。知らんぷりをしてきた。ふり返る余裕がなかったという言い訳は、少なくとも自分には通用しない。

　現金の入った封筒を差しあげていたが、リチャードと健太は本堂の裏で、エアコンの大きな室外機が並んだあたりに立ち尽くしたまま近づいてこようとしなかった。

　リチャードがいった。

「今度はおれのそばへ来てよ」

　前はアイリーンが遠く離れ、日本へ行ったのだからという意味があるのだろう。アイリーンの方から歩みよっていくことがリチャードにとっては大事なのだ。ほんの十メートルほどの距離でしかないにしても……。

　ズボンをつかんでいるイナダの手に力がこもる。

「ダメ、動かないで。彼をこちらに来させて。そうじゃなければ、まず健太君をこちらに来させて。今は健太君の安全確保が最優先だから」

イナダの言葉が終わらないうちにリチャードが大きな声でいった。

「母ちゃん」

マミーではなく、母ちゃん——小学校の高学年になった頃からテレサの呼び方がママから母ちゃんに変わった。クラスの誰もが、男の子も女の子も母親を母ちゃんと呼んでいるという。いつの間にかテレサも母ちゃん、大人になって母さんが混じるようになった。

アイリーンは互いに握りあっているリチャードと健太の手を見つめたまま、イナダにいった。

「健太はリチャードの手を握って離しそうもありません。私の方から行きます」

「えっ？」

ふいにリチャードの表情が険しくなる。右肩にかけていたテニスラケットのケースを前に持ってくると中に手を入れた。

アイリーンは無意識のうちに二、三歩踏みだし、叫んだ。

「ダメ、リ、リ、リカルド」

アイリーンが叫んだときには小町は墓石の陰から飛びだしていた。リチャードがラケットケースを肩から外し、右手を差しいれるのが見えていた。

「南無……」

口の中で唱え、すぐ前にいるアイリーンの腰にタックルをかけ、押したおす。折りかさなるように石畳に伏せ、リチャードに目をやった。

ラケットケースに差しいれたまま、リチャードが右手を高々と上げた直後、銃声が響きわたり、ラケットケースの上部がバラバラになってふっ飛ぶ。

ラケットケースがずるずると下がり、天を向いた水平二連の散弾銃が現れた。

小町は目を剝いた。

ラケットケースに収まるよう銃床、銃身ともに切り詰めてあるのだ。

周囲の墓石、建物から一斉に警官が姿を現し、拳銃を抜いてリチャードに向ける。だが、リチャードは健太の手を引き、三台並んだエアコン室外機の間に下がった。

左手を健太の首に巻きつけたリチャードが左右に視線を飛ばしながら怒鳴った。

「下がれ、下がれ、下がれ」

警察官は拳銃を構えたまま、一歩も動かなかった。

2

分駐所を出て、上野警察署に来た小沼は植木さくらとともに二階に上がった。引き継ぎを終えた頃、下谷署の須原から分駐所に電話があった。てっきり稲田あてだと思ったが、須原がかけてきた相手は小沼だった。

御徒町強盗事案の捜査本部ではなく、上野署の刑事課に来て欲しいという。急ぎの仕事はなかったので了解し、やって来た。間もなく午前十時になろうとしている。

刑事部屋に入ると応接セットにいた須原が立ちあがり、向かい側にいる男がふり返って小さく手を振った。身内屋の古暮だ。小沼は須原と古暮に目をやり、声をかける。

「おはようございます」

「わざわざ申し訳ない。とりあえず座って」

小沼は須原のとなり、植木が古暮と並んで座った。須原が切りだす。

「さて御徒町の件なんだが、ちょっとした進展があってね。こちらの古暮さんが協力してくれたおかげなんだが。以前からの知り合いなんだって?」

「ええ」小沼はうなずき、古暮に目を向けた。「スリランカ人の愛人の件ですか」

「そうです」古暮が苦笑し、鼻をつまんで引っぱった。「少々露骨かな。一応は姪ということで」

「失礼」

相変わらず眠そうな顔した古暮が言葉を継いだ。

「今朝早く彼女の方から連絡がありまして、トラブルになったんで助けて欲しいというんです」

「トラブル？」

「二人の女に乗りこまれたって。一人はクラマさんの奥さん、もう一人は例の宝石商の社長の奥さんなんです」

「どうして社長の奥さんまで？」

「彼女は白金台のマンションにいたんです。ワンルームの中古物件ですが、それでも何だかんだで四千万円を超えます。その所有者が宝石商の社長というわけで」

「インド人の？」

「そうなんですよ」

　古暮がまた鼻を引っぱる。

　クラマトゥンガの愛人がインド人社長が所有するマンションに住んでいた。そこにインド人社長夫人とクラマトゥンガの妻が乗りこんできたということは、修羅場が想像できる。しかもクラマトゥンガの妻はインド人社長の妹でもある。

「それにしてもどうしてこのタイミングで……」

　小沼は首をかしげた。古暮が二度、三度とうなずく。

「聞きました。クラマさん、今日緊急手術になったんですよね。それでいてもたってもいられなくなったクラマさんの奥さんが兄である社長のところへ行ったんですが、あいにく社長は不在で社長夫人だけがいた。二人は社長を探したんです。そのうち社長夫人の方が白金台にあるマンションを思いだした。秘密オフィスというか、海外や地方から来た客を泊めたりするのにも使っていたようなんですが。とにかく社長の携帯がつながらないんで二人で行ってみようと……」

あとの修羅場は想像がつく。

古暮がつづける。

「彼女はスリランカの出身で、彼女の父親とクラマさんが昔からの知り合いらしいんです。それで日本に来るにあたってクラマさんが保証人というか世話役を買ってでた次第で。来日した当初こそ、私が紹介した物件に住んでましたが、何しろクラマさんが家賃を肩代わりできる程度ですから高級というわけにはいきません。名前だけはハイツになってますが、二階建ての古いアパートです。1Kの」

「そこじゃ、満足できなくなったんですか。それにしてもどうしてクラマトゥンガ氏にしても社長にしてもその女性に……」

入れこむのかと聞こうとしたとき、刑事部屋に面した取調室のドアが開いた。須原がそちらに顔を向け、小沼、古暮、植木も目をやった。

最初に女性刑事が出てきて、純白のワンピースを着た女がつづいた。小柄でウェストがきゅっと締まっていながらバストが大きく張りだし、膝下丈のスカートから出ているふくらはぎの曲線は官能的だ。応接セットにいる四人は誰もが言葉を失ってワンピースの女を見ていた。四人だけではない。刑事部屋全体がしんと静まりかえっている。

　絶世の美女という言葉が小沼の脳裏を駆けぬけていく。ワンピース姿の女から視線を外せずに小沼は訊いた。

「あれが？」

「そう」古暮が答える。「彼女は観光ビザで入国してて、とっくに期限が切れてますから不法滞在になります。罪といえばそれくらいですが、何しろ強盗事件と関わりがあるわけでしょう。話を聞いたあと、説得してこちらに連れてきたんです。御徒町の事件を担当しているのは上野警察署だと教えられていたもので」

　女の前に女性刑事が一人、うしろに男の刑事が二人ついていた。

　須原が小沼に耳打ちする。

「ちょっといい？」

　小沼は立ちあがり、須原とともに応接セットを離れた。古暮と植木に目をやったあと、須原がさらに低い声でつづけた。

「インド人が経営してる宝石商だが、昨今の不景気で業績があまり芳しくないらしい」

「でも、白金台のマンションを買えるくらいの金はあったわけでしょ」

「今、捜査本部（チョウバ）は社長の懐（ふところ）具合を慎重に調べている。それともう一つ、彼女だが、スリランカ人の保証人にもインド人社長にも内緒で六本木のキャバクラに勤めていてね」

「はあ?」

「売れっ子だったらしいよ。あれだけの美人だから無理ないかも知れないけど」須原の表情が引き締まる。「そこの常連客で、あの女に入れあげてた奴の一人が川崎の半グレメンバーで、例の白い車の所有者なんだ」

小沼の脳裏でバラバラだった破片が繋がりはじめる。クラマトゥンガが金塊強奪を計画したと見られながら、どのようにして金塊搬入日時を知ったのかが判然としていない。

一つの絵図が脳裏に浮かんだ。

「ひょっとして金塊強奪を計画したのはインド人の社長?」

「可能性はある。とにかく金……、それも大金が必要だったから」

去年から何かと話題になっている金塊強奪事件にヒントを得て、自作自演をやったのかも知れない。もし、金塊に保険がかけられていたとしたら金塊そのものがなくとも保険金詐欺はできる。

そのとき、耳に差した受令機のイヤフォンから緊迫した声が流れた。

〝第六方面本部から各移動。竹ノ塚で人質立てこもり事案が発生……〟

現場の名前が告げられる。稲田が行っている寺だ。応接セットではイヤフォンに手をあてた植木がいきなり立ちあがり、古暮がぎょっとしたように見上げている。

小沼は何もいわずに駆けだし、植木があとにつづいた。二人は刑事部屋を出て、階段を駆けおりると駐車スペースに入れてあった捜査車輛に乗りこんだ。運転席に座り、エンジンをかけてから小沼はシートベルトを留め、すぐに車を出した。上野署を出たところで植木に命じる。

「赤色灯、サイレン」

「はい」

植木がセンターコンソールに並んだ二つのスイッチをはねあげる。サイレンが響きわたり、天井で鈍い音がして赤色灯が屋根の上に出たのがわかった。無線機からは人質事案の進捗状況が刻々と流れている。

午前十時を回ったところで朝のラッシュは一段落しているし、緊急走行をすれば、日光街道を北上した方が早く現着できると小沼は判断した。上野駅前で日光街道にぶつかる。正面の信号は赤だったが、植木がマイクを取った。

「緊急車輛は赤信号を通過します。緊急車輛は赤信号を通過します。ただちに停車し、進路をゆずってください」

左右の車が停止したのを見ながら小沼はできるだけ速度を落とさずに交差点に進入し、右折した。日光街道に乗り、アクセルを踏みこむ。マイクを手にしたまま、植木が目を向けている。

小沼は速度を保ちながら話しはじめた。

「班長が赴任してきて間もない頃だ。水道橋で拳銃を持った男が女子大生を人質に取った」

「水道橋なら管轄外ですね」

「被疑者（マルヒ）が足立区に住んでて、班長はその男……、七十過ぎの年寄りだったけど、そいつを尾行してた。一人でね。相勤者はぼくだったんだけど、そのマルヒがからむ連続殺人事件の捜査本部に駆りだされて、捜査一課（ソウイチ）にいる警察学校の先輩と組んで動いていた。班長はマルヒがある男を殺すと踏んで尾行してた」

「そのマルヒが拳銃を所持してたんですね」

「そう。トカレフだった。馬鹿でかい軍用銃さ。爺（じい）さんは女子大生を抱えて銃を振りまわした。まともな状況じゃなかった」

飲食店が並ぶ通りの光景が小沼の脳裏に浮かぶ。

「班長は拳銃も防弾チョッキも外して、爺さんが構えるトカレフの前に立った」

「凄っ」

「凄くない」小沼は怒鳴った。「ただの無茶だ。あの人……、班長は持ってる刑事（デカ）かも知れないけど、ときどき暴走する。とくに人質が子供だったりすると」

「それじゃ……」

植木がいいかけたとき、無線機から声が流れてきた。

〝マルヒにあっては散弾銃を所持、すでに一発を発射し……〟

小沼はじわりとアクセルを踏む。速度計の指針は時速百キロに近づいていた。


小町は寺の東側、門の前に停められたミニバンの後列でアイリーンと並んで座っていた。すでに寺周辺の道路は封鎖され、車も人も警察関係以外は入れなくしてある。

アイリーンは竹ノ塚署で渡されたトートバッグを肩にかけたままでいた。現金の入った封筒は竹ノ塚署が預かっており、両手でスマートフォンを持っている。小町はアイリーンの顔をのぞきこんでそっと声をかけた。

「アイリさん」

アイリーンはスマートフォンを見つめたまま、身じろぎひとつしない。

リチャードに近づこうとしたアイリーンを押したおし、その上に覆いかぶさった小町のところへ本橋が躰を低くしてやって来て、アイリーンを連れだした。小町もそのあとにつづいて本堂の北を回って地蔵尊の並ぶ東側の前庭を抜け、門の外に停めたミニバンまで来た。そのときにはミニバンのほかにパトカーが三台、ほかにシルバーのセダンや紺色のミニバンがずらりと並んでいた。

小町はつづけた。

「彼はアイリさんの息子だったのね？」

びくりと躰を震わせたアイリーンがのろのろと顔を上げ、小町を見る。だまって見返した。やがて小さくうなずき、唇を嘗めたあとにかすれた声で答えた。

「テレサと同じように私を呼びました」

「母ちゃん、と？」

「ここら辺りの子供たちはみんな母ちゃんって呼ぶんです。テレサも小学校に通うようになってからだんだんと……」

アイリーンの目に見る見る涙が溜まり、ぽろりと落ちた。

「リカルドだけに苦労を背負わせてきた。あの子だけに」

ふたたびアイリーンが顔を伏せ、肩を震わせた。スマートフォンを握っている両手にぽたぽた涙が落ちる。小町はアイリーンの肩を撫でた。小太りに見えるアイリーンだったが、はっとするほど肩が薄い。

「すみません。ご迷惑をかけて……、すみません」

「迷惑なんて……」

いいかけたとき、アイリーンの手からスマートフォンがすべり落ち、小町の手を握った。すがるような目をして見上げて、声を振り絞った。

「お願い……」

震え、弱々しい声が途切れる。

スライドドアがノックされ、小町は顔を向けた。

「はい」

二十センチほど開き、竹ノ塚署の女性刑事が顔をのぞかせる。

「娘さんが来ました」

女性刑事のすぐ後ろに立ったテレサが小町を見て目礼する。うなずき返し、アイリーンに向きなおった。

「テレサさんが来てくれた。交代するね」小町は両手でアイリーンの肩につかんだ。

「しっかりして、アイリさん。まだ終わってないの」

はっとしたように目を見開いたアイリーンが小町を見返し、顎を引くようにしてうなずいた。

小町はミニバンの外に出て、テレサが中に入ってからスライドドアを閉めた。

ミニバンの周囲には竹ノ塚署の刑事課長、アイリーンの事案を担当している主任、テレサを連れてきた女性刑事、そのほかにも私服捜査員が立っている。その中から近づいてくる人影に顔を向けた。

浅川と浜岡だ。人質事件が発生し、緊急配備がかかれば、機動捜査隊は真っ先に現場へ駆けつける。

「小沼と植木も間もなく現着します」

浅川がいった。

うなずいた小町は周囲を見まわした。

「本橋部長は？」

「SATの隊員といっしょに墓地の方に戻っていきました」

墓地は本堂の西側にあり、リチャードが健太とともに身を潜めているエアコン室外機は西壁に取りつけられていた。

「ちょっといいかな」

竹ノ塚署の主任が声をかけてきた。

「はい」

ちらりとミニバンに目をやった主任が訊いた。

「彼女は？」

「放心状態ですね。でも、あの男がアイリさんの息子のようです」

「息子？」

主任が眉間に深いしわを刻み、片方の眉を上げる。小町はうなずき返した。

「ついさっき、あの男が発砲する直前までアイリさんも確信が持てなかったようですが、散弾銃に手をかける前に母ちゃんと呼びかけたんです」

「それだけで？」

ますます怪訝（けげん）そうな顔になった主任に小町は肩をすくめて見せた。

「女の……、母親の勘とでもいうしかありませんね。アイリさんはミンダナオ島にいる頃、息子を一人産んでいるんです。三十二年前に。年齢的には一致します」

「あちらで産んだにしてはずいぶん日本語がうまいね」

「アイリさんが息子を預けたのは彼女のお祖母さんですが、二年ほどして亡くなったそうです。それで遠い親類だかに預けたんですが……」

リカルドにだけ苦労を背負わせてきたといったアイリーンの声が過（よ）ぎっていく。

「その親類も二年後に日本に来ています」

「川崎に？」

小町は首を振った。

「そこまでは把握していません」

「あの男の写真を神奈川に送って照会したんだが、所轄の組対が半グレのリックに間違いないといってきた」

「それじゃ……」

「かなり厳しいことになりそうだ」

「そうですね」小町は胸苦しさをおぼえつつもうなずいた。「ほかには」

「今のところ、待機命令が出てるだけだが、あの男をここから一歩も外に出すわけにはいかない。万が一の場合は阻止命令が下るかも知れない。もちろん人質の安全が最優先であることに変わりはないが」

「了解しました」

小町はふたたび門を通り、寺の敷地に入った。本堂の北を回り、墓地に出る。本橋が出動服姿のＳＡＴ隊員とともに立っている。足下に黒く、細長いライフルケースが置いてあるのが目についた。

小町に気づいた本橋が小さく会釈し、ＳＡＴ隊員もならった。竹ノ塚署に行ったとき、会議室のドアを開けた男だ。

「ご苦労さま」

そういって小町は本橋の足下に置かれたライフルケースに目をやった。西綾瀬でトーレスを確保したあと、綾瀬署で本橋の拳銃使用について聴取を受けたときのことを思いだしていた。

本橋が訊いた。

『班長はあいつを殺そうと思ってましたか』

小町は正直に指が痺れて、引き金に触ることもできなかったと答えた。

『それでいいです。殺す方は自分にまかせてください』

顎を上げ、本橋の目を正面からのぞきこむ。

「阻止命令が出るかも知れない」

「聞いてます。先ほど七尾管理官から電話がありました。そうなった場合は自分が実行します」

本橋がさらりと答える。小町は重ねて訊ねた。

「どこから？」

「ポイントは二ヵ所あります」本橋が南を指す。「寺に隣接する四階建てのマンション。屋上です。距離は二十五メートル。すでにうちの……、ＳＡＴが監視についてますが、エアコンの室外機が邪魔になる可能性があります」

次いで本橋が手を右、西に振りむけ、団地の一棟を指した。アイリーンが住んでいる団地でもある。

「あそこです。距離は六十四メートル。しかし、マルヒを真正面から狙えます」

「六十四メートルか。狙撃（そげき）用ライフルなら至近距離ね」

本橋は何とも答えず、表情すら変えなかった。

「弾丸の初速は？」

小町の問いに一瞬眉を寄せたが、即答した。

「八百三十メートル」

秒速だ。音の速度が毎秒三百四十メートルなので二倍以上の速さで飛翔する。射距離が六十四メートルしかなければ、百分の八秒で目標に到達する。リカルドが健太を抱え、散弾銃を手にしていることを考えると狙うのは両目と鼻の先を結んだ三角形――即死領域しかない。

射距離が短いだけにライフル弾はほとんど速度を失わずに標的に到達する。即死領域に飛びこみ、脳幹を粉砕、頭の真ん中にできた空洞に大脳が落下する。たとえ銃口を健太の頭に押しあてていたとしてもリカルドは指を一ミリと動かせないうちに絶命する。

「阻止命令が出るかしら」

「命令を出すのは自分の仕事じゃありません」

阻止が下令される可能性はあった。リカルドが手にしている凶器は銃身と銃床を切り詰めた散弾銃だ。ラケットケースに入れるためだけではない。銃身が短い分、射程は短くなるが、弾が散らばりやすく、至近距離で多数の標的を撃つことができる。殺人兵器以外の何ものでもなく、アメリカの法律では所持しているだけで殺人罪に問われるという代物だ。市街地に放つにはあまりに危険すぎる。

慌ただしい足音とともに小沼と植木が現れた。

「班長」

青白い顔を汗まみれにした小沼が声をかけてきた。息が荒い。門から墓地までならそれほど距離はないはずだが、と思った。

「どうしたの？」

「また、班長が何かやらかすんじゃないかと思って」

その間に本橋がライフルケースを取り、ＳＡＴ隊員とともに門の方に向かった。小町は目で追ったが、声をかけることはできなかった。

3

本堂西壁の前に置かれた三基並んだエアコン室外機の間に身を潜めるリカルドと人質の健太を総勢四十名ほどの警察官が取りかこんでいた。

墓石の間という間、すべてに四人ないし六人が配置され、私服、制服を問わず透明で分厚い防弾バイザーのついたヘルメットを被り、防弾チョッキを着て、腰には拳銃、警棒、手錠をつけていた。二列になって墓石の間を埋めている先頭では積層ポリマーの防弾楯(たて)が二枚並べてある。楯は濃いグレーで警視庁と記され、上部に横長の細い防弾窓が設けられていた。

楯は高さ一メートル二十センチ、石畳の上に立て、その後ろで警官たちは跪くか、中腰になっていた。リカルドの持っている凶器は今のところ銃身を切り詰めた散弾銃だけなので楯、ヘルメット、チョッキのそれぞれの防弾性能は問題なかったが、飛びちる散弾で受傷する恐れはあった。

さらに小町の立つ墓地北側や塀の外にも後詰めが控えており、寺の西にある団地、南側のマンション屋上ではSATが狙撃銃を構えている。

「本橋部長はどこへ行ったんですか」

小沼が訊いた。小町は道路を隔てて西側に建っている団地を指さした。

「あそこの屋上。阻止命令が出れば、彼が実行する」

「阻止って……、順番が違いませんか」

「命令が出れば、の話」

答えながらも小沼のいう順番違いは小町も感じていた。

これまで人質事案が発生すると警察は周囲を厳重に固めた上で静観していることが多かった。もちろんその間も被疑者に対して投降をうながしつづける。人質をとって籠城している場所にもよるが、現場が被疑者もしくは人質となった人物の住居であれば、睨み合いの時間は長引く。一昼夜、二昼夜となっても粘り強い交渉、説得をつづけるのは何より人質の安全を優先させるためだ。

戦後、銃器を使用した犯人の人質事件で、犯人射殺によって事件解決をはかったのは三例あった。

最初は一九七〇年、今から四十七年前に発生した瀬戸内海を航行する客船をライフル銃を持った男が占拠した事件だ。デッキに立っていた男を沿岸の防波堤などに待機していた警察官が一斉に狙撃した。

犯人は福岡県内で強盗を働き、警察に追われて逃走した。追跡をかわしながら自動車で広島港まで行き、出港準備をしていた客船に逃げこんだ。武器、弾薬は逃走中に押し入った銃砲店で手に入れた物だった。陸路を逃走中にも発砲によって警察官に重傷を負わせ、客船を乗っ取ってからも銃撃をくり返し、警察官や一般市民までも傷つけている。

事件発生から五十七時間後、阻止命令が出た。

のちに狙撃した時点で犯人が銃を手にしていなかったことから警察の銃器使用の可否が問われた。しかし、負傷者が複数出ており、併走する警備艇に乗っていた警官を撃って重傷を負わせ、さらにテレビ局の軽飛行機、警察のヘリコプターをも銃撃して墜落寸前にまで追いこんでいる点などから犯罪が重大かつ緊急の解決を必要としていたとして不起訴になっている。

それから七年後、長崎で起こった路線バスを武装した犯人二人組が乗っ取り、運転手と乗客を人質に取った。バスという狭い空間での人質事件だけに犯人、人質双方の体力消耗は激しかった。疲れきった犯人が自暴自棄となり、乗客を道連れにする恐れがあったところから事件発生から十八時間後に警官隊が突入し、二人の犯人を撃っている。主犯格は死亡、もう一人は重傷を負い、人質は全員無事だった。

さらに二年が経った一九七九年、大阪市内の銀行支店に猟銃を持った男が押し入った。行員、客を人質とし、そのうち支店長、行員、付近の交番から駆けつけた警察官二名の計四人を射殺した。警察は交渉をつづけたが、犯人は応じず四十二時間後、犯人が立てこもっている一階に四方から突入した警察官が拳銃で犯人を撃っている。これこそSATの前身が初めて出動した事件だ。

大阪の銀行支店人質立てこもり事件以降、警察が犯人を射殺した事例はない。

一連の事件の背景には、過激派による旅客機乗っ取り、いわゆるハイジャック事件がある。一九七〇年のよど号事件では日航機が北朝鮮の平壌まで飛び、同じく日航機がハイジャックされた一九七七年のダッカ事件ではときの首相が超法規的措置として日本国内に収監されていた過激派の釈放に応じた。よど号事件の犯人たちはその後、北朝鮮による日本人拉致に加担し、ダッカ事件で解きはなたれた過激派は中東を中心にテロ事件を引きおこしている。日本政府はテロリストを野放しにしたと世界中の非難を浴びた。

犯人射殺に至った瀬戸内海、長崎、大阪の事件ではそれぞれ過激派をかたったが、実際には思想性はなく、一種の模倣(もほう)犯に過ぎなかった。

人質事件が発生した場合、最善の解決は犯人が人質を解放、武器を捨て、無抵抗で投降することだ。次善が人質に危害をくわえないまま、犯人が自殺すること。そして三番目が強行策である。

二〇〇一年九月十一日、アメリカで同時多発テロが勃発して以来、テロリストに対する強硬姿勢は各国に共通しており、日本も例外ではない。

それにオリンピックか——小町は腕組みし、胸のうちでつぶやいていた。

三年後、東京で開催されるオリンピックに向け、警備が人員、装備、街中の監視体制においても強化されている。浅草分駐所に本橋が赴任してきたのもその一環だし、今回の事案においてSATが早々に臨場しているのもオリンピック開催を見据えたものだろう。小沼のいう順番違いの背景がここにある。

小町にとって人質事件は初めてではない。機動捜査隊に着任して間もない頃、トカレフを持った老人が女子大生を抱きかかえ、銃を突きつける事案に遭遇している。子供にめぐまれなかった老人が孫のように可愛がっていた女の子が複数の男にもてあそばれ、殺害された。事件当時、犯人はいずれも十四歳未満であったため、刑事事件には問われなかった。老人は犯人たちが二十歳になるのを待って、復讐（ふくしゅう）をはじめたのである。

目の前に右手を持ってきて、小町はじっと見つめた。スマートフォンを落としたアイリーンが両手で握った。

お願い……、といったものの、そのあとはつづかなかった。だが、何をいいたかったのかはわかる。

その直前、アイリーンはリチャードではなく、リカルドと呼んだ。

リチャードもしくはリカルドが川崎を根城とする半グレ集団の一員、通称リックであることは間違いなさそうだ。しかし、御徒町強盗事案の実行犯で、スリランカ人社員クラマトゥンガを撃ったのかはっきりしていない。一方で殺人用の凶器以外の何ものでもない銃身を切り詰めた散弾銃をふり回し、健太を人質に取っている。

また、エアコン室外機の間というろくに身動きもできない狭苦しい空間に躰を押しこんだ状態で、どれほどの時間を持ちこたえられるものか……。

健太の安全が最優先であることはゆるぎない。怪我一つさせてはならない。しかし、もう一つ腑に落ちないことがあった。

墓地に現れたとき、健太がリカルドの手をしっかり握っていたことだ。銃で脅され、いうことを聞かされているようには見えなかった。

ふいに周囲がざわつき、小町は目を上げた。

リカルドが健太を抱えたまま、室外機の間から出てきていた。すでにラケットケースを取りはらい、剝きだしにした散弾銃を右に左に向けながら叫んだ。

「下がれ、下がれ、下がれ」

小町は健太に注目した。自分の首を抱えているリカルドの上腕を両手でつかんでいる。まるですがりつくように……。

りありと浮かんだ。

アイリーンの祈りの言葉が耳に蘇り、話でしか聞いていない胸のえぐれた聖母像があ

『子供のいる喜び、子供のいない哀しみ、子供を失う苦しみ、片乳の聖母様はすべてを理解してくださる。すべての母の母……』

小町は左耳に差してあった受令機のイヤフォンを抜くとゆっくりと足を踏みだした。

「班長」

鋭い声で小沼が呼びかけ、小町の腕をつかんだ。まず小沼の手に目をやり、袖に通した腕章から顔へと視線を移し、笑みを浮かべていった。

「機捜の腕章も今日が最後だね」

つかまれたままの腕をそっと持ちあげただけで小沼の手が離れ、だらりと落ちる。リカルドに向きなおった小町はゆっくりと歩きだした。

遠ざかっていく稲田を小沼は呆然と見送っていた。手を離したのは眼差しに圧倒されたからに他ならない。

すぐ目の前で隊伍を組み、防弾楯の後ろで膝をついていた私服捜査員――ヘルメットに防弾チョッキに身を固めている――に稲田が声をかけた。

「ちょっとごめんなさいね」

怪訝そうにふり返った捜査員が稲田を見て、ぽかんと口を開けた。にっこり頬笑んだ稲田が小さくうなずき返し、わきを悠然(ゆうぜん)と通りすぎる。墓石の間に詰めていた警官たちも何が起こったのかわからないといった顔つきで声もかけられず、トランシーバーで状況を確認するのも忘れて見送った。

事態が嚥(の)みこめないのはリチャードも同じようだ。近づいてくる稲田に気がつき、散弾銃をふり向けたものの呆然としている。

馬鹿でかい銃口を向けられても稲田の歩みはまるで変わらない。優雅とさえいえる歩調で足を進める。

リチャードの突きだす散弾銃が稲田を追って、右から左へと移動していく。

稲田がリチャードの前に立った。まず抱えられている男の子に向かって、大丈夫というように優しい笑顔を向け、うなずいた。

次いで顔を上げ、リチャードを見る。表情が一変して厳しくなっていた。

「だ、だ……」リチャードが唇をぺろりと嘗めた。「誰だ、お前は」

「浅草機捜、稲田小町」

凛(りん)とした声が墓地に響きわたった。

小沼のすぐ後ろで植木がつぶやく。

「班長、格好いい」

馬鹿なこといってるんじゃねえよ——小沼は腹の底で毒づきながらも身じろぎ一つできずにいた。

「リカルド・ホセ・ヘスース」

とりあえず自分の声が震えていないことに小町は安堵した。しかし、リカルドが大きく目を見開いたのを目にして舌打ちしそうになった。

やっぱりアイリさんの息子か……。

大きく息を吸った小町は一気に吐きだすように声を張った。

「下がれ、そして、しゃがめ」

「何だって？」リカルドが首をかしげる。「何いってんだ、ばばぁ」

「ば……」

こめかみがふくれあがるのを感じながらも気を取りなおして同じことをくり返した。

「下がれ。下がって室外機の間に入れ。お前の左のこめかみは剝きだしだ。いつでも撃てる。それに……」小町は鼻梁の上端に右の人差し指をあてた。「ここだ」

「それが何だ？」

「撃つ」

小町の答えをリカルドは鼻で笑った。

「おれが何をやってるのか見えてないのか」

小町は手を下ろさず、リカルドを見つめたままつづけた。

「308ウィンチェスター弾の初速は秒速八百三十メートル。発射後、お前のここを撃ち抜くまでに要する時間は百分の八秒でしかない。銃口がぱっと光るのが見えたとき、お前は死んでいる。音速を超える弾丸が頭の中に空洞を作り、そこに大脳が落ちるのは一瞬だ。同時に全身の神経が麻痺(まひ)する。一ミリたりとも指は動かせないし、死の痙攣(けいれん)もない。スイッチを切られたロボットのオモチャみたいに動かなくなる」

「日本の警察がおれを撃てるかね」

リカルドがせせら笑う。

「私の部下なら撃つ」

リカルドの薄笑いが凍りつく。小町は半歩踏みだした。わずかの間、その場に立っていたリカルドだが、やがてじりじりっと下がった。

もう半歩踏みだし、鋭くいう。

「下がれ。下がって、しゃがめ」

リカルドが小町の命令に従った。だが、健太は自分の首を押さえているリカルドの上腕にすがりついたまま離そうとしない。

リチャードが後ずさりした刹那、警官たちからどよめきが起こった。小沼は立ち尽くしていたが、案外自分が平静でいることに驚いてもいた。

班長なら何とかできる……。

まるで根拠はなかったが、なぜかそんな思いが湧いてきた。今の状況をすべて呑みこみ、制御できるのは稲田しかいないような気がした。

「誰も死なさない。誰にも殺させない」

室外機の陰に入ったリチャードに向かって稲田がいった。決して大きな声ではなかったが、緊迫した空気を伝わってはっきりと聞こえた。

いつの間にか小沼の陰に隠れ、顔をのぞかせていた植木が低い声でいう。

「班長、かっ……」

小沼は植木を睨んだ。二人の視線が真っ向からぶつかる。植木が真面目くさった顔になり、稲田に視線を戻した。

これからどうするんですか、班長……。

状況を見守りつつ、小沼は唇の裏側を噛んでいた。

健太はべったりと地面に尻をつけ、その後ろでリカルドがしゃがんでいる。健太は相変わらずリカルドの腕をつかんでおり、リカルドは散弾銃を小町に向けていた。不思議なことに西綾瀬のアパートでレイエスと対峙し、自らも拳銃を構えていたときは指先まで痺れ、引き金に指を置くことすらできなかったのに今は落ちついていた。二人の顔を交互に見る。よく似ていた。血は争えないという言葉は真実なのかも知れない。

小町は健太を見据え、ぴしりといった。

「磯部健太」

健太が躰を震わせ、硬直する。小町はつづけた。

「こちらに来なさい」

リカルドの左手が動いた。健太の胸をぽんと叩き、だらりと垂れさがった。だが、健太は動こうとしない。

小町は目を細め、健太を睨む。健太がリカルドをふり返る。リカルドが健太を見たあと、顎をしゃくった。地面に両手をつき、のろのろと尻を持ちあげた健太がゆっくりと立ちあがる。

近づいてきた健太に向かって、小町は左を指さした。

「あっちへ」

健太がぎくしゃくした動きで歩きだすと同時に怒鳴った。視線はリカルドから外さなかった。

「植木、健太を保護。アイリさんのところへ連れていって」

視界の隅で植木が駆けよってくるのが見えた。健太を抱きかかえるようにして防弾楯の後方へ連れていく。

小町はリカルドにいった。

「さて、あんたはどうする？」

リカルドが何度もまばたきしたあとに訊きかえしてきた。

「どうするって？」

そういいながらも小町に向けていた銃口を下ろした。

「私は何も約束しない。約束できる立場にない。でも、先に銃を渡してくれたら付箋ぐらい立ててあげる」

リカルドの場合、自ら投降したとしても調書に手心はくわえられない。せいぜい付箋をつけ、そこに小町とリカルドとの間に何があったかを記すくらいのものだ。付箋を読み、情状酌量の材料と考えるか否かは検察官による。

リカルドが苦笑する。

「正直だな」

「それだけが取り柄で」

「いや、なかなか美人だ」

「ばばあだけどね」

「申し訳なかった。姉さんくらいにすればよかった」

「姉さんじゃ、罵声にならないよ」

「たしかに」

散弾銃の引き金にかかっていたリカルドの人差し指が伸びた。親指が銃身の後方にあるレバーにかかり、右に引く。銃口がだらりと垂れさがり、短い散弾銃が二つに折れる。空薬莢が一つ、後方へ飛んだ。発射していない実包はそのまま薬室に残る。折れたままの銃を地面に置き、リカルドが立ちあがる。

周囲の警察官たちがざわついた。

小町の一喝が飛ぶ。

「誰も動くな」

リカルドに近づき、腰の後ろから手錠を抜いた。リカルドが右手を差しだす。手を握った。ごつごつしてはいたが、温かかった。手錠をかけた。次いで並べた左手にも手錠を巻きつけ、歯を嚙ませて訊いた。

「痛くない？」

「大丈夫」リカルドが片方の眉を上げる。「手錠は初めてだけど、案外軽いもんなんだ」

「人権に配慮しなきゃならないからね」

顔を上げた。リカルドの琥珀色の目が小町を見ている。

自然と言葉が出てきた。

「さあ、お母さんのところへ帰ろう」

「だいぶ先になるな」

顔をしかめたリカルドの腕を取った。

「自業自得だよ」

「たしかに」

リカルドがもう一度いった。

4

「錦糸町にフィリピン人のすげえ美人ママがやってる店があるって評判になって、それで友達といっしょに行ってみたんだ。たしかにきれいだったけど、そんなに大騒ぎするほどじゃなかったし、全然日本人だよ。タガログ語もスペイン語もダメだった」

「あなた、どっちも話せるの？」

竹ノ塚警察署刑事課の取調室で小町はリカルドと向かいあっていた。ドアのわきの机では本橋がノートパソコンのキーボードを叩いていた。意外なことに本橋のタイピングは恐ろしく早かった。

リカルドが肩をすくめ、目をくるりと回してみせる。

「ちょっとだけね。祖母ちゃんがおれを預けた親戚がフィリピン人だから家の中ではタガログ語を使うことも多かった。それにミンダナオの出だろ。あそこの方言はスペイン語混じりなんだ」

逮捕されたあとの被疑者の反応はさまざまだ。がっくり落ちこみ、こちらが何をいっても反応しないか、事件の興奮が醒めずハイテンションで喋りつづけるか、ほっとして安らかな顔つきになるか……。リカルドの場合は安堵とハイテンションが混じりあっているように見えた。

「そこがテレサの店だったわけね」

「そう。おれは一度行っただけで、もういいやと思ったんだけど、いっしょに行った奴がテレサを気に入って、そんで通うようになった。いろいろ話をするようになってテレサの母親がミンダナオ出身だと知った」

「それでひょっとしたら自分の母親かも知れないと思ったの？」

低く唸り、腕組みしたリカルドが椅子の背に躰を預けて天井を見上げた。小町は何もいわず待つことにした。

逮捕後、最初の取り調べは手錠を打った警察官が行い、弁解録取書を作成する。氏名、年齢、現住所など人定を行い、罪状認否まで行えば事足りる。しかし、小町は最初にアイリーンを知った経緯を訊ねることにした。

現場となった寺に健太を連れてやって来たとき、アイリーンがリカルドと呼びかけた。その瞬間からリカルドの顔つきが明らかに変わった。まるで一瞬にして憑き物が落ちたように見えたのだ。もう一つ、健太の様子も気になった。人質というよりリカルドを頼りきっているようだった。

ポイントはアイリーンとの関係にあると踏み、聴取をそこから始めることにした。

天井を見上げたまま、リカルドがぼそぼそという。

「テレサが教会の話をした。そこに聖母様の像があったって」

「片乳の聖母」

リカルドが大きく見開いた目を小町に向けた。

「アイリさんから聞いた。あなたは誰に聞いた？」

「マミーだよ。母ちゃんじゃなくて」

「ミンダナオからいっしょに来たご家族の方ね」

「そう。おれは小学校の頃から悪くて、マミーは何かというと学校に呼びだされてたんだ。この見てくれだろ、まあ、イジメにも遭うわけだ。でも、殴られて黙ってるのはいやだった。殴り返したらおれが悪いことにされた」

「ひどいイジメに遭ったみたいね。冬に川で泳がされたり」

そういったとたん、リカルドが目を伏せ、唇を結んだ。頬がぐりぐりと動く。

「ごめん。いやなこと思いださせたみたいだね」

「逆なんだ」

「逆って?」

「真冬に素っ裸にされて、着てたものを川に投げこんだって話だろ。おれがやられたんじゃない。おれがやったんだ。クラスにとろい奴がいてさ。頭悪いくせに何でも仕切りたがるんだよ。それが気にさわってね。でも、そいつは何かというと自分の兄ちゃんにいいつけるんだ。兄ちゃんってのも情けなくて、中学生になっても小学生にしか相手にしてもらえないような奴だ。そう、冬だった。兄ちゃんに河川敷に呼びだされてさ、ヤキを入れるといわれた。服を脱げっていわれて、おれ、ブチ切れたんだ。そんで蹴りを入れた。一発でキンタ……」

リカルドが言葉を切り、探るように小町を見る。

「ま、どうってことはない。気にしないでつづけて」

「そこに決まって、動けなくなった。うんうん唸(うな)っちゃってさ。おれはブチ切れてて、ヤケクソになってたんだろうな。クラスの連中には手を出すなといっておいて、兄弟そろってぼこぼこにしてから、服脱げっていってさ。兄弟そろって素っ裸にさせた。あいつらの服を、パンツまで全部川にぶちこんでやった」

「どうして逆の話を？」

「同情を買った方がいろいろ都合がいい」目を伏せたリカルドだったが、口元にはうっすら笑みを浮かべていた。「さすがにそのときは学校で問題になった。兄弟の親まで出てきたけど、おれは小学校の二年で、あっちは中学生だし、弟までいた。厳重注意、くらいかな。学校としては騒ぎが表に出るのがいやだっただけだ。そのときにマミーが口を滑らせたんだ。お前の母ちゃんには迷惑ばっかりかけられるって。でも、そのときは意味がわからなかった。マミーが母親だと思ってたから」

　小学校高学年になる頃からだんだんと疑問に思うようになり、中学二年生のとき、母親に訊いたという。

「問い詰めるって感じじゃなかった。優しく、穏やかに……、マミー、もういいんじゃない？　本当のことを教えてよって感じで。そうしたらマミーがロザリオをくれた。くれたっていうか、返したんだよ。母ちゃんが祖母ちゃんにおれを預けるときに渡したもんだって。そのときに教会や聖母様の話をしてくれた。マミーも母ちゃんと同じ村の出身だったから知ってたんだ。遠縁っていってもマミーと母ちゃんは知り合いでも何でもなかった。テレサの店に行くようになって、片乳の聖母の話を聞いて……」

　片乳の聖母が母と子をつないだのかも――小町はちらりと思った。

「もしかしたらと思ったけど、今さらのこのこ行く気にはなれなかった。正直、捨てられたって恨んでたからさ。それでもリトルマニラの話とか、母ちゃんが働いてる店のことか訊きだしたんだ。どうしてか、わかんないけど」

「会いたかったからでしょ」

小町の問いにリカルドが首をかしげる。

「どうかな。おれは全然憶えてないし、憶えてないってことはいないのも同じだよ。それでもヤバい事件を起こして、追われて……、わかんないよ」

首を振ったリカルドが大きく息を吐き、小町に目を向けた。

「悲しい生い立ちの話はお腹いっぱいだ。そろそろ御徒町の話を聞きたいんじゃない？もう警察はわかってるのかな？」

「何を？」

「金塊なんてなかった。キャリーバッグは全部空だった。最初からな」

「そのとき、班長はぱっとふり返ってひと言……」

浅草分駐所の応接セットに立った植木が上体をひねってみせる。座って聞いているのは浅川と浜岡の二人だ。

「浅草機捜、稲田小町」

浅川、浜岡が感嘆の声を漏らす。

違うだろ——自分の席でノートパソコンを見ていた小沼は肚の底でつぶやく——班長はふり返っちゃいない。

だが、異議を唱えるのは野暮というものだ。植木の仕種は歌舞伎でいう見得を切る仕種に似ていなくもない。呆然と見送ったあと、リチャードが構える散弾銃の前に出ていって名乗ったことに間違いはなかったし、正直なところ、見とれていたのは小沼も同じだ。

リチャードの身柄を確保したあと、稲田、本橋をのぞいた四人は分駐所に戻ることにした。帰路について間もなく荒川区内で空き巣狙いの一報が入り、四人とも現場に向かったが、現着したときにはすでに被疑者の身柄は確保され、尾久署の刑事が臨場するのを待っている状況だった。浅川、浜岡が車から降りることなく引き返し、小沼と植木も尾久署の刑事が来たところで引き返してきた。

小沼は久しぶりにニワトリ捜査隊という言葉を思いだした。機動捜査隊の任務はあくまでも初動捜査にある。現場をちょんちょんとつつき、所轄署の刑事なり生活安全課の捜査員が来れば、引き継いで次の現場へ向かう。その姿からニワトリと揶揄される。

その代わり機動捜査隊員は刑事ではあったが、初動であるかぎり刑事事案だけでなく、違法薬物、少年犯罪、ときには遺失物捜査でも首を突っこむことができ、さまざまな犯罪現場を経験できる。刑事任用課程を修了した新人が機捜に配属されるのは教育の意味もある。新人だけで初動捜査を行うには無理があるので長年刑事を勤めているベテランが配置されており、ペアを組むようになっていた。

新人刑事として配属された浜岡が浅川と組み、植木が小沼の相勤者になっているのは同じ理由だ。

ワイシャツのポケットに入れたスマートフォンが振動する。取りだすと古暮と表示されていた。通話ボタンに触れ、耳にあてて立ちあがると分駐所の外に出た。

「はい、小沼です」

「古暮です。今朝ほどはどうも。今、電話、平気ですか」

「ええ」廊下に出た小沼はトイレの前を通りすぎた。「彼女、どうなりました?」

「まだ上野署にいます。出入国管理官を待ってるところです。オーバーステイですから強制退去になるかも知れませんけど、まあ、強盗殺人事件の重要参考人なので、すぐにというわけにはいかないでしょう。でも、母国に帰った方が安全かなとは思いますけどね」

「そうですね」

「小沼さん、彼女を見て、どう思いました?」

「すごい美人だと思いました」

電話の向こうで古暮が低く笑う。

「実は彼女、極度の近視でしてね。コンタクトはごろごろする感じがいやだといって使わないいし、メガネも強烈なレンズを使ってるんでかっこ悪いって、ふだんはかけないいんですよ」

「不便そうですね」

「何もかもぼんやりしてるらしいです。ほんの二、三メートルも離れると人相すらよくわからない。それでじいっと見つめてることがよくあるんです」

「私もじいっと見られたら勘違いしちゃいそうですね」

「そこなんですよ、問題は。彼女にしてみるとその相手を見てるつもりはないんです。そもそもはっきり見えてませんし、相手が誰かもわかっていない。だけど見られた方は勘違いしちゃうんです。その上、優柔不断というか、迫られると断れないんですよ。それでつい……」

「クラマトゥンガ氏にインド人の社長、川崎の半グレ」

「エトセトラ、エトセトラ、エトセトラ……」

あとを引きとった古暮が笑う。

「そのことは須原さんにもいいました？」

「ええ、全部お話ししました。信じてもらえたかどうかまではわかりませんけどね」

小沼に話して、一人でも味方にしようと考えているのかと思う。まるで察したように古暮がつづけた。

「小沼さんにお話ししてもご迷惑なだけかとは思いましたが、どなたか……、できれば、警察の方に聞いておいて欲しかったのと、もう一つ、小沼さんの耳に入れておいた方がいいんじゃないかと思うことがありまして」

「何でしょう？」

「インド人社長ですけどね、白金台のマンションを奥さんに内緒で買ったはいいけど、会社はろくに儲かってないというお話はしましたよね」

「うかがいました」

「でも、どうしても金がいる。それも大金が。それで……」

話を聞いているうちに小沼は天井を見上げ、唸った。

リカルドの弁解録取書を読みながら小町は舌を巻いていた。本橋のタイピングは速いだけでなく、正確でもある。供述内容に間違いや漏れがないだけでなく、誤字、脱字もほとんど見当たらなかった。

あくまでもリカルドによればだが、御徒町の宝石商を襲う計画は現在服役中の半グレ仲間が引きうけたということだ。リカルドが乗りまわし、本橋が逮捕したレイエスと入れ替わった川崎ナンバーの白い車の持ち主でもある。計画を立案したのは何のことはない宝石商の社長で金塊運搬は狂言に過ぎなかった。すべてをクラマトゥンガの犯行に見せかけるため、殺害を持ちかけたのも社長だ。

ところが、実行の一ヵ月前に半グレ仲間が逮捕されてしまう。急遽（きゅうきょ）、リカルドがリーダーとなった。理由はアイリーンに持ちかけた金だ。子供ができ、先輩――名前、住所も供述している――から預かっている怪しげな金に手をつけたのは事実で、リカルドも追いこまれていた。半グレ仲間から持ちかけられた謝礼は百万円に過ぎなかったが、ないよりはましと仲間に加わることにした。

元々の計画ではリカルドの役目は川崎ナンバーの車で実行犯の三人組を逃がすためのドライバーだった。襲撃に使った黒のミニバン、コインパーキングで乗り換えた白のセダンまでは盗難車で、車を二度乗り換えることで捜査の目をくらませるのが目的だ。また、クラマトゥンガを射殺するのはトーレスだったという。

オカンポはミニバンの運転席にいて、御徒町の駐車場では車から降りてもいない。トーレスがリカルドといっしょに降り、拳銃で三人の従業員を脅した。

『土壇場（どたんば）になって、トーレスがびびっちゃって。それで仕方なくおれが撃ったんだよ』

とにかく金が必要だった。ドライバーからリーダーになることでリカルドが受けとる報酬は百万から五百万に跳ねあがっていた。インド人社長はクラマトゥンガが生き残るようなことがあれば、計画のすべてを警察にぶちまけると脅していた。

しかし、リカルドを巻きこんだ男が逮捕されたことで計画が齟齬を生じる。トーレス、オカンポを襲撃犯として使うことを計画していたのがその男だったので、もう一人メンバーを加えるあてはない。レイエスを呼んだのはオカンポだった。レイエスは日本に来て日が浅く、英語もろくに喋れなかったことに不安を感じたが、ほかに頼るすべがなかったリカルドはレイエスを加えることを承諾した。

クラマトゥンガを撃った拳銃は五反野駅で川崎ナンバーの車に乗ったあと、レイエスに渡した。散弾銃は二挺あって、そのうちの一挺は川崎ナンバーの車に積んであった。一挺は西綾瀬のアパートで、もう一挺は竹ノ塚の寺で、どちらも小町に向けられる巡り合わせとなった。拳銃、散弾銃の入手経路については今後の取り調べ、捜査にまかせることになる。

半グレ仲間は足立区の出身で、西綾瀬周辺は子供の頃から慣れ親しんでいたという。泥酔して、カラオケで歌った店のある飲食店街のそばで育ったらしい。飲食店街の西端にあった店はその男の母親が経営していたスナックで、一連の犯行の拠点として利用していた。

だが、計画通りにはいかず、その日のうちにトーレス、オカンポ、それにレイエスまでが逮捕された。テレビのニュースを見たリカルドが思いだしたのはアイリーンだった。

弁解録取書には小町の問いもそのまま記録されている。

——母親なら助けてくれると思ったのか。

——母親だという確信はなかった。だけど、自分のいかにもフィリピン人という見てくれを考えたとき、リトルマニラに身を潜めるのは悪くないアイデアだと思った。アイリーンの勤めている店、自宅はテレサから聞いていた。

読みおえた小町はコピーを竹ノ塚刑事課の主任に提出し、本橋とともに一階に降りた。ロビーを横切ろうとしたとき、二人の女が立ちあがった。一人はアイリーン、もう一人は昨夜受付の前で弁護士だといって声を張りあげていた女だ。

「このたびはいろいろご迷惑をおかけしました」

アイリーンが頭を下げる。

「健太君は怪我もなかったし、リカルドも拘束されましたが、怪我はありません」

「稲田さんのおかげです」

「いえ……」

片乳の聖母のご加護ですよといいかけ、嚥みこんでしまった。小町は弁護士に目を向けた。

「あなたは?」

「申し遅れました」

名刺を差しだしてくる。弁護士　朴善美(パクソンミ)とあるのを見て、小町はふたたび相手に目を向けた。

「アイリーンさんのお店には今まで何度か行ってるんです。それでホット・パラダイスの昼の部をやってるママから話を聞いて、押しかけたような次第で。国籍がどうであれ、ガイジンとして扱われがちなんですよ」

小町は自分の名刺を朴に渡した。

「アイリさんが出てきたということは容疑は晴れたんですか」

「あの写真です。彼女がお金を盗った瞬間だという。あれ、動画のキャプチャーだったんで、動画をすべて見せてもらいたいといったんです。アイリーンさんを訴えた義理の妹さんに。そうしたら盗難届を引っこめるといいだして」

「録画を見たんですか」

「いいえ」朴がアイリーンに目をやる。「これ以上騒ぎたてたくないと依頼人がいわれるものですから。でも、これからも彼女のそばを離れるつもりはありません」

「仕事を継続する?」

「いや、アイリーンさんのしょうが焼きが大好きなんですよ」

朴が明るい笑みを浮かべた。

「ただいま」

分駐所に戻ってきた稲田が声をかける。後ろに本橋が従っていた。けっこうなデコボココンビだと思いながら小沼は立ちあがった。

「お帰りなさい、班長。実は御徒町事案なんですが、インド人社長の……」

稲田が小沼の鼻先に手のひらを立てた。

「狂言だった」

小沼は詰まった。稲田がにやにやしながらつづける。

「リカルドがすべて供述したんだ。あなたはどこから？」

「身内屋の古暮氏から聞きました。クラマトゥンガの姪なる女性が上野ＰＳに出頭して、それで」

「なるほど」

「それにしてもリチャード……、リカルドでしたっけ、よく落としましたね」

稲田が肩をそびやかす。

「私、持ってる刑事（デカ）なんで」

小沼の後ろで拍手が起きた。ふり返らなくとも植木であることはわかっている。

取り調べの最後に小町はなぜ健太がリカルドの指示通りに行動したのかを訊ねた。
『あいつの顔だよ。初めて会ったとき、ひと言だけいったんだ』
『何て？』
『お前、いじめられてるだろ』
それだけで充分だったとリカルドはいった。
やり場のない重苦しさが小町の胸にのしかかっている。

終章　当務明けに

「昨日から今朝にかけての概要は以上です。現在までのところ、浅草分駐として継続的に警戒、検索する事案は発生しておりません」

そういって稲田が次の当務に就く米澤班長に目を向けた。

「何かありますか」

「いえ」

米澤が首を振る。

「では、引き継ぎを終了します」

稲田班、米澤班の総勢十二名が一斉に立ちあがる。

昨日は人質事案一件、ぼや一件、喧嘩沙汰三件でぼやで軽い火傷を負った者が一名、喧嘩沙汰では数名が怪我をしているが、死亡者はなかった。どれほどの事件であろうと被疑者が確保されていれば、機捜隊としての任務は終わっている。

小沼にとって最後の当務が終わった。いつもならこれから書類作成や継続している事案について捜査資料を呼んだりする残務があるのだが、今日は昼までに本庁捜査一課に出頭し、挨拶回りがある。すでに捜査状況報告書などの作成は済ませていたし、ほかは植木が引きうけてくれていた。

席に戻った小沼は床にダンボール箱とゴミ箱を並べて置き、抽斗を開けた。残っているのは使いかけのボールペンや埃(ほこり)まみれのゼムクリップくらいのものだ。書類綴りは所定の棚に戻していたし、浅草分駐所に勤務している間につけた個人的なメモはシュレッダーにかけて始末してあった。

引き継ぎが始まる前に拳銃を返納していた。いつもなら受けとる小さなプラスチックプレートは拳銃といっしょに保管庫にある。次に誰に貸与されるかはわからないし、気にしたこともない。

ふと思いだした。今年の三月末日で定年退職となった辰見悟郎は今小沼がしているような後片付けの間も拳銃を着けたままでいた。いつもは肩が凝るとか、背骨が曲がってしまうと文句ばかりいって、当務中でさえ捜査車輛の保管ボックスに放りこんだままだったのに最後の日だけはぎりぎりまで腰にぶら下げていた。

転勤と定年退職の違いだろうかと思った。拳銃は勤務先で貸与されるもので、転勤となれば、それまで携帯していた拳銃を返納し、新たな職場で出納を受ける。だが、定年退職となれば、当然ながら手にすることはなくなる。

ふだんは使いもしないのに鬱陶(うっとう)しいと思っていてもいざ完全に手放すとなるとみょうな愛着が湧くのか……。

あと二十一年経てば、味わえるだろう。

そういえば、辰見部長の後片付けはあっさり終わっていたな、と思った。捜査資料を机の抽斗に入れっぱなしにしておくことはなかったし、ノート、メモ帳の類いもほとんど使っていなかった。

今にして自分の死を意識していたのではないかと気がついた。警察にかぎらないだろうが、不意に死に見舞われれば、ふだん使っている机は同僚たちの手で片づけられる。いわば遺品だが、職場である以上、机やロッカーをそのままにしておけるはずがない。一見ずぼらそうな辰見だったが、そういうところだけはきっちりしていたのかも知れない。

転勤先に持っていく必要のある私物を入れるつもりでダンボール箱を用意したが、今のところ、何も入っていない。手にする物は即座にゴミ箱行きとなった。抽斗を一つひとつ開け、隅々まで点検して、最後は机から外してゴミ箱の上でひっくり返しながら思った。

あっという間だったな……。

昨日、竹ノ塚にある寺を出て、分駐所に戻る途中、荒川区で発生した空き巣狙い事案の現場に立ち寄ったもののすでに被疑者が確保されていたため、尾久署の盗犯係が現着するのを待って戻ってきた。正午に近かった。それからかれこれ二十一時間が経過しているというのにまたたく間だったように感じる。

　いや、当務中はいつも時間の経つのが早かったと思いなおしたが、この六年にしても同じだと思う。あっという間のような気もするし、辰見のあとについて歩きはじめたのがはるか昔のような気もする。

「はい……」稲田がスマートフォンを耳にあて立ちあがった。「引き継ぎは終わってますので、今なら平気です」

　答えながら分駐所の出入口に向かう稲田を目で追った。目の下にうっすらくまができていた。無理もない。稲田から電話が来たのは一昨日の夜で、それからほぼ二昼夜が経過している。ほとんど不眠不休だろう。

　開け放した扉の向こうで背を見せ、電話をしている稲田を見ながら小沼は本庁を訪ねた日を思いだしていた。御徒町で強盗殺人事案が発生した翌日の午後で、そこで小沼は機動捜査隊長と会った。小沼を捜査一課に引っぱった森合がお膳立てをしてくれたおかげだが、それがなければ隊長に直談判することなど不可能だった。

　小沼の後任として当初予定されていたのは六本木中央署の刑事だったが、直前になってうつ病と診断され、長期休暇を余儀なくされた。そこで小沼は森合にある相談を持ちかけた。森合からは直接隊長に談判するのがよかろうといわれたのだ。機捜隊員になってから隊長の訓示を聞き、たまに言葉を交わすことはあっても一対一で話をしたことなどない。

当たって砕けろだよと森合にいわれ、指定された日時に本庁を訪ねた。

応接室で二人きりで会うなり隊長がいった。

『稲田ってのは、とんでもない奴だな。知ってるか、浅草の居酒屋で発生した女同士の喧嘩の一件』

小沼は面食らって首を振った。

隊長が渋い顔でつづけた。女の二人組と一人がつかみ合いの喧嘩をして稲田が臨場したらしい。何とか分けようとしたものの、互いに女性器を指す卑語——たぶんに幼児性の強い単語——を投げつけ合い、収拾がつかなかったらしい。そのうち一人が稲田の髪をつかみ、引きずり倒そうとした。ふり払った稲田が一喝した。

『この腐れ……』

卑語を口にして隊長が首を振る。居酒屋に居合わせた客の一人が喧嘩の一部始終をスマートフォンで動画撮影し、インターネットサイトにアップロードしたという。

『稲田の顔は画面の外にあったし、喧嘩してた連中の顔にはぼかしがかかっていた。それとあの単語には全部ピー音が被せてあった。稲田の一喝をのぞいてね』

吹きだしそうになって、小沼は顔を伏せた。頭の上で隊長が笑い、言葉を継いだ。

『稲田ってのは人気者だな。お前とまったく同じ希望を出してきた奴がもう一人いるよ。

このままじゃ、稲田が心配だって』

顔を上げた小沼をまっすぐに見て隊長がいった。

『お前が私のところへ来られるようにセットアップした男さ』

森合だ。

しかし、小沼、そして森合の希望が通ったか否かは今のところわからない。何らかの連絡があるはずなのだが……。

小沼は机の片付けに戻った。


森合からの電話を受け、小町は席を立って分駐所の前に出た。

「昨日はご苦労だったな、小町」

「いえ」

リカルドを確保し、竹ノ塚署に戻ったとき、本橋にいわれた。

『信頼していただいて、ありがとうございます』

私の部下なら撃つとリカルドに大見得を切ったことを指していた。本橋がつづけた。

『でも、二度と自分の射線を塞がないでください』

何のことはない。あのとき小町の真後ろにいた警察官の中にSAT隊員が二名配置されており、いつでも拳銃で撃てる態勢にあったのだ。一人が威嚇射撃で牽制し、二人目が阻止する段取りまで打ち合わせ済みだった。そのうちの一人がスマートフォンのテレビ電話機能を使って、本橋のスマートフォンにつなぎっぱなしにしていた。

小町とリカルドのやり取りはすべて映像、音声付きで至近距離から実況生中継されていた。

森合が言葉を継いだ。

「あのあとリカルドの身柄は竹ノ塚から上野へ移されて、捜査本部での取り調べになった。御徒町の一件について絵図を描いたのは宝石商の社長、実行犯がパクられた半グレの一人だってのは聞いてるな？」

「はい」

「その半グレだが、口入れ屋稼業もやってるようだ。不良外国人に仕事を斡旋してる。イラン人、ナイジェリア人が多かったんだが、フィリピンで大統領が変わってからはあの国からの人間も受けいれていたらしい。とはいってもリーダーを張れるようなタマじゃないんでお手伝いってところだが」

現職のフィリピン大統領が就任したのは昨年六月のことだ。選挙期間中から麻薬犯罪撲滅を提唱し、当選後、麻薬犯罪に関わる者は殺されて当然と公言、実際、半年ほどの間に警察官によって七百名、民間人の自警団によって千名以上が殺害されている。自首した者は六十万人に及ぶともいわれていた。

国外逃亡を図った者も多く、その中には元警察官も多かった。かの国では犯罪組織と癒着し、手先となって働いていた警察官が多数いたといわれている。

「それじゃ、タリムも」

「そいつの……、そいつのボスが入国に関わってる。ボスってのは川崎じゃなく、名古屋を根城にしてるようだ。これからは警視庁(うち)だけじゃなく、神奈川、愛知の両県警と連携した大捕物に発展するだろう。そうそう、ホテルグループの警備主任をしている犬塚氏にも会ってきた」

「どんな話を?」

「いろいろ勉強になったよ。それと小町によろしくといってた」

「はい」

詳しく話すつもりはなさそうだ。

「広域になるんで七尾管理官は張り切ってる」

「でも、御徒町に関してはモア長のいった通りでしたね。背後はどうあれ、被疑者(マルヒ)は目の前にいる連中だけだった」

「背後関係はなかったな。フィリピン人を使って、ちょっとしたアルバイトといったところか。しかし、厄介な連中はあいつらだけじゃない。これからも日本に入ってきそうだ」

「自分の任務を果たすだけですね」

「そう、それでいい。あ、もう一つあった。クラマトゥンガの手術だが、十時間がかりだったそうだが、一応、無事に済んだらしい」

「意識は戻ったんですか」

「それはまだみたいだが、経過は順調だって話だ。ところで、小沼の後任について連絡あったか」

「そうなんですよ」小町は天井を見上げた。「一昨日からバタバタしてて、すっかり忘れてました。まだ何の連絡もありません」

「今日、そこに顔を出すと聞いたんだが、来てないか」

「いいえ」

小町は分駐所をふり返った。机の片付けをしている小沼をのぞいて、浅川、浜岡、植木、それに本橋はそれぞれノートパソコンを開いて昨日一日の報告書を作成していた。

こめかみに手をあて、揉みほぐす。一昨日の午後、本橋からの電話を受けてかれこれ四十時間以上になる。さすがにくたびれてきた。

「そうか。まあ、おっつけ来るだろ。誰が去って、誰が来たところで、お前たちの任務はつづく」

「はい」

「それじゃ、またな」

「お疲れさまでした」

電話を切り、小町は分駐所に戻った。

隊員一人ひとりに目をやったが、あえて声をかけることはしなかった。森合がいっていた通り浅草分駐所の仕事は明日もつづく。

椅子に腰を下ろし、ノートパソコンのディスプレイに目をやった。リカルドがらみの一件では小町も詳細な報告書を作成しなくてはならない。本橋が作成した弁解録取書にリカルドの生い立ちやアイリーンとの関係も盛りこまれている。小町が作らなくてはならないのは、自分がどのように事件と関わったかという報告書だ。リカルドとは付箋を立てるという約束もしている。

神奈川県警にリカルドの前歴はないという話だったが、今後の取り調べで過去の事案も明らかにされていくだろう。昨日の様子ならリカルドも素直に応じるはずだ。クラマトゥンガは今のところ命を取り留めている。

竹ノ塚署を出る直前に会ったアイリーンと弁護士の朴の顔が浮かんだ。

『何年かかってもリカルドを待ちます』

きっぱりというアイリーンの表情は晴れ晴れとしていた。リカルドだけでなく、その妻と子供についても朴に話をしたという。アイリーン、テレサ、健太、それにリカルドの妻子……。

『皆で』

アイリーンこそ、片乳の聖母に違いない……。

「班長」

小沼に声をかけられ小町は我に返った。

「何？」

小沼が分駐所の出入口を指さす。

「来ました。私の後任です」

目をやるとそこには黒いスーツを着て、ネクタイはなく、くたびれた靴を履いた男が唇の端にタバコをくわえて立っていた。

周囲を眺めまわし、ぼそりという。

「変わり映えしねえな」

辰見悟郎。

小町は思わず立ちあがった。

「どうして？」

辰見が顔をしかめ、スキンヘッドと見まがうばかりに短く刈った頭を掻いた。

「どうしてっていいたいのはこっちの方だ。八王子管内の交番勤務になって、のんびり巡回連絡なんかやってたんだ。半年経って、近所じゃ、自転車のお巡りさんってようやく馴染みになったってのに機捜隊長に直訴した奴がいるんだよ。浅草の某班長が心配だって」

小町は小沼を睨んだ。

小沼は天井を見上げて、口笛を吹いているような顔をする。浅川と浜岡が早くも腰を浮かし、相好を崩している。今にもお帰りなさいといいそうだ。本橋と植木の二人はわけがわからないといった顔つきで辰見と小町を交互に見ていた。

ふたたび辰見に視線を戻した。

「定年したんじゃないですか」

辰見が顔をしかめた。

「ああ、悠々自適にやるつもりだったさ。ところが、年金が降りるまでには五年もある。それじゃ干上がっちまうよ。しようがねえからどこかでガードマンでもやるかと思ってたら、任用延長って手があると教えてくれた奴がいた。手続きまで手取り足取りでね。おかげで八王子に潜りこめた」

通常の任用延長であれば、所属は変わってもそれまでの職務に就く。階級もそのままだが、給料はほぼ半減と聞いた。つまり刑事なら刑事として勤務できる。

小町は辰見を見据えた。

「ここは敷地内の全域で禁煙です」

「わかってるよ。よく見ろ。火は点いてない」

そういうと辰見は唇の端からタバコを取り、背広のポケットに手を突っこんでパッケージを取りだした。パッケージを目の前にかざす。より目になっていた。そして、ゆっくりと……。

戻した。

本書は書き下ろしです。

本作品はフィクションであり、実在の個人および団体とは、一切関係ありません。

実業之日本社文庫　最新刊

彩瀬まる
桜の下で待っている
桜の季節に新幹線で北へ向かう五人。それぞれの行く先で待つものは――心のひだにしみこんでくる「ふるさと」をめぐる連作短編集。（解説・瀧井朝世）
あ191

五十嵐貴久
学園天国
新婚教師♀と高校生♂はヒミツの夫婦!?　平和な学園生活に忍び寄る闇にドタバタコンビが立ち向かう。懐かしくて新しい！　痛快コメディ。（解説・青木千恵）
い34

井川香四郎
桃太郎姫七変化　もんなか紋三捕物帳
綾歌藩の若君・桃太郎、実は女だ。十手持ちの紋三のもとでおんな岡っ引きとして、仇討、連続殺人など、次々起こる事件の〈鬼〉を成敗せんと大立ち回り！
い104

津本 陽
信長の傭兵
日本初の鉄砲集団を組織した津田監物に新興勢力の織田信長も加勢を仰ぐ。天下布武の野望に向け、最大の敵・本願寺勢との決戦に挑むが!?（解説・末國善己）
つ22

鳴海 章
流転　浅草機動捜査隊
外国人三人組による金塊強奪事件が発生。犯人から銃を向けられた小町――特殊部隊SAT出身の新メンバー・本橋も登場の人気警察小説シリーズ第9弾！
な210

原田ひ香
三人屋
朝・昼・晩で業態がガラリと変わる飲食店、通称「三人屋」。経営者のワケあり三姉妹と常連たちが織りなす、味わい深い人情ドラマ！（解説・北大路公子）
は91

幡 大介
幕末愚連隊　叛逆の戊辰戦争
幕末の大失業時代、戦いに飛び込んだ男たち。下野、会津、越後、信濃と戦場を巡る、激闘の日々。戊辰戦争の真実とは。渾身の歴史長編！（解説・細谷正充）
は101

南 英男
報復の犬
ガソリンで焼殺された罪なき弟。復讐の狂犬となった、元自衛隊員の兄は犯人を追跡するが、逆に命を狙われ……壮絶な戦いを描くアクションサスペンス！
み78

実業之日本社文庫　好評既刊

鳴海 章
オマワリの掟
北海道の田舎警察署の制服警官〈暴力と平和〉コンビが珍事件、難事件の数々をぶった斬る！　著者入魂のポリス・ストーリー！（解説・宮嶋茂樹）
な21

鳴海 章
マリアの骨　浅草機動捜査隊
浅草の夜を荒らす奴に鉄拳を！——機動捜査隊浅草日本堤分駐所のベテラン＆新米刑事のコンビが連続殺人犯を追う、瞠目の新警察小説！（解説・吉野 仁）
な22

鳴海 章
月下天誅　浅草機動捜査隊
大物フィクサーが斬り殺された！　機動捜査隊浅草分駐所のベテラン＆新米刑事が謎の殺人犯を追う、好評シリーズ第2弾！　書き下ろし。
な23

鳴海 章
刑事の柩　浅草機動捜査隊
刑事を辞めるのは自分を捨てることだ——命がけで少女の命を守るベテラン刑事・辰見の奮闘！　好評警察シリーズ第3弾、書き下ろし!!
な24

鳴海 章
刑事小町　浅草機動捜査隊
「幽霊屋敷」で見つかった死体は自殺、それとも……!?　拳銃マニアのヒロイン刑事・稲田小町が初登場。絶好調の書き下ろしシリーズ第4弾！
な25

実業之日本社文庫　好評既刊

相場英雄
偽金　フェイクマネー
リストラ男とアラサー女、史上最強の大逆転劇！〈偽金〉を追いかけるふたりの陰で、現代ヤクザが暗躍——。極上エンタメ小説！（解説・田口幹人）
あ91

相場英雄
復讐の血
新宿歌舞伎町で金融ヤクザが惨殺。総理事務秘書官と警視庁刑事が事件を追う。名物ママの死、金融庁審議官の失踪、幾重にも張られた罠。衝撃のラスト！
あ92

阿川大樹
終電の神様
通勤電車の緊急停止で、それぞれの場所へ向かう乗客の人生が動き出す——読めばあたたかな涙と希望が湧いてくる、感動のヒューマンミステリー。
あ131

池井戸 潤
空飛ぶタイヤ
正義は我にありだ——名門巨大企業に立ち向かう弱小会社社長の熱き闘い。『下町ロケット』の原点といえる感動巨編！（解説・村上貴史）
い111

池井戸 潤
不祥事
痛快すぎる女子銀行員・花咲舞が様々なトラブルを解決に導き、腐った銀行を叩き直す！　テレビドラマ「花咲舞が黙ってない」原作。（解説・加藤正俊）
い112

実業之日本社文庫　好評既刊

池井戸 潤
仇敵
不祥事を追及して職を追われた元エリート銀行員・恋窪商太郎。彼の前に退職のきっかけとなった仇敵が現れた時、人生のリベンジが始まる！（解説・霜月 蒼）
い11 3

江上 剛
銀行支店長、走る
メガバンクを陥れた真犯人は誰だ。窓際寸前の支店長と若手女子行員らが改革に乗り出した。行内闘争の行く末を問う経済小説。（解説・村上貴史）
え1 1

江上 剛
退職歓奨
人生にリタイアはない！　あなたにとって企業そして組織とは何だったのか？　五十代後半、八人の前を向く生き方――文庫オリジナル連作集。
え1 2

江上 剛
銀行支店長、追う
メガバンクの現場とトップ、双方を揺るがす闇の詐欺団。支店長が解決に乗り出した矢先、部下の女子行員が敵に軟禁された。痛快経済エンタテインメント。
え1 3

北上秋彦
現場痕（げんじょうこん）
交通事故に見せかけた殺人、保険金奪取を目論んだ偽装事故等、不審な事故の真相を元刑事の保険屋が炙り出す傑作ミステリー！（解説・香山二三郎）
き3 1

実業之日本社文庫　好評既刊

今野 敏
潜入捜査
拳銃を取り上げられ「環境犯罪研究所」へ異動した元マル暴刑事・佐伯。己の拳法を武器に単身、暴力団壊滅へと動き出す！（解説・関口苑生）
こ 2 1

今野 敏
襲撃
なぜ俺はなんども襲われるんだ――!? 人生を一度は放棄した男と捜査一課の刑事が、見えない敵と闘う痛快アクション・ミステリー。（解説・関口苑生）
こ 2 10

今野 敏
マル暴甘糟（あまかす）
警察小説史上、最弱の刑事登場!? 夜中に起きた傷害事件は暴力団の抗争か半グレの怨恨か。弱腰刑事の活躍に笑って泣ける新シリーズ誕生！（解説・関根 亨）
こ 2 11

佐藤青南
白バイガール
泣き虫でも負けない！ 新米女性白バイ隊員が暴走事故の謎を追う、笑いと涙の警察青春ミステリー！ 迫力満点の追走劇とライバルとの友情の行方は――？
さ 4 1

佐藤青南
白バイガール 幽霊ライダーを追え！
神出鬼没のライダーと、みなとみらいで起きた殺人事件。謎多きふたつの事件の接点は白バイ隊員――？ 読めば胸が熱くなる、大好評青春お仕事ミステリー！
さ 4 2

実業之日本社文庫　好評既刊

佐藤青南
白バイガール　駅伝クライシス
白バイガールが先導する箱根駅伝の裏で、選手の妹が誘拐された!?　白熱の追走劇と胸熱の人間ドラマで一気読み間違いなしの大好評青春お仕事ミステリー。

さ43

沢里裕二
処女刑事　歌舞伎町淫脈
純情美人刑事が歌舞伎町の巨悪に挑む。カラダを張った囮捜査で大ピンチ!!　団鬼六賞作家が描くハードボイルド・エロスの決定版。

さ31

大門剛明
鍵師ギドウ
警察も手を焼く大泥棒「鍵師ギドウ」の正体とは!?　人生をやり直すべく鍵屋に弟子入りしたニート青年が、師匠とともに事件に挑む。渾身の書き下ろし!

た52

田中啓文
漫才刑事（デカ）
大阪府警の刑事・高山一郎のもうひとつの顔は腰元興行の漫才師・くるくるのケンだった——事件はお笑いの現場で起きている!?　爆笑警察&芸人ミステリー!

た63

知念実希人
仮面病棟
拳銃で撃たれた女を連れて、ピエロ男が病院に籠城。怒濤のドンデン返しの連続。一気読み必至の医療サスペンス、文庫書き下ろし!（解説・法月綸太郎）
ち11

実業之日本社文庫　好評既刊

知念実希人
時限病棟
目覚めると、ベッドで点滴を受けていた。なぜこんな場所にいるのか？　ピエロからのミッション、ふたつの死の謎…。『仮面病棟』を凌ぐ衝撃、書き下ろし！
ち1 2

永瀬隼介
完黙
定年間近の巡査部長、左遷された元捜査一課エリート……所轄刑事のほろ苦い日々を描く連作短編。沁みる人情系警察小説！（解説・北上次郎）
な3 1

西村京太郎
十津川警部捜査行　日本縦断殺意の軌跡
新人歌手の不可解な死に隠された真相を探るため十津川班の日下刑事らが北海道へ飛ぶが、そこには謎の墓標が。傑作トラベルミステリー集。（解説・山前 譲）
に1 14

西村京太郎
十津川警部捜査行　伊豆箱根事件簿
箱根登山鉄道の「あじさい電車」の車窓から見つけた女は胸を撃たれ――伊豆と箱根を舞台に十津川警部が事件に挑むトラベルミステリー集！（解説・山前 譲）
に1 15

西村京太郎
十津川警部　八月十四日夜の殺人
十年ごとに起きる「八月十五日の殺人」の真相とは！　謎を解く鍵は終戦記念日にある？　知られざる歴史の闇に十津川警部が挑む！（解説・郷原 宏）
に1 16

実業之日本社文庫　好評既刊

東山彰良
ファミリー・レストラン
一度入ったら二度と出られない……瀟洒なレストランで殺人ゲームが始まる!? 鬼才が贈る驚愕度三ツ星のホラーサスペンス!（解説・池上冬樹）
ひ61

南 英男
特命警部
警視庁副総監直属で特命捜査対策室に籍を置く畔上拳。未解決事件をあらゆる手を使い解決に導く。元部下の巡査部長が殺された事件も極秘捜査を命じられ…。
み74

深町秋生
死は望むところ
神奈川県の山中で女刑事らが殲滅された。急襲したのは、武装犯罪組織・栄グループ。警視庁特捜隊は仲間を殺戮され、復讐を期す。血まみれの暗黒警察小説!
ふ51

矢月秀作
いかさま
拳はワルに、庶民にはいたわりを。よろず相談所長・藤堂廉治に持ち込まれた事件は、腕っぷしで一発解決。ハードアクション痛快作。（解説・細谷正充）
や51

連城三紀彦
顔のない肖像画
本物か、贋作か——美術オークションに隠された真実とは。読み継がれるべき叙述ミステリの傑作、待望の復刊。表題作ほか全7編収録。（解説・法月綸太郎）
れ11

実業之日本社文庫 な2 10

流転　浅草機動捜査隊

2018年2月15日　初版第1刷発行

著　者　鳴海 章

発行者　岩野裕一
発行所　株式会社実業之日本社
〒153-0044　東京都目黒区大橋 1-5-1
クロスエアタワー 8階
電話 [編集]03(6809)0473 [販売]03(6809)0495
ホームページ　http://www.j-n.co.jp/
DTP　ラッシュ
印刷所　大日本印刷株式会社
製本所　大日本印刷株式会社

フォーマットデザイン　鈴木正道（Suzuki Design）

ISBN978-4-408-55406-8（第二文芸）